元勇者一行の会計士

Ume Shitara
梅したら

MOTO YUUSHA
IKKOU NO
KAIKEISHI

イラスト　yoshi彦

元勇者一行の会計士

1　出国

「平和になったし、もういいか」

閉じ込められて一ヶ月。何の進展もなくていい加減に僅《わず》かでも期待するのをやめた。

元々旅をしていたから荷物は持ち運べる最小限のものしかない。

閉じ込められた小屋には外から鍵がかかっているし窓ははめ殺しだったが、古い建築方式で内側から窓を外せる欠陥があることをおれは知っていた。


首都の外れに位置する寂れた小屋からえっちらおっちら抜け出して、荷物を抱え直し夜でも眩《まばゆ》く輝いている街の方角を見る。

多分その中にたくさんある娼館にあいつはいる。

おれの旅の仲間であり、世界を救った英雄であり、おれを閉じ込めた当人であり、…おれが密かに片思いしていた、二十近くも年下の男が。

「じゃあな、ヒュドル」

こうしておれは逃げ出した。

世界が救われた祭りに背を向けて、勇者一行の会計士だったおれはただの旅人になったのだ。

＊＊＊

「エンケ・ロープス様…出国されるのですか⁉　あなたは世界を救った勇者一行のおひとりで、まだ祭りは続いておりますのに…！」

「いいよいいよ、祭りなんてガラじゃないんだ。勇者一行っていってもおれは何もしてないし」

深夜の出国だが手続きは簡単だった。

なんせ仮にも世界を救った勇者一行のひとりだったおれは顔を覚えられていて、惜しまれながらも足止めされることなく出国する。

国を出てしばらく歩くと、遠くに広がる深い森からドドド…と土煙を上げて駆け寄ってくる巨体があった。

「フユ」

「わふっ」

大人ひとり余裕で乗れる大きさの狼《おおかみ》──フユが鼻先を擦《こす》り付けてくる。

フユは勇者と共に歩んだ旅の途中で出会った魔獣だ。

見つけた時は片手で抱えられるほど小さかったのに今はすっかり大きくなった。といっても、これでもまだ大人ではないらしいが。

フユは巨狼《きょろう》という森の殺し屋として恐れられている魔獣で、尻尾に毒を持つトゲがあり、牙でも尻尾でも獲物をしとめられる。

フユという名前をつけたのはおれだ。勇者と一緒に故郷の村を出て二年目だったか、森の中でトラバサミにかかっているところをおれが本で読んだ治療法を試してみたくなって助けた。

その時脚を怪我《けが》していたにも関わらず春告鳥を獲《と》って食べていたからフユと名づけた。古代語で冬季という意味だ。

　怪我が治ってもフユは旅に同行し、戦闘能力のないおれの護衛をしてくれていた。とはいえ勇者の旅も終えた今、野生に帰って好きに生きろと言ったはずだがどうやらまだ一緒にいるつもりらしい。

「勇者達とは別れてきたぞ。おれしかいないがいいのか？」

「わんっ」

「お前の鳴き方、威厳ないよな」

　フユは元々おれにしか懐いていなかったが一応聞いてみると、言葉を理解する賢い獣は目を細めて頭をすり付けてきた。

　巨大な頭に足がよろめき転びそうになるが自由に動くフサフサの長い尻尾が伸びてきて掬《すく》い上げてくれる。

「悪いな、正直もう歳《とし》だからお前がいてくれたら助かるよ」

　首の毛に埋まってわしゃわしゃ撫《な》でるとフユは嬉《うれ》しそうにグルルル…と唸《うな》り、体を伏せた。

　遠慮なく荷物ごとその背に乗る。旅に出て十年。四十となった体はあちこちガタがきていた。とても若い頃《ころ》のようにあれこれヤンチャはできそうにない。

　魔王討伐が終わったらおれは故郷に帰らず本を読む旅に出ようと決めていたが、これじゃあ国から国へ移動するのも一苦労だ。

　たくましく地を蹴り疾駆する背にしがみついて、おれは少しほっとしていた。

一人旅をしたのなんて十代の頃以来で、やはり心細かったのだ。

＊＊＊

「エンケがいない」

「ヒュドル⁉　なんで窓から⁉」

王に与えられた客室で隣に座る伴侶エリーと手を繋《つな》ごうか、繋いでいいか、繋いで嫌がられないか、偶然を装って指先を触れさせてみようか…などと考えていた勇者オリヴィエは、開いた窓から飛び込んできた仲間の姿に目を剝いた。

驚いた拍子に指先が絡みエリーが頰《ほお》を染めていたが、未だに心臓が跳ねている勇者は気づかない。

「ここ王城の最上階だよ……？」

「エンケを知らないか」

「相変わらず僕の話を聞かないねヒュドル。エンケなら、図書館や本屋を巡りたいと王の招待を辞退していたけど…」

「閉じ込めていたが窓を外して逃げ出したらしい」

「閉じ込め…えっ⁉　ヒュドルがエンケを？」

「そうだ」

なんでもないことのようにヒュドルは言うが、監禁は立派な犯罪だ。共に魔王を倒した仲間とはいえ見逃していいものだろうか。

しかし閉じ込められた被害者も仲間とあっては複雑すぎてオリヴィエは頭を抱えた。

「とりあえず…お話を聞いてはいかがです？　勇者様」

エリーの言葉にそ、そうだねと返した勇者はそこで初めてエリーと手を繋いでいることに気がついた。

ごめん！　と慌てて離そうとする手をエリーの指先がそっと止める。

「あっ……」

「勇者様……」

二人は頬を染めて見つめ合い、ヒュドルはそれを呆《あき》れた目で見ていた。

魔王を倒し王都に凱旋《がいせん》して一ヶ月経《た》っても変わらない、旅の間と同じ距離感だ。

「オリヴィエもエリーも、出会って十年も経ってまだ手を繋ぐだのなんだのでぐだぐだしているのか」

「ぼ、僕達には僕たちのペースがあるんだよ！」

「魔王を倒した日には性交していたというのに」

「魔王を倒した日は仕方ないだろ⁉　命ギリギリの戦いだったのと終わった安心感で…というか、早々にエンケと消えた君がどうして知ってるんだよ！」

「ヤりすぎて反応が悪くなったエンケにお前らのセックス見せに行ったからな」

「なんてことしてくれてんのォ⁉　エンケは僕らの親みたいなものなのに⁉」

「朦朧《もうろう》としたエンケがドアの隙間からお前らのセックスを見た途端正気取り戻して締まりが良くなってな、ゆるして、と――」

「待ってくれ待ってくれ聞きたくない」

めになった。

オリヴィエは旅で鍛えた反射神経で咄嗟《とっさ》にエリーの耳を塞いだが、代償として自分は全《すべ》てを聞くはめになった。

オリヴィエは十九歳で、エリーは十七歳。手を繋ぐのも躊躇《ちゅうちょ》するほど初心《うぶ》な二人には刺激の強すぎる話だ。

というか薄々気づいていたが二人はそういう関係だったのか…と勇者は戸惑う。

ヒュドルは二十一歳でエンケは四十歳、親子ほどの年の差だ。それにオリヴィエの知る限り、ヒュドルは極度の女好きだった。

「君はその…エンケが好きなのか？」

オリヴィエはおそるおそる聞く。

「……」

ヒュドルは口を閉じていれば美人だなと旅の途中でエンケはよく言っていた。

ぞっとする美しさだなとオリヴィエも思う。

旅の途中で彫刻家にモデルを懇願されるほど整った容姿。太陽神に愛された褐色の肌に、聖なる光を収束させたような銀髪。顔は美を誇る女王に負けを認めさせ伝説のアイテムを差し出させたほどだ。

出会った頃はエンケの胸ほどまでしかなかった身長も今では頭ひとつ追い越しており、背だけではなく筋肉も機能的に美しく身を包んでいる。

街を歩けば女性が寄ってきて、その全てを相手にしていたのがヒュドルという男だ。

その上更に娼館にも足しげく通っていた。凱旋してからの一ヶ月も王の招待を断り娼館で寝泊りしているという。

だからオリヴィエもエリーも、旅の途中で隣のテントや二人が水浴びしに行った方向からすすり泣くような声が聞こえても気のせいかなと思っていたし、この一ヶ月エンケがヒュドルに閉じ込められていたなんて想像もしていなかった。

「そんなことより、行く先を知らないのか」

ヒュドルの言葉に、オリヴィエは口ごもる。

「あの…いや…そもそも監禁は犯罪なんだけど」

「それがどうした」

「僕達勇者一行なんだけど…」

「それがどうした」

勇者は悩んだ。エンケは勇者の神託を受けたオリヴィエが幼かったために危険な旅に同行してくれた恩人であり、世界中の本から得た知識を惜しみなく与えてくれた教師でもある。

しかしヒュドルはそんなオリヴィエの迷いを見透かしたように、背負った大剣を音もなく抜きその喉に突きつけた。

「心当たりがあるなら言え」

「すぐこれだもんなあ…」

オリヴィエは剣も魔法も生まれつきの才能に恵まれ、おそらくこの国の誰よりも強い。

しかしこのギュルセ族という辺境の部族出身のヒュドルは、世界中で出会った誰よりも強かった。ひとりで千の敵をなぎ払う神の剣技。魔王討伐の旅は彼なしに果たせなかっただろう。

つまり、ヒュドルが実力に訴えてきたらオリヴィエになすすべはないのだ。

一対一なら相打ちくらいは望めるかもしれないが、エリーを守りながらでは分《ぶ》が悪い。それに、とオリヴィエは考える。

オリヴィエはエンケという人物をよく知っていた。

エンケは戦闘能力こそないものの知識という武器があり、旅の途中何度も助けられた。

本や考え事に没入すると周囲が見えなくなるという欠点こそあったものの、二十近く離れた彼はオリヴィエ達の保護者として立派に十年の旅を務め上げたし、頑固なところがあることも知っている。

つまりエンケは嫌なことを拒否できない人間ではない。閉じ込められた場所から逃げ出せたというのがその証拠だ。

大方この一ヶ月は、ヒュドルがたまに語るギュルセ族という部族の秘密にでも釣られて閉じ込められていたのだろう。

全てが口伝《くでん》であり文書に残すことは禁じられているというギュルセ族の生態や文化は、知識欲の塊であるエンケを釣る格好の餌だった。

「わかった、話すよ。だから剣を下ろしてくれ」

す、と大剣とは思えない軽さで引かれた剣は音もなくヒュドルの背に収まる。

やれやれとオリヴィエは肩をすくめると、かつてエンケから聞いた話を思い出した。

2　手紙

「エンケの夢は世界中の本を読むことなんだって言ってた」

　オリヴィエの言葉に、ヒュドルは意外そうに視線を動かした。旅の最中であれば、視線の先にはエンケがいただろう。

「本ならば読んでいた、そこかしこで。私達がダンジョンに潜っている間もエンケは街にいたはずだ」

「それが、僕たちがいない時はあんまり読んでなかったらしいよ。平和になった時、必要なのは知識だって行く先々で無償で子ども達に勉強を教えていたみたい。元々この王都で教師だったしねエンケ」

「そうか」

「フユの気配がずっと国の傍《そば》にあったけど夕方から消えているから、エンケと一緒に行ったんだと思う。西の方へ。速かったけど、君ならまあ追いつけるか」

「ああ。感謝する」

　言うや否やヒュドルはひらりと空中に身を踊らせる。

　勇者達の客室は王城のほぼ最上階にあった。街の明かりが小さく見える程度の高さだ。

　しかしそんな高さなどものともせずヒュドルは来た時と同じように塔の間を飛び移り、瞬《また》く間に彼方《かなた》へ消えていく。

「相変わらずものすごい身体能力…」

　エンケがいたら「物理法則を無視するな！」と怒っているところだろう。そして「どうやってるんだそれ？」と知識欲に目をキラキラさせて聞くのだ。

旅の間に何度も見た光景が思い出されオリヴィエは微笑《ほほえ》んだ。

二人とも大切な旅の仲間だ、幸せになってもらいたい。

「大丈夫かなーあの二人…」

夜空を見上げ心配そうに呟くオリヴィエに、エリーがそっと身を寄せる。

「…そうだ、エンケ様にお伝えしては？　王様にお触れを出してもらいましょう」

オリヴィエは無意識に華奢《きゃしゃ》な肩を抱き寄せ、叫んだ。

「エリー、君は天才だ！」

＊＊＊

『勇者一行ノ賢者へ　剣士ガ探シテイル　連絡求ム』

「賢者……？」

街で見かけた看板におれは首を傾《かし》げた。

勇者といえば魔王が存在していた頃は何人もいたものだが、現在は勇者という言葉が示すのはオリヴィエただひとりだ。

オリヴィエの一行といえばおれとフユを外せばオリヴィエ、エリー、ヒュドルの三人のみ。

「なるほどエリーか」

思わずぽんと手を打つ。エリーはとびきり賢い女の子だ。

最年少だからか体力がないことをいつも気にしていて、せめて体力以外で役に立ちたいとおれから積極的に知識を吸収していった。

おれには教え子がたくさんいるが、全ての知識を教えきれたのはエリーだけだ。その上強い魔力を持っていて高度な治癒魔術を使いこなし、勇者と共に魔王討伐を果たした。なるほど賢者の称号にふさわしい。

「エリーをヒュドルが探している…？」

特に仲が良いとも悪いとも思わなかった二人だが何かあったんだろうか。

ヒュドルは誘ってきた女性全てと寝るが特定の人に執着を見せたことなんてなかったし、エリーもオリヴィエ一筋でヒュドルとそういった雰囲気になったことはなかった。

持てる記憶を総動員してもいまいち理由が摑《つか》めない。しかしトラブルのようなので心配ではあった。

「おれが首を突っ込むのはお節介かな…そうだ、オリヴィエに聞いてみよう」

王都を離れて十日ほど経っていた。そろそろ手紙を書こうと思っていたこともあり紙もペンも揃《そろ》えてある。

必要なものを買い、商人と交渉して何冊か今日読むための本を借りると街を出て森の中にいるフユの元へ一時間ほど歩いて向かった。人里近くにいるとフユの身に危険が及ぶから、おれが街に立ち寄る時は遠くにいてもらっているのだ。

「フユ、お待たせ。お土産だよ」

合流したフユに街で買った燻製《くんせい》肉を渡せば喜んで齧《かじ》りついた。フユは生肉を食べるが、燻製肉もオヤツ感覚で好きらしい。

毛皮を触ってみると水浴びをしたらしく少し湿っていた。でもこれくらいならいいかと、身を伏せて燻製肉を齧るフユの腹にもたれかかって座り、膝に板を立てかけて紙を乗せペンを取る。

『親愛なるオリヴィエ
久しぶり。元気にしているかい？

おれは今王都を離れて旅に出ています。フユと一緒に元気にやっているから心配しないでください。

ところで、看板を見ましたが何かあったのかな。おれにできることがあれば遠慮なく言ってほしい。

離れていても、おれはお前達が頼れる大人のひとりでありたいと思っている。　エンケ』

翌日街に戻って郵便局に行き、専用に訓練されている中で最も高価な小竜を借りて手紙を出した。

小竜は普通国や軍が使うもので鳥よりも成功率が高く速い。貴族なら使うこともあるが旅人が使うことはまずないので怪しまれたが、即金で払えば何も言われなかった。

おれの懐は魔王討伐の報奨金で温かい。オリヴィエ達の半分以下の金額だがそれでも一生遊んで暮らせるくらいはあった。

（大金を使ってしまったからこの街からはもう離れた方がいいだろうな）

金を持っている旅人というのはどこでだって狙われる。安全な場所なんてないから放浪し続けることになる。

おれにとっては問題じゃないけどな。だってこの街の本、もう全部読んだし。

次の街に行く途中でオリヴィエから返事が届いた。

『親愛なるエンケ
お久しぶりです。僕とエリーは変わらず王城で過ごしています。

王から国をあげての結婚を勧められており、どうしようかエリーとゆっくり話し合っているところです。

エンケが元気そうで良かった。僕達の結婚式には是非出席してほしい。あなたは僕達の親代わりであり、仲間であり、友人であり、かけがえのない人なのだから。

看板の件ですが、正直僕も戸惑っています。初めて知ることばかりで何がなんだか…。

僕としてはできたら話をしてやってほしい。本心を聞き出せるのはあなただけだろうから。

もしも嫌なようでしたら、あなたは手を引いて構いません。僕が全て請け負いましょう。あなたの子オリヴィエ』

「オリヴィエ…立派になったなあ…」

エリーとの間に亀裂でも入ったかと心配したがこの手紙だとそこは問題なさそうだ。

しかしやはりエリーには何かあったらしい。オリヴィエが初めて知るような何かが。オリヴィエが傍にいながらおれが話をしてやる必要があるとは相当なことだろう。

「フユ」

次の街に向かって走るフユに呼びかけると、聡《さと》い獣はすぐに脚を止めてくれた。

「すぐ王都に戻ろう。オリヴィエが呼んでいる」

「わんっ」

3　帰国

「エンケ・ロープス様、ご到着なされました」

「オリヴィエ、エリー久しぶり」

フユの脚で昼夜と駆ければ王都に戻るのはすぐだった。

門兵に顔を知られているため簡単な検査のみで城の最上階付近にある勇者の客室まですぐに通される。

「お久しぶりですエンケ！」

「お元気そうでなによりです、エンケ様」

侍女の案内で扉をくぐるとオリヴィエが飛びついてくるが、エリーはスカートの裾《すそ》を持ち上げ優雅に挨拶《あいさつ》をしてくれる。

エリーの方が年下だけど心の成長は女の子の方が早いものだなあ、なんて思いながらおれはオリヴィエのふわふわの髪を撫でた。

「早かったですね。また会えて嬉しいです」

「うん、フユが頑張《がんば》ってくれたんだ」

二人はお茶を淹《い》れてもてなしてくれる。どうやら旅の時のまま、身の回りのことは侍女には任せず自分達でやっているらしい。

お礼を言って一息ついたら、早速だけどと本題に入る。

「その…話をさせてもらっていいかい？　できればエリーと二人だけで」

「わかりました。それでは、僕はあちらに行っていますね」

おれの言葉にオリヴィエはこくりと頷《うなず》き、寝室らしき部屋へ入って扉を閉めた。

「エリー」

「はい、エンケ様」

「何があったか聞かせてもらっていいかな？　…ヒュドルのやつと」

「はい」

エリーはポットから新しくお茶を注ぐと、自然な手順のひとつとして毒消しの魔法をかけてからおれにカップを渡してくれた。

エリーは生まれた村で虐げられていたトラウマから、自分かおれ達が用意したものしか口にできない子だった。しかし毒消しの魔法を覚えてからはどこでだって飲食ができるようになったと喜んでいたのが昨日のことのようだ。

実際には出会って割とすぐの頃だったから…九年ほど前になるのか。

（この世界に魔法があって良かったなあ）

おれは魔法を使えない。憧れていたが素質が全くなかったのだ。だから魔法で心を読むことなんてできない代わりに知識を身につけた。

お茶を飲みながら、警戒されない程度にエリーをよく観察する。

「あれは、数日前のことでした」

エリーの眼球が動く。過去のことを思い出す仕草だ。

「勇者様が手を繋いでくれないかな、なんて思っていた時でした。窓のところにヒュドルがいたのです。その…探しているようでした」

ここの窓にヒュドルが？　相変わらず滅茶苦茶なやつだな。で、ヒュドルがエリーを探していたと。

（……ん？　エリーの顔が赤い）

「エリーどうした？　熱でもあ…」

「そ…その…！　私、勇者様が耳を塞いでくださったのですが、なにぶん読唇術も教わっていたので全部わかって…！」

「うん？」

「エンケ様とヒュドルは、恋仲…なのですよね…？」

「は!?」

なんでおれとヒュドルが恋仲なんて話になるんだ!?

「ど、どんな話をしたんだ？　ヒュドルのやつ」

「わ、私の口からはとても…」

「どんな話をしたんだヒュドルのやつー!?」

「お二人に体の関係があるということを…その…直接的に…」

「なんて話をしてんだヒュドルのやつー!?!?!?」

どうしてそんな話になったのかは今のところさっぱりだがエリーが大いに誤解していることはわかった。

確かにおれとヒュドルの間には体の関係があった。しかし恋人では断じてない。

「エリー、えっとな、男はこう、恋とは別の心で発散したくなる時があって…」

「それは知っています、エンケ様に教わりました」

「うん教えたたな、大抵の生物の体と脳の仕組みは教えたよな。まあその、おれとヒュドルもそうなんだよ。お互いの発散のために体の関係は持ったけど、それと恋とは別」

「そうだったのですね…」

「うんうん。で、なんでヒュドルとそんな話に…？」

「ッ、ヒュドル!?」

「うん、ヒュドルがどんな話を…」

「違います、あなたの後ろに…」

「え？」

エリーが驚いた顔でおれの後ろを見つめている。後ろって窓しかなかったはずだが。

振り返る前に、服の襟が背後から強い力で引っ張られた。

「うわっ…！」

体勢を崩し椅子ごと倒れると、強く目を瞑《つむ》る。しかし予想した衝撃は襲ってこなかった。

「相変わらずだな軟弱者。受け身すら取れないとはその辺の餓鬼以下だ」

頭の上から降ってくる声。そしておれの体を抱きとめた腕には覚えがあった。

複雑な文様が彫りこまれた特徴的な左腕。軟弱者とおれを呼ぶ声。

「ヒュドル…！」

美の頂点に君臨する顔が氷の眼差《まなざ》しでおれを見下ろしていた。

「勇者様！」

「ヒュドル！　君はまた窓から……！」

「軟弱者を捕まえにきただけだ。止めるな、斬るぞ」

騒ぎに気づいて出てきたオリヴィエが咄嗟《とっさ》に立てかけてあった剣を抜く。しかしヒュドルの脅しに足を止めた。

「……エンケ」

オリヴィエがおれを見つめる。長い付き合いだ、言いたいことは目を見ればわかった。

——あなたはどうしたい？

おれが止めてくれと言えばオリヴィエは止めるのだろう。ヒュドルと戦うことになっても。

実際に旅の間に何度かそういった小競り合いはあった。まあこの二人だと小競り合いという規模ではなかったんだが。

「……ひとつ、確認させてくれ」

指を一本立て、オリヴィエを見つめる。

「はい」

なんだか先ほどから違和感があった。

「この答えが『はい』なら止めなくていい」

「わかりました」

もしかして、といやそんなまさかな、がおれの中でせめぎ合う。

しかし違和感の糸をほぐしていくと、解はこれしかないいんじゃないか？　と思ったり。

「看板の『賢者』ってもしかしておれのことだったりする？」

「はい」

オリヴィエが頷くと同時にふわりと体が浮いた。おれを抱えたヒュドルが窓から飛び降りたのだ。

「わあああああぁあああああぁぁぁぁぁぁぁ!!」

「エンケ！」

「エンケ様！」

本能的な恐怖でヒュドルの体にすがりつく。

何が起きているのかわからないが、地面に降りたような衝撃は全くないのに景色が上がったり下がったりしていく。城を囲う塔の間をものすごいスピードで飛び回っているらしい。

体が浮いたり沈んだりする感覚に三半規管を滅茶苦茶にされながら、いつしかおれは街で一番大きな娼館に連れてこられたのだった。

4　娼館

「ちょっとーウチ持ち込みは禁止なんだけどねえ」

「奥の部屋を使う」

「はいはい。あれだけ女買っておいて男まで連れてくるとは英雄の色好みもすさまじいね」

娼館の主《あるじ》らしき婦人がヒュドルに鍵を渡している。

おれは受け取るヒュドルの小脇に荷物のように抱えられていた。おっさんひとり抱えてスタスタと歩くヒュドルを他の客も女の子達も啞然《あぜん》として見ている。

部屋に辿《たど》り着くと寝台に放り投げられた。何人で使うんだってほど大きく丸い寝台だ。敷布は清潔でふかふかしている。

「あ…寝そう」

「寝るな」

よほど良《い》い部屋なんだろう。上等の敷布の感触に埋もれて一瞬で眠気が襲ってきた。

看板を見てからというもの戻ってくるために昼夜問わずフユの背にしがみついていたから、そういえばあまり眠っていなかった。

この歳になると無理をすれば倍になって返ってくる。疲れを自覚した途端指先一本も動かしたくなくなって目を瞑った。

「またこんなものを着ているのか」

ビリッと聞きなれてしまった音がして目を開ける。

「ああ－…また…」

右袖が破り取られ無残な姿になっていた。

おれは呆れているのにヒュドルはお構いなしにビリビリと胴体の部分まで破いていく。右腕と右半身が露出してすーすーする。

ヒュドルは満足げに目を細めておれを見下ろすと、おれの右腕、鎖骨、胸、そして脇腹と指を滑らせた。そこにはヒュドルが彫り込んだ文様がある。

どんなに寒い地域でも露出するようヒュドルは旅の最中口すっぱく言ってきて、無視して着込めばこうして袖を破ることがしばしばあった。

ヒュドルの左腕に彫られた文様と様式が同じもの。ヒュドルの部族、ギュルセ族が伴侶に彫る伝統的なものだという。

しかしおれは勿論《もちろん》ヒュドルの伴侶ではない。

なんでおれにそんなものが彫られているのかというと、話は出会った翌年——ヒュドルが十二歳になった頃に遡《さかのぼ》る。

＊＊＊

「精通がきた」

「ぶっふぉ」

魔王討伐の旅の途中。仲間になって一年になる少年は飯を食っている最中にそんなことを言い出した。

おれはすすったばかりの粥《かゆ》を噴き出した口元を拭いながら、エリーの姿を周囲に探す。

幸いエリーはオリヴィエと一緒に狩りに行っていた。まだ幼い女の子に聞かせる話じゃない。姿が見えないことにほっとしながら、それでも無意識に声をひそめる。

「ヒュドル…えーっと、おめでとう」

「めでたいことなのか？」

「そりゃ、まあ、大人になる第一歩だからな」

「ふむ。ギュルセ族では十を越えれば成人だが、お前たちは精通が来れば大人なのか」

「あくまで第一歩だけどな。まあ明確な定義はないが」

「そうか」

十二歳になったばかりとは思えないほど大人びた喋《しゃべ》り方をするヒュドルは豪快に肉にかぶりつく。見目が整っているからそんな粗野な仕草も一幅の絵画のようだ。

ヒュドルは初めて会った時から人間離れした戦闘能力を見せていて頼れる仲間ではあったが、精通が来るほど幼い子どもでもあったかと再確認する。

同時にふらりと興味が湧いた。

天上の絵画に描かれるような人間離れした容姿のこの性欲のなさそうな少年が、精通の時に思い浮かべたのはどんなタイプなのだろうと。

「精通って、夢精でもしたのか？」

「そうだ」

「へえ。なあ、どんな夢見たんだ？」

もしエリーが出てきたのだったら注意を払わなければいけないなと思った。

まだ九歳のエリーは、ヒュドルと年齢こそお似合いだが性の対象となるには若すぎる。何よりエリーはオリヴィエに出会った時から彼に恋をしていた。

少ない人数で過酷な旅をする中での紅一点だ。ヒュドルの夢の相手がエリーである可能性は高そうだが、その時はヒュドルに我慢してもらわなければならないだろう。可哀想《かわいそう》だが。

「貴様だ」

「は？」

「貴様の夢を見た、エンケ・ロープス」

肉の脂を口の端からしたたらせながら、ヒュドルの目はまっすぐにおれを見ていた。

おれも粥を掬う手を止めてまじまじとヒュドルを見る。

「おれ？」

「そうだと言っている。知識を入れるのだけが取り得の頭で思考停止するな馬鹿者《ばかもの》」

「うるせー、偉そうな口は知識勝負で一度でも勝ってから叩《たた》け。しかしおれかあ。お前年上好みだったんだな」

年上の男が好きなのか年上の女もいけるのかはわからないが、四人中三人が同年代の一行ではそりゃあおかずがおれしかないだろう。

おれが夢精した時は王都の学校に通っていたから、相手は上級生のリコちゃんだった。初恋だったなあ。告白してフラれたけど。

まあ、なんにせよエリーやオリヴィエじゃなくて良かった。ヒュドルは次の街で男もいる娼館に連れてってやろう。

「エンケ」

「うん？　おわ、すごい量の骨だな。全部食ったのか」

粥をすすっていたらふとヒュドルの足元に骨が積み上がっているのが見えた。

ヒュドルは幼いながらも引き締まったたくましい見た目に反して意外と小食なのに、今日はずいぶんたくさん食べたようだ。

見れば昨日しとめたイノシシが全てなくなっている。

「やらせろ」

「は？」

風が吹いた、と一瞬思った。

実際風になったのはおれだった。

突風に攫《さら》われるように一瞬でヒュドルの腕に攫われ、手から粥の椀《わん》が滑り落ちるのを止める間もなく気づけば今背にしていたテントが遠く眼下に見えていた。

「は…!?　空、飛んでる…!?」

「しがみつくな、動き辛《づら》い」

飛んだのかと思ったがそれはものすごい滞空時間だっただけで、跳躍が頂点に達すればあとは落ちるだけだった。

強烈な浮遊感に襲われ、言われたことも忘れ全身でヒュドルにしがみつく。

「わああああああっ!!　やめ、やめ…!?」

「まだ何もしてない」

「高…むり、落ち…!!」

森の木の倍ほどの高さからカーブを描いて落下し、地面がみるみるうちに迫ってくる。

もう駄目だ、と目を瞑ったが予想した衝撃は来なかった。

トン、と軽い音がして再びふわりと体が浮く。目を開ければ高速で周囲の景色が下へ流れていくところだった。

「おま、おま…おまえええええ!!　ヒュドル!!　おまえ、物理法則無視するのやめろおおおおお!!」

「耳元で騒ぐな、うるさい」

跳躍だけで鳥よりも高く飛び、ヒュドルはたった三歩でおれを見たこともない洞窟へ連れ込んだ。

5　はじめて

「はー、怖かった…‼　こしぬけた…！」

「軟弱者め。だが今だけは好都合か」

「へ？」

腰が抜け膝が笑うおれは、洞窟の床に投げ出され震えながら生きていることを噛《か》み締めていた。

そんなおれの帯をヒュドルの手が背後からほどく。思考が追いついていなかったが、さすがにおれも身の危険を感じていた。

「そういえばお前ヤらせろとかなんとか」

「そうだ」

「やだよ、なんでおれが男にヤられないといけないんだよ。次の街行ったら娼館に連れてってやるからそれまで我慢…っていうかお前の移動速度ならちょっと街まで行ってちょっとヤって戻ってくることもできるんじゃないの」

「手近に貴様がいるのにそんなことする意味が？」

「あるよ、いっぱいあるよ」

「ほう、それはなんだ」

意外にもヒュドルは、帯から手を離しこそしなかったが聞く姿勢を見せた。

ヒュドルはふてぶてしくて、おれを年上と思わないような扱いをするが話は案外素直に聞く。

ここしかない、と思考をフル稼働して畳み掛けた。

「おれは男に抱かれたことなんてないし親子ほど歳が離れたお前に抱かれる気もない。自慰の仕方なら教えてやるから当面はそれで我慢するか娼館行け」

「…勇者一行の名前は広がり出している。これから戦いは激化していくことだろう」

「…そうだな？」

「この先人の住まない場所へ旅することもある。魔王城に向かうならなおさらだ。その道中に娼館があるとでも？　激しい戦いの後の昂《たかぶ》った体が自慰で満足できるとでも？」

「……まあ、そうなんだよな」

　煙に巻こうとしてみたがヒュドルの言うことはおれも考えていた。

　オリヴィエは精通の教育をしただけで真っ赤になるほど初心《うぶ》だから今のところあまり心配はしていないが、ヒュドルは違う。

　鍛え上げられた戦士の体はそれに見合ってさぞ性欲も強そうだ。実際精通前からヒュドルの戦闘後の昂った顔は、欲情しているようなぞっとする色気を孕《はら》んでいた。

「……確かに穴があればなんでもいいってオリヴィエやエリーに手を出されるよりは戦闘に参加しないおれが処理するのがいいけどさあ、どのみち今すぐヤるのは無理だよ」

「なぜだ」

「準備がいるんだよ。男同士は特に。洗浄とか拡張とか」

　これまでに読んだ無数の本の中にはそういった手順が書かれたものもあった。

　簡易的な潤滑剤なら旅の途中のありものでも作れるだろうが、こんな洞窟で今すぐにどうこうは無理な話だ。

「それなら問題ない」

「ん？　お前なにして…」

いつの間にか帯を解かれていて、下履きをずるりと全て脱がされた。

上の服も取り上げるように脱がされ、ひんやりとする洞窟の空気の中でおれだけ心もとない全裸になる。

ふいに腹にヒュドルの指が当てられた。幼いまろみを帯びているがゴツゴツとしはじめている戦士の指だ。

「――……」

ヒュドルの唇がなにごとか呪文を紡ぐ。

「お前魔法使えたの？　使わない主義だと思ってた」

「戦闘に魔法など使う必要はない、ギュルセ族の剣技は全てを相手にし全てを断ち切る。だがそれ以外で使うことは掟《おきて》で禁じられていない」

「へぇー。今使った魔法なに？　聞き覚えのない呪文だったけど」

状況も忘れ思わず目を輝かせ聞いてしまった。

ヒュドルの一族はなぜかほとんどのことが秘匿されていて、文献などは一切存在しない。残してはいけないという掟があり全て口伝なのだそうだ。

独特の剣術を使う一族は魔法すらも独自のものらしい。知識欲が疼《うず》く。

そんなおれをヒュドルは呆れたように見て、うらはらに指は繊細におれの腹を撫でた。

「ッ！　くすぐったいな」

「我慢しろ。すぐに終わる」

歌のような呪文を紡ぎながら指が腹の上を滑る。何か文様を描くような動き。

文様といえば、ヒュドルの左腕に肩から指先に至るまで彫り込まれたものが目に止まる。ギュルセ族伝統のものらしい。

同じような文様を今なぞっているのだろうか。

少し腹を撫でられ続け、やがて呪文が終わった時、ポウと腹が一瞬発光した。

「終わったぞ」

「……？　今の何？」

「貴様の腹の中を綺麗《きれい》にした」

「へ？」

「ついでに腸内に淫液が分泌するようにしておいた。一時的なものだが、効果が出てきただろう？」

「…………っ!?」

言われたことを理解した瞬間、腹の奥がズクンと疼《うず》いた。

排泄《はいせつ》の時以外意識したことない後ろの穴が勝手に収縮をしはじめ、穴のふちから腹の奥にかけてじわじわと痒《かゆ》みに襲われる。

「う…っそだろお前…！　人の体になに…っ」

「それから、ひとつ確認なのだが」

「は…なに…？」

「刺青《いれずみ》を彫らせてくれないか」

「かゆい…え、刺青？」

「そうだ。ギュルセ族が伴侶に彫り込むものなのだが、口伝のため忘れたら困る。長い旅の間忘れないよう彫らせてくれ」

「紙にでも書けよ！　つか今する話かそれ⁉」

痒みはじくじくと腹を侵す。背すじがぞくぞく震え、頭の中は痒みとその中に混じる快感に埋め尽くされつつあった。

「人体に彫ることが前提のものだから紙では正確に写し取れん。なにより、彫り方に条件がある。本来は一族の里の傍に生える木の樹液を使うのだが、樹液がないから別の手段を取るしかない」

「特殊な木？　へぇ、別な手段ってなんだ？」

「貴様こういう時だけ食いつくのやめろ」

ヒュドルが語るおれの知らない新しい知識に思わず痒みを忘れた。詳細をねだってヒュドルの服の裾を引っ張れば呆れた目で見下ろされる。

「知りたければ教えてやる。ただし、貴様の体を使わせろ」

「いいよ」

「……」

即答すると長い溜《た》め息をつかれた。

おれとしては紙に書けないような貴重な文様を見られるなら刺青のひとつやふたつどうでもいい。若い女の肌じゃあるまいし。

「では、やるぞ」

「うん？　刺青かセックスかどっちよ」

「両方だ」

最初は言っている意味がわからなかったが、両方という意味をおれは自分の体をもって知ることになる。

＊

「う…ゆ…っくり、ゆっくりな…」

後孔に当てられたヒュドルの男根はおれと同じか一回り大きいくらいだった。成長途中でこの大きさとは同じ男として恐れ入る。

まさか自分が男のものを受け入れるなんて考えたこともなかったが、おれの尻は早くと言わんばかりに吸い付くようにくぱくぱと開閉していた。

頭ではまだ納得しきれていなかったが、どのみちこれから長くなる旅で確かにこれが一番効率が良いとは思う。娼館代も浮くし。

「入れるぞ」

「おう。てかすげー痒いんだけど生で入れたらお前も痒いんじゃないのか？」

「それは腹の中にしか効果がない淫液だから問題ない」

「まじかよ都合よすぎ…ッン…ぁ、うぁ…!!」

笑っていると叱《しか》るように突き入れられた。正常位で腕を持たれ引き寄せられ、より深く奥まで繋がる。

　痒みが一気に和らいで頭の中が真っ白になった。力なく勃《た》ち上がっていたおれのものからコプリと僅かながら精液が飛び出す。

「あ…あー…すげ…きもちい…」

「大丈夫そうだな」

「ん…な、うご、いて」

「ああ」

　ヒュドルがおれの腰を持ってず、ず、と前後させる。

　これセックスっていうより自慰の道具にされてるみたいだなとぼんやり思った。楽でいいけど。

「道ができたから、動くぞ」

「え？」

　ヒュドルが腰を離し、仰向《あおむ》けになったおれの顔の横に手をついた。

　まだ幼い顔に欲情した目で見下ろされて、背徳感や罪悪感が胸に湧く。

　おれのいた国では何歳とセックスしても罰せられることはないが、こんな子どもとする人はほとんどいなかったし自分がすることになるなんて考えたこともなかった。

　しかし、そんなことを思っていられたのはその時までだった。

「ひっ…!?」

　ぱん、と音がするほどヒュドルの腰が一気に引かれ叩きつけられた。

　道ができた、という言葉の通りおれの腹はヒュドルのものをずるりと行儀よく飲み込む。

しかも、痒みを和らげてくれるそれを味わうように腸壁はむしゃぶりついていた。そんな腹と神経で繋がっているおれの体はたまったものじゃない。

目の前に電気だか火花だかよくわからないものが散って、頭の中にぞくぞくと来ちゃいけないものが込み上げる。

足の指先が開き、体が仰《の》け反《ぞ》った。

「待っ…うごかな……」

「いい具合だな」

「あぁあああっ…!!」

加減なくズドンと突き入れられ、上がったのは悲鳴じゃなく嬌声《きょうせい》だった。

腹で男根を締め付ければぞくぞくとした快感で下半身全部が痺《しび》れる。

ず、ず、と動かされるたび頭の中が真っ白になって無我夢中でヒュドルにしがみついた。

「あっひあっ、ぐっ、ん…んぁ…っ」

いつイッたのか下半身はおれの精液でびしゃびしゃになっていた。腹に溜まるほどの量の精液を見たのは十代以来か。突き入れられるたび先端からコプコプと色を失った精液が漏れ出していた。

ヒュ、と喉が詰まる。おれ、こんなに出して平気なんだろうか。死んじゃわないか。

命の危険を感じるほどの快感に、しかし精通したばかりの男は腰を止めてもくれず、ただただおれの体を貪る。

「うー…っ、うぁっ…うー…っ」

「どうした。なぜ泣く」

「しっしぬ…かはんしん、とけてしぬ…っ」

「これぐらいで死ぬか軟弱者め」

おれの言葉にヒュドルがふっと笑って、涙ごしに見たその顔に思わず見惚《みと》れた。

ヒュドルの造形は初めての情事のさなかで更に花開いていた。

ヒュドルが女だったなら傾国と呼ばれていただろう。いや、ヒュドルの美の前に性別など無意味だ。

見惚《みと》れていたら、ぐ、と膝裏を持たれて腰が上がる。きつい姿勢に呻《うめ》くと塞ぐように口づけられた。

ヒュドルにとってもしかしたら初めての口づけかもしれない。少したどたどしい舌使いに絡め取られ、口の中まで愛された。

「はぁ…っ、はっ…ぁ…！　ん…く……っ」

「……っ」

やがてヒュドルが小さく呻いて、おれの中に放出するのがわかった。

「はぁっ、はぁっ、……生きてる…」

足を解放されやっと終わったとぜいぜい胸を上下させる。おれの性器はすっかり力を失ってしなだれていた。

それでも腹の中はまだ痙攣《けいれん》しており、出したばかりでくったりしているヒュドルのものをむちゅむちゅとしゃぶっている。

（……ん？）

しゃぶっている、それが、どんどん硬さを取り戻していた。

「なっ……うそだろ……!?」

「……一度で収まるわけがないだろう」

「そりゃおれも十代だとそうだったけど…！　もう、もう無理だよ、おれもう三十超えてんだよ。ゆるし……んあぁっ！」

「もう少し付き合え。…刺青もまだだしな」

ずん、と硬さを取り戻したもので奥を突いたヒュドルは、見せ付けるようにおれの右腕を手に取った。

おれを横目に見ながら、舐《な》めるように唇を滑らせるその姿に無意識に腹の中のものを締め付けてしまい体が跳ねる。

ヒュドルは微笑みながら、おれの腕に歯を立てた。

食われる、と思った。あのイノシシのように、おれはヒュドルに全て食われてしまうのだと。

6　手首

いつの間に意識を飛ばしたのか、目が覚めたら見慣れたテントに寝かされていた。

「ん…？」

右手首に見覚えのない文様が彫られている。

様式はヒュドルの左腕に彫られたものと同じだが、黒いヒュドルのそれとは違いおれのは赤っぽい線でできていた。

手首をぐるりと囲う腕輪のような文様は指二本分くらいの幅だ。思っていたよりずいぶん小さくて痛みはない。

「その刺青は私の血液と魔力を使って彫る。正しい道具ではないからな、定着させるためには情事中に彫る必要がある」

「へぇー、なんで情事中限定なんだ？」

「私の魔力が貴様に浸透している必要がある。具体的には私が貴様の腹に出した後だ」

「はーなるほど」

ギュルセ族独自の腹を綺麗にして淫液を仕込む魔法といい刺青の手順といい、ずいぶんエロに特化しているなと思うが口には出さない。へそを曲げて話してくれなくなったら困る。

なんにせよ、毎回こんなことをされては身がもたないとだるすぎる下半身に思う。

「なあ、一回も何回も同じだしこの先の性欲処理ならしてやるけどさ、次があっても腹使うのは一度きりにしてくれよ。足りなかったら手とか口で抜いてやるから」

「次…ああ、貴様勘違いしているな。その刺青はほんの一部だ」

「へ？」

「最終的には…ここまで彫る。背中にもな」

体にかかっていた上着を取られ、ヒュドルの指先がおれの体をなぞる。手首から肩、肩から胸、脇腹――そして下腹部、股間の上のあたり。右半身のほとんどだ。

彫るには一度中出しする必要がある。初めてだったとはいえ一回分のセックスでこれだけ消耗して、たったの指二本分。

おれの顔から血の気が引いた。

「は…いやいやいや無理だって。別のやつにやってくれ」

「貴様しかいないだろう。生憎《あいにく》純朴馬鹿勇者だの乳臭い治癒術士だのに食指は動かん」

「体力的にほんと無理だ不可能だ。次の街で誰か勧誘しよう、体力あって若くて色事慣れてて刺青彫ってもいいいってやつ」

「エリーはどうする？」

「ぐっ」

エリーは高すぎる魔力がしばしば暴走したせいで、生まれ育った村で迫害されていた。

今はオリヴィエの尽力によって全ての魔力を治癒の力に回せるようになり、一行の重要な回復役として同行してくれているが、その生い立ちから知らない人間を極端に怖がる。

だからおれたちは一つの街に長く滞在しないし、勇者一行にこれ以上人数が増えることもないだろう。

「体力をつけろ。じきに私も落ち着く、それまでは付き合え」

「本当だな？　本当に落ち着くんだな？」

「貴様など二十代半ばには性欲が消えたような面しているな」

「人を枯れたみたいに言うな。セックスより本が好きだと気づいただけだっつの」

「生物としてどうなんだそれは」

「哀れむな！」

＊＊＊

「全く落ち着いてないな…⁉」

「なんだ唐突に」

「いや昔のこと思い出してた…お前結局九年間全然落ち着くことなかったな⁉」

「私は今二十一歳だ、男盛りだろう」

「うわ本当だ。じゃあお前いつ落ち着くんだよ…まあ、もうおれには関係ないからいいけど」

九年間、街に立ち寄るとヒュドルは積極的に娼館へ行ったし女を抱きまくっていたが、その短い滞在時間以外はずっと一緒にいたせいで、世界を救うなんて偉業の傍らおれに彫った刺青もずいぶん進んだ。

今は腰まで彫り終わり、残るは下腹部のみだ。とはいえほとんど完成しているし覚え書きとしてはもう十分だろう。

これほど時間がかかるものなら練習じゃなくいい加減本番に行くべきだ。

「関係ない？」

ヒュドルの眉が歪《ゆが》められる。その表情に心臓が跳ねた。

そうだ、おれはこいつが好きなんだった。

あまりにも長いこと隠すのに慣れたせいで普段は全く意識していない。でもこういう時は駄目だ。こいつと二人で向かい合って邪魔が入らない時だけは、抑え付けていた反動で好きという気持ちが次々に湧き襲ってくる。

おれがヒュドルに惚《ほ》れたのは当然のことだった。

なんせこいつは美を寄せ集めたような人間離れした容貌で、それなのにおれを抱く時はすごく人間臭くなる。そんな男を数年も見ていたらコロリといった。

元々人間不信気味だったおれが心を許しているのはかつての教え子達と村長と勇者一行だけだ。ただでさえおれにとって数少ない特別な人間だったのに、肌を合わせるコミュニケーションを頻繁にやって好きにならないはずがない。

おれは自分で思っていたより単純な人間だったのだ。

とはいえそれをヒュドルに明かす気はさらさらなかった。もちろんオリヴィエやエリーにも気づかせたことはない。

なんせ十九歳差だ。十九歳といえばおれの村だったら子どもが二人は生まれてる。ヒュドルとなんて親と子どころか親と次男くらい歳が離れているわけだ。

無理だろどう考えても。世間もおれも「さすがにない」って言うわ。世界が平和になったと同時におれの恋も終わったのでした。めでたし。

いや終わってないけど。多分一生引きずるだろうけど、別にいい。

おれは元々人より本が好きだったしヒュドル以外を好きになることなんてないだろうから、不自由は特にない。

「エンケ」

「なんだよ」

「関係ないとは――」

「エンケ！　ヒュドル！」

「エンケ様、ヒュドル！」

突然部屋の扉が開かれた。あれ、ここって鍵かかる部屋だよな？

と思ったら慌しく入ってきたのはオリヴィエとエリーだった。

それなら納得だ、オリヴィエはどんな扉でも開く魔法の鍵を持っている。魔王城突入に必須の伝説アイテムだ。

「オリヴィエ、エリー、どうした？」

覆いかぶさっていたヒュドルを押しのけて、破られた服を寄せ集めどうにか服のような形に戻す。

オリヴィエはここがどういう場所かわかっていないらしく平然としていたが、エリーの頬が赤くなっていた。

ごめんなエリー、オリヴィエには今度女の子連れてくる場所じゃないって教えておくから。

「それが、大変です。隣国の軍が攻めてきました」

「……うん？」

7 準備

話を聞くとこういうことだった。

この国は海に面しているが、海の向こうの隣国が侵略を示す旗を掲げ船で進軍してきた。

この国は世界を脅かす魔王領に近いところに存在していたため疲弊している。魔王が討伐された今の隙《すき》に乗っ取ろうということらしい。

ただややこしいのが、侵攻は隣国の王の命令ではなく王子の暴走らしい。国王と親交深い向こう側の王としては戦争の意思はない。

その他もろもろの国交上の理由で、できるだけ双方無傷で終わらせるのが最適だが軍を出すとなればそうもいかない。

なので勇者様お力を貸してもらえませんかと言われたわけだ。勇者という抑止力が立てばあるいは争いを避けられるのではないかと。

人の良いオリヴィエはわかりました、エンケに相談しますねとここに来た。

「偉い、よく二つ返事で引き受けなかったな」

「はい！」

ふわふわの頭を撫でてやると嬉しそうに笑う。

オリヴィエは人の良さと実力に付け込まれ様々な面倒事を無償で引き受けることがあるので、逐一相談するよう言いつけていたのだ。

旅が終わってもそれは続いているらしい。

おれは幼かった勇者が世界を旅する上で騙されたりぼったくられたり路銀が尽きたりしないために会計士として同行していた。なのでこういう時の依頼料もおれが管理することになっている。おれがいなかった場合はエリーがその役目だ。

「隣国の侵攻を止めるなら報酬は一〇〇金と八〇〇万銀かな。諸経費が別で一〇〇万銀。あと国の裏の山ひとつを現物支給」

「山…？　それに、諸経費がずいぶん少ないようですが」

頭の中ではじき出した試算を伝えると、同じく試算していただろうエリーは諸経費の額と山には首を傾げた。

「エリーはどういう風に考えている？」

「魔法で兵士を増やし、勇者率いる大群を見せつけ戦意を削《そ》ぎます。海岸を埋め尽くさんばかりの兵士と召喚した精霊や魔獣で威嚇。攻撃が行われた場合、障壁を作りそれが傷つけば私が癒しましょう。相手が根負けするまで耐久する自信はあります」

「悪くないね。でも考えてごらんエリー。諸経費は紙を買う分だけ、人手はおれ達だけで済む。山はそのまま使用する。ヒントは東方の国で出会った魔術、ミソは船団を無傷で捕らえるという部分。時間もそんなにはかからないよ」

「紙…山……わかりました！　キョンレムですね？」

「いい子だ。エリーはオリヴィエに指示を。おれはヒュドルと」

「「了解」」

十年間一緒に旅した仲だ、緊急事態に余計な言葉は不要だった。

おれとエリーが考えて、オリヴィエとヒュドルが動く。いつものことだ。

「どこに向かう」

オリヴィエが魔法でエリー共々消える。城に返事兼交渉をしに行ったはずだからおれ達はその間に準備だ。

ヒュドルがおれを抱き上げて窓を開く。

「紙屋。東方の紙は絵画の修復に良いから在庫があるはずだ。何軒か回ってかき集めたら山に向かう」

言っている間にヒュドルはおれを抱えたまま窓から飛び出す。街の屋根なら高低差も少ないから飛び移っても恐怖はあまりない。

あっという間に紙屋に着いて、あるだけの紙をかき集める。

旅の途中で手に入れた、生物以外ならなんでも一定数まで入る袋にしまって半刻も経たず山に向かえば、オリヴィエとエリーもすでに到着していた。

「お待たせ。はい紙」

「はい」

オリヴィエが大量の紙に向かって呪文を唱える。おれを置いたヒュドルがそれを抱え上げて山のあちこちにばらまいた。

エリーが魔力譲渡の宝石に魔力をたっぷり籠《こ》めオリヴィエに渡す。

瞬く間に準備が整い、遥《はる》か遠くに見える船団をしばらく待つことになった。

「エンケ、ヒュドルと話はできましたか？」

「そういやしてないや。つか眠い…」

ヒュドルが小腹がすいたと狩りに行っている隙にオリヴィエがこっそり聞いてきた。

(話か…話といっても何を話せばいいんだろうな。ヒュドルはおれを探していたみたいだけど)

話というならおれが国外れの隙間風吹き込む小屋に閉じ込められている一ヶ月でいくらでもできたはずだ。だがヒュドルは一日三回飯を運ぶ以外はろくに顔も見せず娼館に籠《こも》っていた。

魔王を倒した夜以来、互いの肌に触れてもいない。

ここにいろと小屋に閉じ込められた時、もしかしたら二人の間で嬉しい別れの言葉でも交わせるんじゃないかと期待していた。

旅の仲間だった者としてお互いを認め讃《たた》えるような言葉を、と。おれで性欲処理する必要がなくなった今、ヒュドルの中でおれがどれくらい価値があるのか知りたかった。

おれには人より覚えが良いだけの頭と、年の功からくる小ずるさしかない。英雄として讃えられるようなことは何もしていないしできていない。だがオリヴィエとエリー、ヒュドルは本物の英雄だ。

そんな英雄達と共に旅ができたことはおれにとって一生の誇りになるだろう。

その上で贅沢《ぜいたく》にも、ヒュドルに認めてもらいたかった。

惚れた心のせいでどうしても望んでしまう。おれはヒュドルの中の歴史に刻まれたい。

ヒュドルは抱いた女や剣を交わした敵将でさえ、自分にとって無価値だと思えば数ヶ月もすると忘れてしまうから。おれは少しでもヒュドルにとって価値ある者として記憶に残れるのか知りたかった。

しかしだ。ぶっちゃけ一ヶ月は長かった。最初は期待していたが完全に放置されるうちに不安が募ったのだ。

何よりおっさんが、惚れた男が来るのを待ち続けるという図に耐え切れなくなった。いやおれ何期待して待っちゃってんだよと冷静になってしまったのだ。

だから正直な話、現在おれはヒュドルと話などしたくないのである。何を言われるか考えた一ヶ月で思考がすっかりマイナス寄りになってしまった。

「悪い、おれちょっと寝るわ」

「はい。ああフユ、久しぶりだね」

適当に柔らかそうな草の上でごろりと横たわり目を瞑れば、いつの間にここまで来たのかフユがおれに寄り添うように座った。

人の入らない、国が保有する山だ。近くに来ても大丈夫だと判断したんだろう、賢い獣だ。

「フユ…！　今日こそその毛皮をもふもふに…！」

フユの毛が大好きなエリーの声を聞きながらおれは眠りに落ちていった。

ヒュドルが戻ってきても、言葉を交わさず済むように。

＊＊＊

確かに会話したくないとは思ったが。

「あっ…あぅっ、あっ……！」

かといって突っ込まれるとは誰が予想したか。

狩りで腹が膨れたヒュドルが戻ってきたらすやすや眠るおれがいて、むらむらしたらしく下半身の服を剝ぎ取り突っ込んできた。

どうもヒュドルは肉を食うと欲情するようなのだ。そしてこの戦闘民族の主食は肉だ。嫌いなものは野菜だ。

幸いその頃にはオリヴィエとエリーは作戦に向かっており、人気《ひとけ》のない森でおれはひとりきりだった。

フユが傍にいたはずだがヒュドルとフユは仲が悪いので、ヒュドルが戻ってきたらどこかに行ってしまったらしい。

背後から両手を纏《まと》められ片手で木に磔《はりつけ》にされて、ヒュドルのもう片方の手はおれの薄い尻をわし摑《づか》んでいる。

一ヶ月ぶりだというのにヒュドルを受け入れたところからは快感しか伝わらない。

すっかり慣らされてしまったと思えば背すじに震えが走った。まぎれもなく喜んでしまって、羞恥で顔に血が上る。

最初のような痒みこそ発生させないが潤滑を施す魔法で潤されたそこは、抜き差しされるたびにぱちゅぱちゅと音を立てながら行儀良くヒュドルを飲み込んでいた。

恋を忘れたいおれの意思とは無関係に、体も心も久しぶりの情交を喜んでいる。

正直もうこんな風に抱かれることはないと思ってたからな。旅の間は三日と空いたことがなかったのに凱旋してからは全くそういうことがなかった。男に抱かれるなんて御免だと思ってたし今も思っているのに、たまらなく気持ちいいから困ったものだ。

「ヒュドル、ひゅどる」

腕を押さえられた不自由な姿勢で自分の肩ごしに振り返れば、すっかり大人になったヒュドルがいつもの彫像のような表情を少しだけ崩し腰を打ち付けているのが見えた。

喘《あえ》ぎながら名前を呼べば、おれの腕を解放して繋がったまま反転させてくる。

「うぁ…っあ、あ、ん……！」

向かい合って背中を木に押し付けられ、どちらからともなく貪るように口を合わせた。

「んむ…んっ…ふ、あ…っ」

「エンケ」

ひやりとした手のひらがおれの前髪をかき上げて、熱っぽい目がおれを見つめる。

やめろ、心臓が跳ねる。これ以上お前を好きになったらどうする。

思わず顔を逸《そ》らしたら顎を摑まれ戻された。

「……なん、だよ」

「小屋で待っていろと言っただろう」

「どうしておれがお前を待たなきゃいけないんだよ。つか待っただろ、一ヶ月我慢しただけでも十分だろ」

腰の動きが止まったが、中のものは主張を続けている。

結構高まってたところだから正直話より早く動いてほしくて、腰をもぞりと揺らせば苦虫を嚙み潰したような顔をされた。四十のおっさんの薄い尻だがそこそこに具合はいいらしい。

「貴様、自分だけ満足する気か」

「あんま長、あっ、く、繋がってる、と、きつ…いんだよ…っんぅ」

ねだったままに腰の動きが再開されヒュドルにしがみつく。

体力をつけろと最初に言われそこそこ努力はしたが、さすがに最近では何回もやるとへばるし長時間すれば昔より疲れが残るようになった。

できればあまり時間をかけずにお互いサッと出してすっきりしてさっさと終わりたい。

ヒュドルはセックスの最中に会話するのが好きみたいなんだけどな。いつもよりちょっとだけ素直でちょっとだけ年相応になるのだ。

「軟弱者め…」

「おま、っえが、規格外…んっ、な、だろ…あっ…ああ…っ！」

「…ッ、エンケ貴様…」

中の刺激だけで達してしまった。まずい、タイミング合わなかった。

荒い息を吐きながら生理的に溢《あふ》れた涙を拭って見てみれば、ヒュドルは案の定不満そうな顔をしている。

いつもならもう一～二回はヤろうとしてくるが、さすがに今はそんな状況じゃないからな。

「ん…っ」

まだ硬いものがずるりと抜かれ声が漏れる。

腹につかんばかりに反り上がったヒュドルのものは、昔に比べるとよくおれの腹に入るよなというくらい立派に成長してしまった。

正直おれもゾクゾクするからあんまり見たくないんだが、さすがに可哀想で地面に膝をつく。

「…っ、おい」

「ん…早く出せよ」

滅多にやらない口淫を始めると、ヒュドルが僅かに狼狽《ろうばい》する珍しい声が降ってきた。

これがおれの中に入ってたんだな人体の神秘だよなと思いながら、口に収まりきらないほど大きく凹凸《おうとつ》がすさまじい一物《いちもつ》にしゃぶりつく。

衛生的な問題はない。ギュルセ族のエロ特化魔法はそのあたり完璧にクリアしているそうなので。

少ししゃぶるも顎が軋《きし》んで少し辛い。一旦口を離して玉の間かられろーと鈴口まで舐め上げれば、腹に当たりそうなくらい大きく跳ねた。

見上げてみれば彫像のような顔が崩れ獣のような眼光で射抜かれている。

「う…」

さっきまでヒュドルを受け入れていたところが無意識に収縮して、バツが悪くなり顔を伏せた。そのついでに多少無理して口を目一杯に広げ、上から先端を咥《くわ》えてみる。

「…エン、ケ」

「んぶ、んぐ……でひゃいな、おまへの」

「そこで喋るな。…噛むなよ」

もどかしい愛撫《あいぶ》に我慢しきれなくなったのか後頭部に手が添えられた。力は籠められていないが促されたのがわかったので、少しずつ飲み込んでみる。

「んぐ…」

半分も飲み込む前に喉をつきそうになる。えずきそうになって慌てて口を離せば、後頭部の手がそれを助けるように動いた。

「えぷ…すまん、無理だわこれは」

「…いい。そのままじっとしていろ」

「？」

後頭部の手がおれの額に当てられ、上を向かされる。

見下ろすヒュドルと目が合い逸らしたくなったが、額に当てられた手が力なんて籠められていなさそうなのにビクともせずそれを許さない。

ヒュドルの前に跪《ひざまず》くおれの顔の傍には、先ほどまで咥えてたものがあった。

「うへぇ…まじかよ」

「黙れ、萎える」

しゅ、しゅ、と男ならそこそこ聞きなれた音が耳を打つ。ヒュドルの顔を見せられているせいで視界の端で動く程度だが、おれを固定していない方の手が何をやっているかはよくわかった。

「顔にかけるなよ」

「飲めるか？」

「地面にでも出しとけよ…まあ、いいけどさあ」

おれ達がこのあたりにいることは軍の人間など何人かが知っているはずなので、万一痕跡が見つかることがあれば嫌すぎる。

刺青を彫るためもあり中に出したがるヒュドルを相手にしていると滅多にないことだが、長い旅の途中で飲んだことがないわけじゃない。

渋々口を開ければ、遠慮なく舌の上に先端を押し付けられて放出された。

「んぶっ、ぐ……んぐ、ん、っぐ…げほっ、多いなこの野郎⁉」

「溜まってたからな」

むせたら服やらが大惨事になると思いどうにか飲み込むが、量が多くて喉に絡みつく。一回一回の量が多いから、これが何度も中に出されればいつも腹いっぱいになるのだ。人の腸なんてそうそう満杯にならないはずなのに。

若いっていいなと思いながら遠くを眺めれば、侵略の旗を掲げた船団が、大量の土で作られた即席の堤防に囲まれ動きが止まる様子が見えた。

「無事終わったみたいだな。お前の剣技は出番なしか」

「平和な世に私やオリヴィエほどの力は過ぎたものだろう」

「おや大人みたいな発言して」

「ゆえに私が新たな魔王として台頭しオリヴィエと戦う計画を進めているところだ」

「……。ヒュドル、お前の冗談って一瞬信じそうになるよな…」

＊＊＊

それは、味方にとっては奇跡のようで敵にとっては悪夢のような光景だった。

「山が…動いている…!?」

侵略者の船団が海岸に近づくとそこに予想した軍隊などはなく、年若い男女が二人手を繋いで立っているだけだった。

一見すると恋人達が海岸で遊んでいるように見え、戦争と無縁のその光景に侵略者達は一瞬油断してしまう。

その一瞬のことだった。船団にふいに影が落ち、見上げれば常識を超えた巨大な何かがそこにあった。

山ひとつが巨人――ゴーレムになったような、巨大な人型の何かが。

オリヴィエはエリーの底なしの魔力を借り受け魔法を発動させていた。それは山ひとつ動かす規格外。どれほど強大な魔力があったとしても不可能なはずの大魔法。

後に、遠く外壁から眺めていた軍の魔法使いにどうやったのかを聞かれ、オリヴィエは笑顔で答えた。

「旅の途中、遊びで組み合わせたらできた魔法なんです」

誰が遊びで組み合わせたかは言わなかった。言えば彼に危険が及ぶとエリーに言われていたオリヴィエは忠実に守る。さすが勇者様だと絶賛されて困ったような顔はしていたが。

山ひとつ分のゴーレムは逃げようとする船団の退路を塞ぎ、その大きな腕で囲むようにすれば大砲の弾でも揺らがない堤防となった。

こうして船団はゴーレムに抱き込まれるように捕らえられ、戦意を喪失した船員達は無傷のまま捕まったのである。

「上手《うま》くいったなキョンレム。あの大きさをこともなげに動かすとはさすがエリーとオリヴィエ」

「…その阿呆《あほう》な名前はどうにかならないのか。わかるものが見れば杖《つえ》を折り失神するほどの大魔法なのだろう、あれは」

「わかりやすいだろ、キョンシーとゴーレムの掛け合わせでキョンレム。東方の紙が触媒に必要なのが難点だが、あの紙なら魔力と命令の伝導効率が飛躍的に上がり、従来不可能なほど巨大なものも動かせるし複雑な命令もできる。やっぱ魔法って面白《おもしろ》いなー」

「作ったのは貴様だろうに、他人事のようだな」

「おれは理論を組み合わせて弄《いじ》っただけ、知識があれば誰でもできる。実用に持ってってったのはエリーとオリヴィエだよ」

東方の国で知った死体を動かすキョンシーなる呪術と、エンケ達の国に伝わる土くれから動く人形を作るゴーレムの魔法は本来相容《あいい》れないものだった。

しかしエンケは旅の途中の思考遊びのさなかで、それぞれの利点を組み合わせ全く新しい魔法を作ってしまった。例えるなら相反する存在の火と水を組み合わせ、水の中で松明《たいまつ》を燃やすようなものだ。死体の用意や文字を刻むといった制約を消した代わりに複雑極まりない魔法になったそれは、人間にはほぼ実行不可能なはずだった。

しかし、勇者オリヴィエはちょっとやってみたらできてしまった。天才である。

勇者はすごかった。だがそんなものを作ってしまうエンケも実はすごいのだということを、本人も魔法に疎いギュルセ族の青年もいまいちわかっておらず、二人はセックスの後のだるいがすっきりした頭でのほほんとオリヴィエとエリーの雄姿を眺めているのであった。

さて、おれは小ずるい大人なので、この後に何が起きるかなんとなく予想していた。

「エンケ」

「なあ、ヒュドル」

「…なんだ」

ヒュドルの言葉を封じるように呼びかければ渋々ながらも聞く姿勢を見せた。

こういうとこなんだよな。傲岸不遜でおれのこと年上と思ってないような態度取るくせして、言うことは存外素直に聞くとこがな、可愛《かわい》いよな。

「お前おれに話すことでもあんの？　探してたみたいだけど」

「……」

再会してからというもの二人してなんとなーく避けてた話題を直球でぶつけてみる。

おれにとってこれが最初で最後の機会だ。相当勇気を振り絞ってみたが二回目はもうない。

何を考えてるかわからない年下の思い人の言葉を、期待しながら待つにはおれは年を取りすぎた。

おれにとってはもう期待っていうのは毒だ。体も心も、新鮮な体験は嬉しい楽しい以上に疲弊してしまうようになってしまった。もうできるだけ変化なく生きたい。

「……」

ヒュドルは、こいつにしては珍しく長い時間考えていた。大抵のことを即断即決するやつだから考え込むなんて十年の旅の間で両手の指ほどあったかどうかだ。

何か悩んでいるようにも見えるが、著名な彫刻家が人生を賭して作った彫像のような顔で微動だにしないし、表情も変わらないのでわからない。

出会った時から完成していた戦士は動揺も思考も表に出さないから困る。

「……貴様に話せることは」

「うん」

「何もない」

「…そうか」

じゃあなんでおれを探していたんだって聞くべきかもしれない。ただそれを聞くにはおれはヒュドルが好きすぎた。

好きすぎて、期待通りの答えでも期待外れの答えでも深いダメージを負いそうだ。どのみち諦めると決めた恋でそれはちょっときつかった。

「エンケ、私は……む」

ヒュドルが異変に気づき即座に警戒態勢に移る。さすがだな、あんなに遠くの気配を感じ取れるのか。おれにはさっぱりわからない。

その直後水音が聞こえてきた。山でできたゴーレムの後ろに広がる海が不自然に波打つのが、おれ達の場所からだとよく見える。

（来た）

おれは小ずるい大人なのでそれが何なのか予想していて、だからおれが一番早く動けた。

「フユ！」

「ワンッ」

どこからともなくフユの巨体が現れる。伏せてくれたその体躯《たいく》に飛び乗った。

「おれ達が行く、お前が出れば大事になるから来るなよ」

「あれは何だ?」

「バカ王子のペットの大海獣。といってもほぼ野生だから倒しても国際法的に問題ない。祭りのご馳《ち》走《そう》が増えるぞ」

何も言わずとも海に向かってフユが駆け出す。

手加減が下手だと自覚しているヒュドルは大人しくその場に残っていた。本当に素直なところあるよなあいつ。

海から頭を出しているのは頭部が山羊《やぎ》に近く体はクジラに近い、ツノを持つ巨大な生き物。大きさは山ひとつでできたゴーレムの半分ほどか。

侵攻してきた隣国のバカ王子が昔商人から幼生を買って、でかくなり持て余して海に捨てたのが野生化したものだ。餌と称して他のペットを食わせたりしていたそうだから、今回も餌が貰《もら》えると思ってついてきたんだろう。

今は世界の各地で活躍している、おれがかつて教師をしていた頃の教え子達がくれる手紙は、おれに色んなことを教えてくれた。それがこんな時役に立つ。

「エンケ!」

「エンケ様!」

「お前達だと船までふっ飛ばしちゃうだろ、おれ達が行くから、死体の処理は頼んだ。問題なく食べられるようにするつもりだけど、もし目が紫に肉が緑に変色していたら食うなよ」

海岸でオリヴィエ、エリーと合流する。

「はい。…エンケ、行くんですね」

「うん。旅に戻るよ。元気でな」

「エンケ様……寂しくなります」

「エリー、結婚式楽しみにしてる。必ず出席するから連絡くれな」

フユの上から二人の頭を撫でる。

別れが終わったのを確認したらフユはまた走り出した。ゴーレムの腕を伝って、今まさに顔を出した大海獣の元へ。

「オオオオオオオオオオオ…!!」

「うわっ」

どでかい咆哮《ほうこう》が直撃する。空気はおろか景色まで震えるほどの雄叫《おたけ》びに、足首に着けている身代わり宝珠がいくつか砕けた。

すごい声だ。多分王都のガラスとか割れてるだろうな。

「わふっ?」

「口の中へ!」

「ワンッ」

再び咆哮せんと開かれた口にフユが飛び込む。大海獣の口の中は真っ青だった。文献の通りだ。

「右に進んでくれ」

飛び込んだ闖入者《ちんにゅう》に驚いたのか二度目の咆哮は来ない。今のうちにと二つある気道の右に向かう。ドクドクと蠢《うごめ》く内臓の中は真っ暗だったがフユの目なら問題ない。進んでいくとモワリとヘドロのような生臭さに空気が変わるところがあった。

「多分ここだ。ここら辺に刺してくれ」

「ワンッ」

真っ暗な中でも、フユの尻尾から毒針がキラリと光るのが見えた。おそらくフユの魔力によるものなんだろう、すごく綺麗な青白い光。

ブツリ。針が差し込まれる音が聞こえる。ドクン、大海獣の心臓が跳ねる音も。

「終わりだ、出よう。文献にあった解剖図が正しかったらここに刺せば毒が肉に回る前に死ぬんだけど、合ってるといいな」

フユの毒はどれほどの巨体でも内臓に到達させることができれば必ず殺せる。殺せないのは肉体がない魔力だけの存在とかだ。魔王とかな。

外に向かって走る途中、後ろからゴボゴボと音が追いかけてくる。口から飛び出して背後を見れば大海獣が泡を吹き出しながら海に倒れるのが見えた。

波飛沫《しぶき》の間から見える目が裏返っているが白目に変色は見られない。刺す場所は当たっていたようだ、あれなら肉は美味《おい》しく食べられる。

「じゃ、行こうかフユ」

「ワンッ」

こんなこともあろうかと少ない荷物は常に携帯している。このまま国を出るつもりだ。

ほんのちょっとだけ、別れ際のヒュドルの顔を思い出した。後ろ髪を引かれるのを気のせいにしてフユの背にしがみつく。

おれはもうヒュドルとは離れて生きていくんだ。忘れるのが一番いい。

「…フユ」

「わふ？」

「ちょっと行きたいところがある。すごく遠いんだが、行ってくれるか？」

「キャンッ！」

＊＊＊

再び旅に出てから六ヶ月ほど経った今、おれは温泉に浸《つ》かっていた。砂漠のオアシスに湧いた少し珍しい温泉だ。

「あ〜〜〜」

滞在してもう三日になるが、砂漠を眺めながら入る温泉は格別で思わず声が出る。

六ヶ月間の旅で体のあちこちにガタが来てしまい、やむを得ず湯治に来たのだ。大人が五人ほど入れる広さの湯船には日よけの屋根があって、傍に着替えや簡単な寝泊りならできる粗末な小屋があった。

近くの国が管理しているらしいが基本的に無人の温泉だ。だが、どうやらその辺を飛ぶ砂漠魚がたまに来てここの湯を飲んでいるらしく、その時に不純物も一緒に吸い込むおかげで湯は結構綺麗だ。

ロジア絹の交易シーズンならここも賑《にぎ》わうと聞いたが、昔勇者達と立ち寄った時も今もシーズン外で、この三日間おれ以外に客はいないし近くを通りかかる人もいなかった。

フユは温泉には興味ないが砂漠魚と砂浴びが大好きで、おれが温泉に浸かっている間に見えないほど遠くまで行って遊んだり狩りをしたりしている。どうやらお気に入りの砂浴びスポットがあるようで呼ばない限りは夜になっても戻ってこない。

とはいえ優れた耳と鼻でこちらを気にかけてくれてはいるようだ。おれが風呂のフチで滑って転んだ時はいつの間にか傍に来てきゅふんきゅふん鳴いて心配してくれた。

その時の打ち身がまだ脚に残っている。片手で撫でさすりながら、もう片方の手で近くに置いておいた石版を手繰り寄せた。

「ロジア族、ポ＝ネ族、ステカ族…」

この石版はこの砂漠にある古い交易所跡地から発掘されたもののレプリカだ。近くの国で土産物として売っている。

石版も広義に言えば本なので旅の途中見かけて気になっていたが、以前訪れた時は読む時間がなかった。大抵の本は一瞬で読めるおれだが、さすがにほぼ模様にしか見えない古代語は翻訳しながらゆっくり読むしかない。

旅の終盤で生物以外なら大量に入れられて重くもならない不思議な袋を手に入れた時、石版を見つけた際にこれがあればなあなんて惜しんだものだが、今こうして読めているのでそんな過去は忘れよう。ここに来た初日と昨日は体が痛すぎて読む余裕もなかったが、温泉が効いたのか今日は朝から調子が良くのんびりと読むことができそうだ。

石版に書かれていたのは交易所を利用していた部族の名前のようだった。

石版自体が六百年ほど前のものなので今はもう滅んだ部族や名前すら伝わっていないような少数部族の名が多数書かれている。

おれがわざわざ六ヶ月かけて（途中の街や国の本を読破しながら）やってきたのは、この石版を再び見るためだった。

かつて露天商で見かけた時、気になる名前があった気がしたのだ。

勘違いではなく、それは間違いなく刻み込まれていた。

「……ギル・セ族」

ギュルセ族に似ている響き。辺境にあるというギュルセ族の里は掟で文献を残すのが禁じられており、そもそも文字がないとヒュドルから聞いた。旅の道中でおれが教えるまでヒュドルは読み書きができなかったのだ。

もしその掟が六百年前にもあったのなら、口で伝えられた部族名を石版に書き記した者が誤った可能性がある。

「…………いや、おれはこの石版を読みたかっただけだから。珍しいから、石版とか。こんなに綺麗に文字が残っているのは特にな！」

誰もいないのに声に出して言い訳をするとむなしさが襲ってきた。石版を手放し膝を抱えて湯に浸かる。

「……特徴とかは書いてなかったな」

ちゃぷちゃぷ揺れる湯の音を聞きながらこれまで読んだ無数の本と石版の内容を思い出し頭の中で

照らし合わせる。

（ロジア族の分布はあそこでポ＝ネ族はあそこのあたりだろ、となるとギル・セ族の予想分布は――）

「やあ、おひとりですか？」

「ッ!!」

思考に耽《ふけ》っていたとはいえ、背後からくぐもった声で急に話しかけられるまで人がいたことに気づかなかった。

驚いて体勢を崩し風呂に沈みかける。素早く伸びてきた皮手袋をはめた手が支えてくれ事なきを得たが、温かい湯に浸かっているにも関わらず背すじを冷たいものが這《は》った。

――気づかなかったんじゃない、気づけなかったんだ。

声をかけてきた人間はこのあたりでよく着られている、目元以外を全て布で覆う男物の服を着ていた。声は若いが成人はしているだろう。

しかし気配がおかしい。気候と立地の関係で盗賊すらあまり出ないほどそこそこ平和なこの周辺でこれほどの戦士が育つのだろうか。

男はヒュドルには及ばずともそれに近いほどの実力者に思えた。

気配が全くないのだ。物音も呼吸も、これほど傍にいて腕を掴まれてさえいるというのに存在しているのを疑うほど生物としての気配を感じない。倒れたおれを支えるのにも衣擦《きぬず》れひとつ立てなかった。

フユが来ないのが異様さの最たる証《あかし》だ。不審な人間が近づいているのにフユが来ない、フユですら気づけていないのだ。

「すみません、驚かせたかな」

「いや…」

男がおれの腕を離すと、途端に気配を感じるようになった。思い出したように突然人間臭くなる。

ヒュドルは旅が進むにつれわざと気配を出すようになっていったが、男も同じことをしたのだろう。

それでもフユが来る様子がないということは範囲をおれだけに限定しているようだが。

「ところで…おひとりですか？　伴侶はどこに？」

「伴侶？」

男がきょろきょろとオアシスを見渡す。

変なことを言う男だ。そりゃおれは普通なら結婚して何年も経っているような年齢だが、こんな砂漠の無人温泉に伴侶を連れてくるようなやつはそういないだろう。

「あなたの伴侶の姿が見えないようですが」

「…おれに伴侶はいないよ」

「えっ」

「え？」

怪しい男は目元しか見えないが明らかに狼狽した様子だった。

「その…なぜおひとりで？」

「なぜって…別に変じゃないだろ」

そりゃあ砂漠の真ん中ではあるがひとりで行動する旅人なんて珍しくはない。実際、目の前の男だって一人旅のようだ。

怪しいな、と湯船の中から見上げてみて気づいた。男はなぜかずっとおれから目を逸らしている。

「……？」

「あ、あの、そのですね、いや、ほら、ここのお湯は美肌効果があるらしいからお嫁さんと一緒なのかなーとか……」

「……あんたさ」

「はいっ？」

「嘘《うそ》が下手って言われるだろ」

「……言われますぅ……」

男は明らかに挙動不審で、探るまでもなく嘘をついているとわかった。

告げてみれば観念したようにへなへなとその場に座り込む。

「…あの、全て話しますので、どうかあなたからも教えてくださいませんか」

「教えるって、何を？」

「なぜ伴侶紋があるのに伴侶がいないなどと仰《おっしゃ》るかです」

「！」

伴侶紋。それはヒュドルがおれに彫り込んだ刺青だ。

どんな文献にも載っていないこれが伴侶紋だとわかるということは、この男。

「私はギュルセ族、翠風《すいふう》の家の子です」

＊＊＊

「…話をするのはいいんだが」

「はい」

「なんでこんなにぐるぐる巻きなんだ」

ギュルセ族は着ていた男物の服を脱ぐとそれをおれに着るよう懇願してきた。おれの服はあると見せたが、顔を隠してほしいと言う。

そしてびっくり、服の下からは褐色の肌に銀髪の美女が出てきた。右腕に、ヒュドルやおれに彫られたものと同じ様式の刺青がある。

体格が良く声も低いが、男物の服を脱いだ下は肌にぴったりと沿った黒い装束で、女性だとすぐにわかった。

というかその装束が首から胸のあたりと腰から膝のあたりくらいしか隠しておらず、動きやすそうだが非常に目のやり場に困る。できれば男物を着ていてほしかった。

しかし彼女はおれの方が目のやり場に困ると言う。

確かに女性の前でいつまでも全裸なのは抵抗があったから大人しく服を受け取ってはみたが、頭からつま先までが一体化しているそれを着てみせればなぜか右袖と脇腹までの布を破り取られ困惑した。ヒュドルの趣味だと思っていたがどうやらギュルセ族は袖を破る習慣があるようだ。更に、隠しきれていないからと追加で頭に布を巻かれる。

かくしておれは風呂の傍にある壁のない屋根の下、全身ぐるぐる巻きなのに右上半身のみ露出という格好で、下着のような露出度の美女と向かい合うという状況に置かれていた。

「それが我が里における伴侶の格好ですので、その格好ならば目を逸らさずにお話しすることができます」

「ギュルセ族の里ってこんな変わった服装のやつがたむろしてるのか」

「いえ、基本的には閉じ込められているので滅多にお会いすることはありませんね」

「基本的に閉じ込められてるの!?」

次々明かされるギュルセ族の新情報。

ヒュドルが語った範囲だと里は天然の絶壁の上にあり、下には猛獣の巣食う森が囲むように広がっている環境ということくらいだった。しかしこの様子だと相当独特の文化が築かれているらしい。

いや、ヒュドルも文字を知らなかったり謎の魔法とか厳しい掟の話とかしていたからある程度想像はしていたが、それにしたって衝撃があった。

「あの…あんた、えっと…」

「翠風の家の子とお呼びください」

「長いな、それ名前じゃないんだろ?」

「人の伴侶に名を教えるのも聞くのも掟で禁止されています。なのでどうか翠風の家の子、と」

「掟…そうか、掟なら尊重するけど少し言い辛いんだ、すまないが翠風の子と縮めては駄目か?」

「それくらいなら構いませんよ。あなたのことは…黒い力の伴侶、と呼ばせてください」

「こっ恥《ぱ》ずかしいんだが」

「我慢してください」

「できれば嫌だ」

「我慢してください」

「押し強すぎない？　ギュルセ族って皆そうなのか？」

「大体そうです」

「そっかぁ……」

ヒュドルも大概言い出したら聞かないやつだったが、どうやら里ぐるみでそうらしい。

「では翠風の子、どうしておれに伴侶がいるかそう拘《こだわ》るんだ？」

「……先に確認させてください、黒い力の伴侶にその紋を彫った者の名を聞かせてもらえますか？」

「なぜか聞いても？」

「あなたが真実、ギュルセ族の伴侶なのかを確認したい。我々は掟で里の関係者以外には話せないことが多いので」

「そうか」

翠風の子をよく観察する。嘘をついている様子はない。

頭を働かせる。ギュルセ族は秘密主義だ、存在自体が秘匿されており文献にもほとんど残っていない。おれがこれまで読んだ無数の本の中でギュルセに近い名があったのは先ほどの石版のみだ。

ギュルセ族にはたくさんの掟があるらしいが、秘密を守るためのものは特に多いとヒュドルから聞いたことがある。

…つまり伴侶紋を刻まれたおれがギュルセ族の生きた情報漏えいとして殺されたりしないか、そしておれがヒュドルの名を翠風の子に告げることでヒュドルに害が及ばないかを警戒しているんだが。

実はさっきから視界の端、砂の彼方に見覚えのある三角耳と尻尾がちらちら見えており、フユが近くにいることがわかる。闖入者《ちんにゅうしゃ》の存在に気づき来てみたが喋っているので様子見してくれているんだろう。

そしてヒュドル。ヒュドルに敵《かな》う者はまあいないだろう。ヒュドルなら大丈夫だ、うん。ヒュドルの強さはすさまじい、おれは心から信用している。

里と何かしらしがらみが起きるかもしれないが、それはおれにこんなものを彫った自業自得だ。言い訳くらいには同行してやるが自力でなんとかしてもらおう。

というわけであっさり告げた。

「ヒュドル・ピュートーンだ」

「！　黒い力の家、ピュートーンのヒュドル!?　なるほど、どうりで…」

翠風の子はおれの露出した腕に彫られた刺青をまじまじと見て何か納得したようだった。

黒い力の家。おれにつけられたこっ恥ずかしい呼び名が黒い力の伴侶。これは偶然じゃないだろう。おれにはただのよくわからない文様にしか見えないが、おそらくこの伴侶紋には文字を知らないギュルセ族の文字代わりとも言える何かしらの意味があるのだ。

知りたい。おれの知らないことをたくさん知っている翠風の子の話を全部聞きたい。

しかし込み上げる知識欲をどうにか抑え込んで、これだけは言っておく。

「でもおれは伴侶じゃないよ。これは長い旅で、忘れないようにとメモ代わりに彫られたものだ」

「メモ代わり…えっ、メモ代わり？」

「うん、メモ代わり」

翠風の子は困惑している。どうやらメモ代わりに伴侶じゃない者に伴侶紋を彫り込むという発想は彼らの常識にはないようだ。

つまりおれに彫られたものは大変貴重な文献だ。嬉しい。が、同時に自分の身の安全も気になってきた。そわそわピコピコと見え隠れするフユの頭をそれとなく眺めて安心する。

翠風の子はおれとおれに彫られた刺青とを唸りながら交互に見ていた。

「でもこれ…」

「うん？」

「『黒い髪の者』『青い瞳の者』『老いた者』『軟弱者』…これ、あなたを指してますよね？」

「悪口多くない？」

確かにおれは黒い髪に青い目ではあるが。複雑な文様にはどうやら様々な意味があったらしい。

「いえ、これは照れ隠しエリアなのでまだあります」

「照れ隠しエリアって何!?」

「…『賢き者』」

「！」

賢き者。賢者、とお触れで出されたおれの呼び方を思い出した。

この文様はヒュドルが彫ったものだ。オリヴィエはおれを賢者だと言ってくれたが、ヒュドルもおれをそのように思ってくれていたんだろうか？

翠風の子は視線で文様を辿りながら次々に言葉を乗せていく。

「『優しき者』『心強き者』『痛みを知る者』『才ある者』」

翠風の子の声が途中からヒュドルのものに聞こえた。これはおれの願望だ。浅ましい願望だ。

メモ代わりで彫られた文様だ、おれを指す言葉じゃない。ヒュドルがおれをそんな風に思っているだなんて高望みがすぎる。

だが翠風の子の次の言葉を待ちわびる正直な自分がいた。

「『感度高き者』『締め付ける者』『声良き者』」

「待って、もういい、待って!?」

ギュルセ族――!! エロ特化部族――!! なんつー文様人に刻んでるんだ!? そしてどうして平然と口に出せるんだー!?

おれの制止に翠風の子はきょとんとしていた。しかし嫌がったのはわかってくれたのか刺青から視線を外す。

「こ、これがギュルセ族にとっての文字みたいなもんだっていうのはわかった。ところで、黒い力の家っていうのはなんなんだ?」

「ヒュドルから聞いていないのですか?」

「あいつあんまり自分の話しないからな」

これは少し嘘だ。確かに普段は自分の話をしないヒュドルだが、たまーに話してくれることがある。

しかしおれはそれをほとんど覚えていない。

というのも、二人きりで貴重なギュルセ族の話をしてやると言われほいほいついていったら大体ヤられていたからだ。

最中だのおれが意識朦朧としている時だのに、普段からじゃ考えられないほど穏やかな声音でおれを撫でたりしながら何事か話してくれていた気はするが、そんな状態では断片すら覚えていられるかどうかなのである。

意識を取り戻してからもう一回喋れと言っても聞いちゃくれないので、半分本当で半分嘘といったところか。

「そうですか…ヒュドルは確かにそういう人ですね」

「知り合いなのか？」

「私は里の外の子で里にいた時期が被《かぶ》らないため直接の面識はありませんが、ヒュドルは黒い力の家の子として里で有名なのです。翠風の家でもよく語られていました」

「里の外の子…？」

「ああ、そうか。我々の里は人の常識とは少し違うのでした。ええとですね、ギュルセ族の子は産みの親ではなく里全体で育てます。しかし生活以外の素質の部分は、子どもの適性に合わせて得意な家で面倒を見るのです。あなた方の言葉で一番近いのは…そうですね、『専門科目別教室』といったところでしょうか。それが黒い力の家や翠風の家というものなのです。成長するにつれ違う素質が見出《みいだ》され家を移ったりもします」

「ふむふむ」

「私の本家である翠風の家は足の速い者や行動が早い者が集まる家です。ヒュドルの本家である黒い力の家は特別で…〝過ぎた力を持つ者〟が引き取られる家です。ここ何十年も黒い力の家に新たな子は引き取られていませんでしたが、ヒュドルは大変強い素質を持っており生まれてすぐに引き取られた。だから彼は里でも特別なのですよ」

「……ふむ」

「で、里の外の子、里の中の子というのは、どこで生まれたかという話です。里を出たギュルセ族が外で作った子が里の外の子、里の中で生まれたのが里の中の子ですね」

「……なるほど」

大変貴重な話を聞くことができた。少し頭の整理をしたい。できれば帳面に書きつけたいがさすがにそれは彼らの掟に反するだろうな。

「……ところで、黒い力の伴侶」

「うん？」

あーでもないこーでもないと頭の中で仮説をあれこれ組み立てて組み替えていたら、翠風の子がなにやらかしこまっておれを呼んだ。

考え込みながらおざなりに返事をしたが、ふと気がつく。

翠風の子の気配が消えていた。出会った時のように。そして、戦闘前のヒュドルのように。

「私はあなたを里に連れ帰らねばなりません」

「え？」

「子どもと伴侶は里にいるもの。特に伴侶紋を持つ者は伴侶の同行なしに里を出ることは許されておりません。万一外で伴侶からはぐれた伴侶紋を持つ者を見つけたなら、安全を確保し速やかに連れ帰るのが里の掟」

翠風の子は軽装だ。下着のような装束以外何も持っていない。しかしその鍛えられた体から押しつぶされそうな圧力を感じた。

「私の武器はこの両腕。あなたの護衛の獣が私に飛びかかるより早く、その手足を折ることができます。共に里に来ることを拒否されるなら、護衛にしがみつくための部位には不自由を強いなければなりません」

「さっき伴侶紋を持つ者の安全を確保しとかなんとか言ってなかった？」

「手足は折っても治りますので」

「それはそうだが…」

フユを横目でちらりと見る。まだ遠い場所から、来るべきかどうか悩んでいる様子でこちらをしきりに気にしながらうろうろしている。翠風の子は何かしらの魔法を使っておれ達の会話がフユに聞こえないようにしているようだ。

となるとおれが手足を折られるまでフユが助けに入ることはないだろう。合図など出せばその瞬間に折られるだろうし、まずいな。

手足を折られればそこまでだ。フユはおれを咥えて走れるほど大きくはないし毛皮はスベスベだ。折れた手足でしがみついても耐え切れずすぐに落ちてしまうだろう。

幸い、身代わり宝珠は足首にそれとなく巻いたままだ。ただ数が心もとない。

昔本気で怒ったヒュドルに無理矢理突っ込まれた時は身に着けていた宝珠が全部ぶっ壊れたから、ギュルセ族の膂力《りょりょく》を侮ってはいけない。手足を折ると決めてかかられたら宝珠が砕けてもなお折られる可能性は大いにある。

どうにか時間を稼げないか、と考えていたらふと翠風の子の右腕が目についた。

「『金翼《きんよく》の子』？」

「‼」

虚をつかれたように翠風の子から放たれていた圧力が霧散する。

同じギュルセ族でも感情をあまり表に出さないヒュドルと違い、翠風の子はかなりわかりやすく驚いた様子だった。

「な…なぜその言葉を？」

「いや、そこに書いてあるなって」

「書い…よ、読めるのですか!?」

「頑張れば…あ、翠風の子とも書いてある。ってことはこれが風を表す文様なわけだからこっちは火か？　えーっと…『火の扱い上手き者』？　あんた料理上手なのか？」

「あ、はい。伴侶のために練習しました！　…じゃなくて、どうして読めて…!?」

「え、だって…」

仮説をあれこれ組み立てて組み替えてみたら、答えは自《おの》ずと出てきた。

「文様は一見独自のものだったが…まず、おれの腕に書かれた文様のどれかが『黒い力の家』なんだろ？　あんた最初そこら辺を見ておれをそう呼んだし。更にこの辺に書かれたのが『黒い髪の者』『青い瞳の者』なら、共通する文字群から大体どの辺りの文様がどの言葉を表しているのかがわかる。文法と文字の形が難所で、文法は最初二、一、三、八と回すように読む東グリオン派と間違えそうになったがそれだとここの三本線の意味が通らない。となると残った候補は故アルケイン族と同じ形式だが、一、五、八、九と飛ばして読む故アルケイン読みでは通らない。色々組み替えてみたところ二、四、四、三と左から右に飛ばして読むらしいことがわかった。いや、人体の場合は体の外から心臓に向かって読むのかな。文字は、形自体はポ＝ネ族に伝わっていたものと同じ起源だと仮定して、ポ＝

ネ象形文字から古代ルーミッハの癖を抜けばモノケイン学の碑文に出てくる原初文字のひとつ〝穏〟に辿り着く。穏の原初文字にこのあたりに伝わっていたミナケシー文字の特徴を足せばこのギュルセ文様に酷似するから、そこから考えていけば読めた」

「読めたってあなた。なんで千年も前に失われたミナケシー文字の特徴を知っているんですか」

「旅の途中寄った幻影図書館で読んだ本に書いてあった」

「世界中の本が集まるという異世界にある幻の図書館で、ミナケシー文字の本をよくピンポイントに読みましたね!?」

「いや、七割くらい読破したからミナケシー文字については二冊くらいはあったよ」

「七割！　人が読める量じゃないですよねそれ明らかに!?」

「ただひとつ気になったのがこのギュルセ文字、世界のあちこちの文化を取り入れて作られているんだよな。移動魔法が開発されたのなんて最近も最近だしそれも勇者級の力がなければ扱えない。この文字を作った人はどうやって世界のあちこちの文化を知ってそれを複合した文字なんて作ったんだ…？　ん…もしかして…」

「あのぅ…」

「ん？」

目を剝いていた翠風の子は息切れしながらおれに待ったをかけてきた。

「あなた今、我々ギュルセ族が何百年もかけて秘匿してきた事柄をあっさり解き明かしたんですが」

「へ、そうなの？」

「……さすがヒュドルが『賢き者』と言う御仁、どうやら侮っていたようです。謝罪します」

「いや…別にいいけど、なんで右手を手刀の形にしてるんだ？」

「…私とてヒュドルの伴侶にこのようなことをするのは大変心苦しいのですが」

「やばい、おれ殺されたりする？」

「とんでもない。ですが…」

「翠風の子、待っ…」

翠風の子はゆらりと立ち上がり手刀の形に固めた手を振り上げた。

後ずさるが一歩で距離を詰められる。

そして、おれの脳天に手刀が容赦なく振り下ろされた。

「失礼します！　お忘れくださいチョップ!!」

「へぶっ」

9　招待状

「……ん…」

「ああ、良かった。目が覚めたのですね、黒い力の伴侶」

「……おれ、なんで寝て…？」

「ええと、名乗り合ったところで、ね、熱中症で倒れたのです。いや、ははは…気づかずすみませんでした。ささ、お水です」

どうやら意識を失っていたらしい。目を開けると翠風の子がほっとした顔で見下ろしていた。その隣にフユもいて心配そうにきゅふきゅふ鳴いている。

それにしても熱中症か。差し出された水を受け取り口に運ぶがそんなに喉は渇いていない。

（やっぱり嘘が下手だな）

翠風の子の嘘は明らかだが指摘しないでおいた。嘘つきはお互いさまだからだ。

もぞり、と足を動かすと砕けた宝珠がぱらぱら落ちる。

落ちた欠片《かけら》をちらりと見れば、水色だったはずの宝珠が紫色に変わっていた。身につけた者を守ってくれる身代わりの宝珠は魔法を弾いた時は色を変える。

（あのチョップは記憶消去の魔法か何かだろうな。記憶操作系は失われた禁術のはずなんだが）

なんにせよ宝珠のおかげで記憶は残っている。

更に幸いなことにチョップを攻撃とみなしたフユが来てくれた。これで容易におれの手足を折ることはできなくなったはずだ。

あとはどうにかして翠風の子から逃げられるといいんだが。

「ん？」

「そわそわ」

「すげーそわそわしてるな。というか口に出ているな翠風の子」

「あっすみません無意識に…。いえ、どうも伴侶の気配を近くに感じていて…」

「伴侶？」

首を傾げると、翠風の子は輝くような笑みを浮かべた。

「私の伴侶です。ギュルセ族が成人すると利き腕に彫るこの刺青は、世界に伴侶がいればそのことを教えてくれます。詳しい場所などはわかりませんが、伴侶の気配をうっすらと感じることができるので我々はそれを頼りに伴侶を探すのです」

「へぇ。ってことは伴侶がどういうやつかはわからないのか？」

「かすかにわかります。私の伴侶は一ヶ月ほど前に母親の腹に宿ったところです」

「…………胎児？」

「今はそうです。ですがやがて生まれます」

翠風の子はニコニコしている。彼女は見た目から判断すると一八、九歳といったところか。今から生まれれば相当な年の差だ。

そう丁度おれとヒュドルくらい…いや、おれとヒュドルのことはいい。

「生まれてから成人するまで数年、そんなに待てるのか？　年の差だって相当だろ」

「0歳からでも愛していますが、伴侶が望むなら待ちましょう。私は年の差など気にしませんが、もし伴侶が気にするようなら年の差など気にならないほど愛し愛されれば良いのです」

「年の差を気にしないのか、強いな」

「ええ、だって伴侶紋がありますから――あっ！」

翠風の子が急に周囲に広がる砂漠の方を見つめた。

何やら興奮した様子で遠くを眺めていたが、やがて視線の先にあった砂丘の間から訓練された砂漠魚に引かせた魚車《ぎょしゃ》が現れる。

荷物を積んだ魚車に男女の夫婦が仲睦《むつ》まじげに寄り添って乗っていた。服装から察するに商人のようだ。旅行がてらの行商といったところだろう、このあたりじゃ珍しくない。

「あれです！　黒い力の伴侶、見てください、あれが私の伴侶です!!」

「うん、見えないな、まだお腹《なか》の中だな」

「ああ…やっと会えた！　本当はあなたを里に連れ帰らなきゃいけないのですが、まあいいか、私行きますね！」

「……えっいいのか？　ギュルセ族にとって掟って相当大事なんだろ」

「伴侶のためなら掟など！　それでは！」

砂煙を巻き上げる勢いで翠風の子は魚車の方へ走っていった。足が速い。行動も早い。

「掟…いいのか？　そんな簡単に…」

思わぬ速さで危機が去り呆気《あっけ》に取られたままなんとなくその行方を眺めていたら、突如現れた露出度の高い美女に商人の夫婦は当然ながら困惑していた。

風に乗って会話が聞こえてくる。

「な、なんだね君は!?」

「初めまして、奥さん妊娠されていますね！」

「妊娠!?　そうなのか!?」

「さ、さあ…そうだったら嬉しいですけど、私にはまだわかりませんわ…？」

「藪《やぶ》から棒に、君はなんなんだ？　盗賊ではないようだが…」

「私は…え、えっと…そうだ、さ、産婆です！」

「待て待て待てぇぃ！」

聞き捨てならなくなって思わずフユに乗り駆けつけてしまった。夫婦はオアシスにいたおれに気づいていなかったらしく、突如現れた魔獣とおっさんの姿に身を寄せ合って怯《おび》える。

とりあえず適当に猛獣使いだと自己紹介すれば安心してくれた。さすが商人、変わったものは見慣れているようだ。

巨狼の実物を見るのは初めてだと怯えながらもフユを眺める夫婦から少し離れたところに翠風の子を引っ張り耳打ちする。

「怪しすぎるだろ！　なんだ産婆って！」

「伴侶をこの世で最初に抱くのは私でありたい…！」

「愛が重すぎる！　あの夫婦についていきたいんだろ？」

「はい。こうして会えた以上もう伴侶から離れたくありません」

「それなら嘘は駄目だ、翠風の子の嘘はわかりやすすぎる。それに、万一信用されて産婆として子を取り上げることになった時、中途半端な知識しかないなら危険に晒《さら》されるのは当の伴侶だぞ。それでもいいのか？」

「ッ！　よくないです」

ギュルセ族にとって掟が大事だということは旅の間にヒュドルからたびたび感じたことだった。なんせあのヒュドルが遵守するくらいだ。

なのに翠風の子は伴侶のためならそれに軽々と反した。

緻密な伴侶紋といい、伴侶を探す旅といい、おそらくギュルセ族にとって伴侶とは特別重要なものなのだろう。言い出したら聞かないギュルセ族だ。翠風の子の興奮度合いを見ていると最悪子どもを取り上げたその足で逃亡もあり得る。

しかしそれは親にとっても子にとっても良くはない。

「あんた腕は確かなんだろう、護衛として取り入れ。それから生まれたばかりの子を親から引き離すなよ、免疫力やらなんやら、子には親が必要だ。丈夫に育ってほしいならできるだけ親元に置いておけ」

「うっ…」

「護衛として傍にいればいい。子どもは危なっかしいからその手で伴侶を守ってやれ。いいか、おれの人生で一番楽しかったことを教えてやる」

「一番楽しかったこと？」

「子ども達が旅しながら成長するさまを見られたことだ。最高に可愛いぞ。断言しよう、里に閉じ込めたら絶対に見れない顔をたくさん見ることができる」

「!!!」

「本当に伴侶を愛し愛される覚悟があるなら、里の外の世界をたっぷり見せた上で惚れさせてみろ。じゃあな、おれは行くよ」

惚れさせてみろか。我ながらどの口で言ってるのかと思うがとりあえず言えるだけのことは言った。

オリヴィエなんかはもっと世話を焼くだろうが、おれが見ず知らずの夫婦と胎児にしてやれるのはここまでだ。

おれにはできなかったことだが、翠風の子の情熱なら伴侶が成人する頃でも変わらず自信たっぷりに恋愛に情熱が注げるかもしれない。それが少し羨《うらや》ましい。

「お待たせ、フユ」

大人しく夫婦に毛皮を撫でさせ時間稼ぎしてくれていたフユに声をかけまたがる。

翠風の子に着せられた服をこの場で脱ぐわけにもいかないから、代わりに荷物の中からそこそこ上物の羽織を出して翠風の子に投げ渡した。男物だが日差しがきつい砂漠で何も着ないよりはマシだろう。

「…あのっ黒い力の伴侶！」

「うん？」

「これを告げるのは本来掟で禁じられているのですが…ひとつだけ。ヒュドルのことです」

ぴた、と歩き出していたフユの足が止まる。おれの意思をおれより正確にくみ上げてくれるフユは優秀だが、見透かされているようで少し恥ずかしい。

せっかちな巨狼にフンフンと促され、渋々聞き返す。

「…ヒュドルの？」

「はい。あなたはヒュドルがあまり自分のことを話さないと仰いました。しかし、黒い力の家の子は他の家より多くの掟に縛られているのです。そのため話せないことも多い…どうかそのことだけ、頭に置いてやってくれませんか」

「…でも、おれは……いや」

おれは伴侶じゃない、と言いかけてやめた。翠風の子と話した中で、おれは彫られた伴侶紋がただのメモ代わりとは思えなくなっている。

まだなんの確証もない。だが右半身に彫られたそれを意識すると何かを期待してしまう自分がいた。

「…わかった、翠風の子。それじゃあ、息災でな」

「はい。いずれ里でお会いしましょう、私の伴侶と仲良くしてあげてください」

＊＊＊

翠風の子と別れてからしばらく周辺をぶらぶらした。おれにしては珍しく本を読まず遺跡など覗《のぞ》いてみたり、かつての教え子のひとりに会って話をしたり。

今や領主となった教え子は子沢山《だくさん》で、誘われて泊まっていくことにしたら途端に腰の高さがつむじに取り囲まれた。

おれが本を読むのが上手な先生だと認識したらしい子ども達はしゃがんだおれの膝に代わる代わる乗って音読をねだる。子ども達は大きい子で六歳くらい。オリヴィエも村にいた頃や旅に出たばかりの頃こうやっておれの膝に乗ってきたよななんて思いながら、ねだられるまま絵本を何冊か読んだ。

「そして、翼を持つ大きな生き物は――……」

「……せんせー？」

「ああいや、なんでもない。翼を持つ大きな生き物は、小さな人間と、末永く一緒にいました。めでたしめでたし」

その時読んでいたのは他愛ないよくある絵本だった。世界中で似たような話を見かける、人と怪物が結ばれる神話。旅をする中で色んな国で見かけた。

思えばこの神話は世界各地に、多少形が違えど残っているんだな、とふと頭をよぎる。世界各地、そう、ギュルセ族の文様も世界各地の特徴を取り入れていた。

あの後おれは自分の体に彫られた文様を見れる範囲だけ解読を試みたが、翠風の子が読んだ以上のことはほとんどわからなかった。

わからない図案も多いが、どうも全体的に未完成のようなのだ。文字になりきっていない。それがどういった意図によるものかはわからないが。

「……ん？」

考え込んでいたら、暇をもてあました子ども達の小さな手がぎゅむぎゅむとおれの服や髪を引っ張って遊んでいた。考え込みすぎて全く気づかなかった。

そしてその中に大人の手も混じっていた。

「何やってるんだお前まで」

「先生に手紙が来たので持ってきました。子ども達と遊んでくださってありがとうございます」

「何も忙しい領主自ら持ってこなくても…」

かつての教え子はおれの髪を楽しそうに編んでいたが、手を離すとポケットからおれに届いたという手紙を取り出した。差出人はオリヴィエとエリーだ。

内容は、結婚式の招待状。

目を通し、思わずがばりと立ち上がると子どもが二、三人くっついてきた。ひとりでは大したことない重さでも複数となれば腰が嫌な音を立て、うずくまって悶絶《もんぜつ》する。

「ぐぅ…うぐぐぐ…」

「だ、大丈夫ですか!?」

「大丈夫…それより、頼みがある」

「なんなりと」

「王都で結婚式がある。ロジア絹の羽織屋を教えてくれ…」

正装にもなる羽織は翠風の子にあげてしまったのだった。

「すぐに商人を呼びましょう」

「ありがとう」

子ども達に腰をさすられながらクッションに体を落ち着け、もう一度手紙を読み返す。

そこには、ヒュドルも王都にいて結婚式に出席する旨が書かれていた。

10　再会

「エンケ・ロープス様、お帰りなさいませ！」

見覚えのある門兵に敬礼された。

大丈夫ですかと、荷物がいっぱいでふらつくおれを助けようとしてくれる。

フユは国の傍まで来られないことを忘れ道中で大量に土産や結婚祝いを手に入れたおれの自業自得なので、丁重に断った。

門を抜ければ見慣れた王都の町並み。

（さてどうするかな）

ヒュドルはどうせ娼館にいるだろうからそちらには近づかないとして、結婚式の日まではまだ時間があるからオリヴィエとエリーに会って土産を渡した後は新しい本が入っていないか本屋を見たい。

かつての教え子に顔を出せとも言われていたからそっちにも——などと考えながら石畳を歩いていたら目の前に影が差した。

「げっ……！」

「まずいものを見たという顔だな、軟弱者」

「ヒュドル、なんでこんなとこに……!?」

王都といえど端っこに位置する場所だ、周囲には民家や小さな畑しかない。

そんなのどかな風景の中に美の彫像と詠われるヒュドルはひどく浮いて見えた。

元々同年代の中では長身だったヒュドルだが、少し会わないうちに更に背が伸び、精悍《せいかん》な顔つきになったように見える。二十一歳の成長とはこんなにも早いものだったか。

ヒュドルは問いには答えず、荷物のようにおれを肩に担ぎ上げた。無造作な仕草に手に持った土産が地面に落ちる。

「待て、荷物……！」

「……」

もがけばわずらわしいとばかりに軽く尻をはたかれた。子どもにやる仕置きのようなそれにカアッと頬が熱くなる。

責める言葉が口から出る前に、身を屈《かが》めたヒュドルが落ちた荷物を片手で器用に全て掬い上げた。

そのままスタスタと歩き出す。

ヒュドルがここまで突飛な行動をするのは珍しい。いや、いつも突飛なんだがそれでも多少は理解できる程度に言葉や態度で表してくれる。

今のようなヒュドルはかつて一度見たきりだ。

おれはヒュドルへの恋を自覚した頃、認めたくなくて女を抱こうと娼館に行った。それを知った時のヒュドルがこんな感じだった。慣らしもせず、膂力に任せて無理矢理突っ込んできて身代わりの宝珠が全て砕けた時の。

「な、なんだよ、どこ行こうとしてんだ」

「……」

「なあ、何か言えって！」

「…ぐだぐだ言うな」

「え……」

体が無意識にびくりと跳ねた。ヒュドルの腕に捕らわれているから落ちる心配はなかったが、指が勝手にヒュドルの服にしがみつく。

本能が恐怖していた。ヒュドルの放った声に籠められたそれは、殺気と紛《まご》うほどの怒りだ。

ヒュドルが恐ろしい。しかしすがるものがヒュドルしかなく、気づけば指先が白くなるまで服を握り締めていた。

その様子になぜか満足げになったヒュドルは殺気を抑え、無言のまま歩き続ける。

連れて行かれたのは以前閉じ込められた時と同じような、人気のない寂れた場所にある小屋だった。

以前のものと同じく窓ははめ殺しのようだが、厳重に補強されており今度は外せそうにない。

ヒュドルがおれの荷物を抱えた方の腕で器用に扉を開けたら中はずいぶん住み心地がよさそうに整えられていた。

窓にかけられたカーテンはひと目で上質だとわかるロジア絹によるものだし、寝台に置かれた柔らかそうな上掛けはまさか羽毛だろうか。

どこの姫や貴族の部屋かと見まごうほどの調度品の数々。更に壁の一面が全て本棚になっており様々な本が詰め込まれていた。

寝台の上にドサリと降ろされ、土産は適当に床に置かれる。

ヒュドルが覆いかぶさってきて身動きが取れなくなった。

「ここって…何？」

「閉じ込めさせろ」

「は、またか？」

「前のところは隙間風がひどかった。貴様がそのままで良いと言うからそうしたが」

「そんなこと言ったっけ……言った気がするな」

そういえば前の小屋に閉じ込められていた時ヒュドルが何かと環境を整えようとしてきたが、どうせ長居するわけじゃないだろうと全て断ったのだった。

なにせヒュドルの持ってくるものといえば何かと上質すぎたのだ。銀の食器だとか、ただ寝るためだけの服にロジア絹だとか。報奨金で潤って金銭感覚が壊れているのかもしれない、と思ったものだ。

しかしヒュドルは、旅の間に支払われていた給料ともいえる国からの支援金を、いつもほとんど全て世界のあちこちに送っていた。

報奨金は桁違いの額だとはいえオリヴィエやエリーのように旅の間の貯金がない以上、無闇に使わせるわけにはいかないだろう。

そもそもなんでこいつはおれを閉じ込めようとするんだ。まさか習性か？

「…おれ、結婚式のために戻ってきたんだよ。閉じ込められるわけにはいかない」

「結婚式は一週間後。ここにいるのは三日でいい」

「三日？　それならいいよ」

「やけにあっさり了承するな」

「だってそこの本棚…すごいな、どれも読んだことないやつだ」

「幻影図書館から取ってきた。司書が貴様のことを覚えていたぞ」

「まじかよあそこってひとりで行けるのか？」

「もう黙れ」

「んむっ…」

強固な防衛機構によりどんな軍隊でも突破できないとされていた幻影図書館の入り口は、かつてオリヴィエとヒュドルが二人がかりで突破した。

防衛機構は組み直されてより強固になったと聞いたが、今度はヒュドルひとりで打ち破ったらしい。つくづく人間離れしているやつだ。

思わず普通に会話していたら無理矢理唇で中断させられる。

手馴《な》れた仕草で服を乱され、肌を撫でられ体が跳ねた。前にヒュドルとヤって以来自慰すらしていなかったがどうやらまだ枯れてはいなかったらしい。

「んむ…んぐ……っぷは」

息継ぎがしたくてどうにか腕を突っぱねて顔を離させたら、ヒュドルの指が撫でていたおれの刺青が目に入った。

伴侶紋。そこに書かれた言葉の数々を思い出す。

「なあ、ヒュドル、この紋って…」

「なんだ」

「……いや、なんでもない」

言いかけて途中でやめる。

どうしても勇気が出せなかった。あと十年、歳が近ければ言えたかもしれない。せめてもう五歳でも若ければ多少無謀になれたかもしれない。

でもおれはどうしたってあと二十年くらいで死んでしまう。ヒュドルより二十年も早く死ぬ。そんな男が何を期待してどんなことを言えばいいのかおれは知らない。

奇跡的にこの思いが叶《かな》ったところで、おれ達は不幸になるだけだ。

「エンケ」

「ヒュドル、続きヤろう」

「……」

見上げて両腕を伸ばせば素直にその間に入ってくる。

抱きしめておれから口づければ、やり返すように入り込んできた舌に蹂躙《じゅうりん》された。

11　好奇心

後ろめたさがあるセックスは気持ちいいものだと初めて知った。

自分の気持ちを誤魔化すためのセックスに、今までよりずっと積極的になる。

求めれば与えられ、与えれば倍返された。

「ヒュドル、ヒュドル…ッ」

ヒュドルの上に向かい合うように座りしがみつけば、腰を持たれ揺すぶられる。体力の衰えたおれでもこの体勢なら少しは長く保《も》つ。

名前を呼びながら口を吸い差し出された舌をしゃぶるように甘噛みすれば、腹の中のものがぐんと膨れ上がった。

「んんっ…ぅ、はぁ……っ」

すでにおれの腹がうっすら膨れるんじゃないかと思うほど出したのにヒュドルは元気だ。

おれはといえば旅の疲れもありすでにしがみつくのが精一杯だが、動かしてくれと言えば望んだ通りに腰を支え上下される。

全裸に近い格好のおれに対してヒュドルはほとんど服を乱していない。ずっと向かい合わせで繋がっていたせいでおれが出したものがヒュドルの服にしみこんでいた。

腰が動くたび湿り気とぬめりを帯びたそこに擦れるのが気持ち良くてつい射精しそうになるのを、根元を押さえ必死に止める。同時に後ろも締め付けてしまった。

その締め付けに呻いたヒュドルが「おい」と口を離し片手でおれの顎を摑んで目を合わせてくる。

「出せばいいだろう」

「っ、これ、以上、出すの、きつい…」

後ろでイクと放出感より腹の中の快感に意識が行くせいで正確に何回出したかわからないが、普段のおれの回数なんてとっくに越えている。

もうずっと前から快感で頭が朦朧としていて体力も尽きた。いつ気絶してもおかしくない。

だが今だけはそれで良かった。それが良かった。

何も考えたくない、できればこの時間がずっと続いてほしいとさえ思っている。

問題を先延ばしにしているだけだと冷静な自分がどこかで囁《ささや》くが無視した。

出せば眠るように意識を失う自信があった。だから根元を押さえたまま腰を揺らす。

「なあ、もっと…」

「……ッ」

もはや力の入らない体でもたれかかるようにしがみつきねだればヒュドルのものが力強く脈打つのを感じる。腰を摑んだ手は指の跡が残りそうなほど力強い。

普段は意外なほど繊細な力加減ができるこの青年が、加減を忘れるほどには行為に熱中していると思うと喜ぶ自分がいた。

「はぁ、あっ…、ん…ぁ…」

「エンケ」

「ん、ヒュドル、ぅあっ…ぁっ…」

結局どれくらい保ったのか、根元を押さえていた指がいつの間にか緩み先端からごぷりと力なく射精した時、ヒュドルもおれの中にそそいだ。

ずるりと抜かれる感触に気が遠くなる。

「ぅ…んっ、悪ぃ、寝るわ…」

「構わん」

「うん…」

「…エンケ、……」

遠のく意識の中、ヒュドルが何か言っていたような気がした。

＊＊＊

「……？」

背中の寒さが気になって目が覚めた。

窓を見れば外は真っ暗だ。帰国したのが昼頃だったたから、夕方までヤって少し寝た感じか。

寝台は男二人寝られる大きさで、不自然に空いた背中側を探ってみたらまだ温《ぬく》もりが残っていた。

ヒュドルが先ほどまでここにいて、出て行ったらしい。

星の位置からすると相当深夜だ。こんな時間にどこに行ったのかなんとなく気になった。

どうやらおれは先ほどまでの行為で相当頭がぽやぽやしているらしい。普段の自分なら絶対に思わないが、ヒュドルの後をつけてみようと思った。

綺麗にされていた体に普段着を纏うと扉を目指す。案の定外から鍵がかけられていたが、この仕組みなら道具があれば外せることを知っていた。

針金は旅の間にもよく使うので常備してある。以前本で読んだように曲げて鍵の金具に差し込み回せばそう時間はかからず扉が開いた。無差別に取り入れた知識も案外役に立つ。

街から外れた場所にある小屋の周囲は舗装されていない。

土に残った足跡を追えば、街のあまり治安が良くない場所にある一軒の民家に辿り着いた。

遠くからでも、その玄関先に非常に目立つ褐色の肌で銀髪の男が立っているのが見える。

てっきり娼館にでも行くのかと思ったら民家に何の用だろうか。

エリーからお守りにと昔貰った、気配を消す魔道具を起動させてそうっと近づいた。

重ねて言い訳するが普段は絶対にこんな悪趣味なことはしない。ただこの時久しぶりの濃厚な交わりに自覚がないまま発熱していたようで、おれを閉じ込めたがる男が夜中にどこに行ったのか、それが無性に気になってしまったのだ。

しかし、やはり悪いことをすれば罰が当たる。

藪をつつけば蛇が出るし、好奇心は猫を殺す。先人達が残した忠告を無視した結果がこれだ。

民家の入り口には子どもを連れた女性が立っていた。

ヒュドルに何やら怒鳴りつけている。

だがその内容より女性の後ろに立つ子どもに意識を持っていかれた。

子どもは美しかった。美しい外見に、褐色の肌と銀髪。

――子どもはヒュドルによく似ていた。

「ヒュドル、の、子、か？」

思わず声に出してしまいハッと口を押さえたがもう遅い。魔道具は声までは消してくれなかった。

おれに気づいたヒュドルが振り返るより先に背を向け走り出す。

「エンケ！」

「来るな！　追いかけてこないでくれ…‼」

震える声を必死に隠した。こんな情けない顔を見せるわけにいかなくて顔を伏せて走る。

どれだけ走っただろうか、呼吸困難なほど息が切れてようやく止まる。

静かな路地裏で、見上げれば夜空に空いた穴のように月が浮かんでいた。

ヒュドルは追いかけてこなかった。

12　路地裏

「うぷっ…」

　空が白みはじめる頃、おれは舗装されていない路地裏で口を押さえていた。

　押さえはしたがこらえきれず、飲んだ酒の大半を地面に手で掘った穴に吐き出す。

「ぎぼぢわりぃ…」

　体が無性に熱くて地面にごろりと横たわれば朝のひんやりした土が心地良い。

　見回せば置いてある木箱がぶれて十個くらいに見えた。おれが見回してるんじゃなく景色が回っている気もする。

　ヤケ酒などするもんじゃない。二度と酒など飲むものかとえずきながら思う。

　ヒュドルとヒュドルによく似た子どもを見たおれが向かったのは朝まで開いている酒場だった。

　うっかり博打《ばくち》に手を出し盛大に負けたが常連や店主と仲良くなり、奢《おご》り奢られて朝までぶっ通しで飲んだ。

　旅の間はたまに飲もうとしてもなぜかヒュドルに止められほとんど酒は飲まなかっし、旅が終わってからもなんとなく飲みたいと思わなかったため久しぶりだ。

　見事に加減を忘れている。潰れるほど飲んだのなど何十年ぶりか。

「子どもいるんかよヒュドルめ…そりゃいるか…あんだけヤってりゃな…」

　朝焼けの空は銀色で、あの子どもの髪を思い出した。

　考えてみればヒュドルが世界各地に金を送っていたのは養育費じゃないだろうか。確か王都を含めて十箇所くらいに送っていたはずだ。

ヒュドルの実力に支払われていた金額は大きい。何人だろうが養えるだけの甲斐性《かいしょう》がある。

「子どもかーいいなー！　おれにはできないけどなー！　…できないんだよなぁ」

大の字で寝そべり空に向かってくだを巻く。あんまりにも空が綺麗で無性に泣きたくなってきた。

なんとなく、ヒュドルは子どもができるとかできないとかは些細《ささい》なことだと切り捨てて考える気がしていた。

だからおれはひとしきり年の差に悩みこそすれ性別は考えたことがなかったんだ。

こんなことなら旅の途中に見つけたどんな願いでも叶えてくれる杖に性転換させてもらうんだった。

そうしたら今頃八人くらいは子どもができていた自信がある。

一回しか使えない杖は結局魔王の防壁を破るのに使ったんだっけか。

「ウップ…」

再び襲ってきたひどい胸焼けによろよろと身を起こして再び穴に顔を向ける。

「エンケ様」

「ぁ…？」

吐こうとしたが、背後から突然呼びかけられた声に驚いて振り向いたら一瞬吐き気が引いた。

その隙を逃さないとばかりに向けられた指先が魔法で光る。

暖かい光、見覚えのある治癒の魔法だ。胸焼けが嘘のように収まった。

「エリー…」

「土だらけですね、エンケ様」

エリーは旅していた時と同じ妖精の繭糸《けんし》で織られたローブを着てそこにいた。

見慣れた姿に荒《すさ》んだ心が安らぐ。

「エリー、なんでここに？」

「入国したと報《しら》せが来たのにいつまでも顔を見せてくださらないので探しました」

「探索の魔法使えるようになったのか？」

エリーは治癒系の魔法しか使えないはずだ。少なくとも、おれ達はずっとそう思っていた。

「治癒以外もこっそり練習したのです。エンケ様の与えてくれた知識で、今はもうほとんどの魔法を使えます。勇者様には内緒ですよ」

「内緒…なんで？」

「私は守られていたいのです。勇者様にとってずっと、か弱いエリーでありたいの」

そう言っていたずらっ子のように微笑むエリーはとても綺麗だった。最後に会った時よりずっとずっと大きくなっている。

「エリー」

あまりに綺麗で、涙が込み上げてきた。

「エリー、結婚しちゃうんだなぁ…」

「な、泣かないでください。相手は勇者様ですよ？」

「嫌とかじゃないんだよ…めでたいと思ってる…。でもなあ…女の子は格別だなあ。あんなに小さかったのに、すっかり美人になって、…大きくなったなあ…」

「…エンケ様」

ざり、とローブに土がつくことも厭《いと》わずエリーがおれの前に膝をついた。

柔らかい手が涙の伝う頬を撫でてくる。

生えかけの髭《ひげ》の手触りを楽しむように指を滑らせるのは、幼かったエリーが好んだ仕草だ。大きくなってからはさすがにやらなくなった懐かしい振る舞い。

「エンケ様、私、勇者一行の皆が大好きなのです。強い魔力を制御できず無差別に破壊を繰り返していた私を止められたのは勇者様とヒュドルだけ。私を畏《おそ》れず抱きしめてくれたのは勇者様とエンケ様だけだった。——そしてエンケ様、実の親にも捨てられた私を我が子のように扱ってくれたのは世界中であなただけ」

「……っ」

朝日を背後に微笑むエリーは絵画に描かれる聖女のように見えた。

涙が更に込み上げて唇が震える。こらえきれず嗚咽《おえつ》を漏らすと、ふわりと小さな体に抱きしめられた。

「ありがとうエンケ様。私達の親になってくれてありがとう。危険な旅についてきてくれてありがとう」

「う…ひぐっ…、幸せになれよ、絶対に…っ」

「大丈夫、オリヴィエと一緒だから」

エリーがオリヴィエを名前で呼ぶのを初めて聞いた。結婚に至る今までに、二人の間で何か変化があったんだろう。

「エンケ様、お願い。これが最後のお願いにしますから、どうか聞いて。私、エンケ様にもヒュドルにも幸せになってほしいのです。私達はもう守ってもらわなくても大丈夫だから、どうか次はご自分を幸せにしてあげて」

「へ…」

「エンケ様はヒュドルが好きなのでしょう?」

「あう…」

なんとなく今のエリーには嘘がつけなかった。かといって素直に認めることもできず顔を逸らす。

そんなおれを見てエリーはクスクス笑った。

「当たって砕けろ、ですよ。どうかきちんと決着をつけて。お酒に逃げるなんて体に悪すぎます。フラれたら慰めて差し上げますから」

「新婚の子にそんなことしてもらうわけにいかないよ」

「ヤケ酒して路地裏で吐く以上にひどいことなんてあるものですか」

「ぐうの音も出ない…」

土のついた手を服でごしごし拭って、エリーの頭を撫でた。エリーは嬉しそうに笑って目を細める。

これから先、こうするのはオリヴィエだけの役目になるんだと思うとまた嗚咽が込み上げてきた。

幸せになれと繰り返しながら泣くおれをしょうがない人ですね、とエリーは泣き止《や》むまでずっと抱き締めてくれた。

＊＊＊

吐き気を治癒されたとはいえ酒精《しゅせい》は残っており、エリーと別れた後ぽわぽわした頭で向かったのは結局のところあの小屋だった。

勇者一行の面々曰《いわ》くおれは酒が入るといつもより素直になるらしいので、酒を完全に抜かなかったのは狙ってのことだろう。

エリーのたくらみの効果はてきめんで、素面《しらふ》だったら鉛より重くなるだろう足も鼻唄交じりにスタスタと動いた。

しかし、その足は小屋を目にした時点で止まる。

「……ヒュドル」

小屋の扉の前に腕を組んだヒュドルが立っていた。

「お前なんで、こんなとこ、いつから…どうして待つようなことしてるんだよ」

「待つような、ではない。貴様の帰りを待っていた。ずいぶん遅かったな、飲んでいるのか」

ぐいっと腕を引かれまだ服についていたらしい土をはたき落とされる。

ある程度落ちたのか抱え上げられ小屋の中に運ばれた。

抗《あらが》ってみるが酔った体は思うように力が入らない。汚れているにも関わらず高級な敷布の上にドサリと落とされた。

「街で飲むなと言っただろう。貴様の酔いはたちが悪い」

「なんだよう…」

眉をひそめるその表情に既視感を覚える。

ああ、おれが酔っ払った時なんだかんだいつもこいつは傍にいるよな。

おれが感動した本の内容なんかを酔っ払いの支離滅裂さでとりとめもなくだらだら喋るのを、嫌そうに、だがいつも最後まで聞いてくれるのだ。

そんなとこも好きなんだよなあと思って無意識に覆いかぶさってきた胸板に擦り寄った。硬い。あんまり気持ち良くなくてすぐ離れた。

「…エンケ、貴様何か言いたいことがあるのか？」

「んー？　聞きたいことでもあんのかよ」

「良い大人になるなら質問に質問で返すなと貴様がかつて言ったのだろう」

「おれは良い大人じゃないからいいんですー」

羽織っていた上着を脱いで被るように顔を隠した。

こんな子どもに惚れてしまうような大人が良い大人なはずがない。といってもヒュドルはもう二十一歳か。

二十一歳。そう、おれの村なら十九歳で子どもが二人はできるくらいだから二十一歳で子持ちは珍しくもなんともない。

おれは何を動揺していたのか。当然のことじゃないか。

普通に、いつも通りを装って世間話程度に触れて、教えてくれなかったなんて水臭いなとか、おめでとうとかを告げるべきなのではないか。

「お、お前の子、お前に似て可愛かった、な…」

駄目だ全然駄目だ。すげー口籠《くちご》もった。

酔っ払いだからと見逃してくれないだろうか。

「……貴様」

はぁ——とこの十年で初めて聞くほどの長い長い溜め息が聞こえた。

大変珍しい事態に思わず上着から顔を出す。

おれを見下ろすヒュドルの目は冷たかった。

冷たく、呆れた表情でおれを見下ろしていて、心臓がきゅっとなった。

「な、なんだよ」

「惚れさせたつもりだったが、まだそんな口が聞けるか」

「惚れ…は？　惚れさせ…？」

聞き間違いか？　何か信じられないことを言われた気がする。

思わず身を起こすとぶつかる前にヒュドルはなめらかに身を引いて、いつの間にか床に放り出して
あった簡素な荷物入れを手に取った。

何やら手帳のような大きさの厚い本を取り出す。

と思ったらそれが投げつけられた。平らな面が顔に当たる。

「いでっ」

「読め。貴様なら一瞬で読めるだろう」

「え、この本何だよ」

表紙を見てもタイトルはない。無骨な黒い革の表紙だ。

開いてみると一ページ目に拙い手書きの文字でこうある。

『エンケ・ロープスに捧ぐ　－ヒュドル・ピュートーン著』

「……は？」

酔いが一瞬で覚めた。

14　伴侶

ページをめくれば最初は拙《つたな》い筆跡がどんどん上達していく。

その文字が誰のものかは見間違えようがない。おれが旅の道中で教えて、上達するさまも全て見てきたのだから。

「これ…読めねえよ…だってお前これ、ギュルセ族の…！」

そこに書かれていたのは、文献に残すことを掟で禁じられているはずのギュルセ族の生活習慣や里の様子、場所、文化、風習。

それだけじゃない、危険すぎて同行できなかったダンジョンや魔王城の内部のこと。

この世の誰も知り得なかった知識がそこに記されていた。

「読めばいい。貴様が私に文字を教えた。――貴様が一番喜ぶことはこれだろう」

ヒュドルの指がおれの頬を撫ぜた。ひどく大切なものを扱うような仕草に緊張で体がびくりと跳ねる。

まだ幼かったヒュドルにおれは文字を教えた。これはそんな初期の頃の筆跡から始まっている。

そんなにも前から十年かけて書かれた本だというのか。

「なん、で、おれにここまで…」

「伴侶を喜ばせるのに理由がいるのか？」

「伴侶って、お前そんなことこれまで一度も…！」

かけられた言葉に目を見張る。

伴侶だなんて、これまで一度でも聞いていればおれはここまで拗《こじ》れなかった――いや、拗れたか？

「早くに言えば貴様はなにかと理由をつけて逃げただろう」

「……否定できない」

今だってやっぱり年の差だの子どもだのおれの性別だのが気にかかって逃げ道を探している自分がいる。

しかしヒュドルの、ほんの軽く触れているだけの指がおれの体を射止めていた。離れたくない、と思ってしまう。

昔ならきっと逃げられた。旅の途中なら、未練が残らないように手ひどくフッたりもしただろう。

本来それがおれのような大人の取るべき行動だ。

「……私はいつだって貴様の望みを叶えてきただろう」

「へ？」

「私が貴様の言うことに逆らったことがあったか？　戯れの時は別にしてだ」

ヒュドルがおれに抱きつくようにもたれかかってきて体がゆっくり後ろに倒れた。

寝台の上だが怪しい気配になることはなく穏やかに互いの顔を見つめる。

ヒュドルはいつもと変わりない彫像のような表情だった。

しかしおれには、ヒュドルが拗《す》ねているように見える。拗ねているか、困っているか。初めて見る顔だ。

「おれの言うこと……」

言われて思い出す。

ヒュドルはいつだっておれが、オリヴィエと喧嘩《けんか》するのをやめろと言えばやめたし、嫌いな野菜を食べろと言えば大人しく食べた。

さっきだって、そうだ。

まさかおれが追いかけてくるなと言ったから追いかけなかったのか？

そしていつ帰るとも知れないおれを小屋の前で夜通し待っていた？

「ま、待ってくれ」

「なんだ」

「重くないか？　お前の愛情重すぎないか!?」

ヒュドルは魔王を討伐するほどの実力者だ。それがおれの言うことを何でも叶えるってなんだそりゃ、重すぎる。

おれがうっかり誰々がむかつくから殺せとか言えば殺すだろう。待て待てトリガーが軽すぎる。

十年の旅を思い返せばヒュドルはこれまで確かに、不遜な態度に隠れてわかり辛かったがおれがなんとなく口に乗せただけの社交辞令とか本心じゃないこととかでも忠実に叶えてきた。

ヒュドルが笑えない冗談を言うようになったのだって、いつもぶっきらぼうだから「たまには冗談でも言ってみろよ」と戯れに告げてからのことだ。

色々気づいてしまい背すじが凍る。

これは実質、ヒュドルという力をおれが自由に行使できるということだ。重すぎる。おれのような小市民の肩には重すぎる。

「私は愛の言葉を囁かない。言葉は嘘も紡げるからだ。代わりにギュルセ族は態度で示す。だがもし私の愛を貴様が疑うことがあれば」

ヒュドルは腰に差していた短刀を抜き、おれに渡した。

短刀なぞ使っているところを見たことがないから、これはおれのために用意されたものだと気づいた。気づいてしまった。

柄には一見してもわかり辛いが高価な宝石が埋め込まれ、鞘《さや》にはギュルセ式の文様が刻み込まれている。『殺すもの』…文様として描かれた言葉はシンプルだ。

「その時は殺していい。伴侶の——貴様の刃《やいば》のみ私は受け入れよう」

「重すぎない!? いや、重いわ！ 助けて!!」

「私以外に助けを求めるな」

誰に向けたものでもないが思わず口走った言葉にヒュドルの空気が変わる。

「ひぇっ…お、お前すごい執着隠し持ってたな!? よくこれまで隠してこられたな!?」

「隠すための掟だ」

「意外な事実を知ってしまった…」

つまりなんだ、ギュルセ族は全体的に伴侶への執着心がものすごーく強くて、それを伴侶に悟らせないために掟があるのか？

伴侶が自らの意思で逃げなくなるまで、恐ろしいほど重い執着を隠し通すために。

翠風の子の態度や発言からギュルセ族が伴侶にどれだけ執着するか薄々想像ついてはいたが——まずい、頭の中でどんどん色んなことが繫がってきた。

「もしかしてギュルセ族の魔法がエロ特化なのも伴侶を手に入れるためか？」

「性の不一致は不仲の原因となるからな。掟には『伴侶は体から落とせ』とある」

「ギュルセ族の掟や魔法考えたやつは賢人だがアホだな」

理に適《かな》っていなくもないが実行に移すのがすごい。しかも部族丸ごとだ。

更に、さっきちらっとだけ読んだギュルセ族の掟の中に『伴侶紋は了承を得た場合のみ刻むべし』とあった。

確かにおれは伴侶紋を彫ることを了承したが、あくまでメモ代わりだと思っていたからだ。あとあの時痒み責めされていたから断ろうと思っても断れなかっただろう。

まさかあの詐欺のような手口も里に伝わっているんじゃないだろうな。…伝わっていそうだな。

ものすごく恐ろしくなってきた。おれはもしや惚れたり惚れられたりしちゃいけないやつと惚れた腫れたしてしまったんじゃないか？

あとごめんな、あの時の商人夫妻と胎児。

「そ、そうだ、それならあの子どもはどうなんだよ？　お前の子だろ？　そもそもお前女好きなんじゃないのか」

「それは…」

ヒュドルが初めて言いよどんだ。

眉根を寄せ何か考え込んでいる。

「なんだよ、言えよ」

「いや…」

こんなに歯切れが悪いのも珍しい。

正直、ヒュドルのおれへの愛情は背すじが冷たくなるほど思い知って疑うに疑えないのだが、だからこそあれほど女を抱いていた理由がわからない。

羨ましいほどモテてねたましいほど抱いていたのだ。おれが娼館に行ったら激怒したくせに。

「もしかしてお前の性欲でおれを壊さないようにとかか？」

「それもある。伴侶紋が完成すれば問題はなくなるが」

「まじかよ伴侶紋が呪いに思えてきたわ」

もしかしなくてもこの伴侶紋、完成すれば体力増強とか体を丈夫にするとかの効果があるんだろうか。怖い。

できることなら十年前のおれに絶対に彫らせるなと伝えたいところだ。なんでも願いを叶える杖とかもう一本くらい世界に落ちてないだろうか。

「じゃあもしかしてお前らギュルセ族が龍《りゅう》の末裔《まつえい》だってことに関係あるのか？」

「……」

「……」

「……」

なんだこの沈黙。

ヒュドルが険しい顔でおれを見ている。

「……貴様、どこでそれを」

「本で」

「書かれているはずがない」

「いや、色んな本の内容を繋ぎ合わせたらわかったよ。例えば故アルケイン書の――」

「引用はいい、端的に説明しろ」

「ん。えーっと、肉食して発情するお前の体質は龍の習性として四百年ほど前までの本には書かれていたし、文様の様式は世界の端と端の掛け合わせだがこれは人の足では不可能、可能なのは龍の翼くらいだろ。お前の刺青が彫られているのは左腕、おれは右腕、それからこの前砂漠で会った別のギュルセ族は右腕。これは人外変化譚《たん》でしばしば見られる利き腕信仰だろうな。ギュルセ族の里は森に囲まれた絶壁だと昔言っていたが、古文書で語られる龍の住処《すみか》は空に近い場所。砂漠で会ったギュルセ族が使った記憶操作の魔法は八百年前に失われた禁術だが、この八百年前という数字は八百年前から四百年前にかけて龍に関する記述がされた本が激減していることと関係あるだろう。今ある龍についての書物は、捏造《ねつぞう》されたような間違った記述しかないか当たり障りのない御伽噺《おとぎばなし》だけであることが、より一層四百年より前の書物の真実性を裏付けている。更に、前に会ったギュルセ族が『我々の里は人の常識とは少し違う』と口を滑らせた。以上のことからギュルセ族は龍が人に変化したものの末裔であると予想した。終わり」

「……エンケ、貴様は今我々ギュルセ族が何百年もかけて秘匿してきた事柄をあっさり解き明かした」

「…ま、待ってくれ、またやらかした。おれが悪かった、お忘れくださいチョップは痛いからやめてくれ」

自分の立てた仮説や予想を人に長々と語って聞かせるのはおれの悪い癖だった。

この癖のせいで王都で教師になれたのはいいがハニートラップをかけられて全てを失い人間不信になったのだ。

ヒュドルの腕が持ち上がるのを見ておれは目を瞑って身をすくめた。

またチョップされるんだろうか。気絶するほど痛いチョップを。

「いや」

鍛えられた腕が、おれをきつく抱きしめた。

正面から密着する恋人のような抱擁。

「さすが我が伴侶」

「……っ」

やめろよこの距離でそういうこと言うの。惚れ直すだろ。

15　ギュルセの子

突然ビリリと音がして、もしやと見れば案の定右袖が破られていた。

「またかお前…！　縫い直すの大変なんだからな!?」

「縫わなければいい。伴侶は紋のみ出しておくものだ」

「いや、まだ伴侶じゃない…おれは認めていない…！」

声を張り上げれば、破った袖を放り投げ伴侶紋を撫でていたヒュドルの手が止まる。

不満たっぷりの目で見つめられた。しかし、はあと諦めたように溜め息をつく。

執着を露《あらわ》にしてから結構思ったことが顔に出るようになったな。ヒュドルにしては、という程度だが。

「そうだろうな。まだ紋が完成していない」

「ん？　紋が完成すると何かあるのか」

「紋はとっくに彫り終わっている。これは特殊な刺青だ。貴様の心が私に向くたびに、皮膚の下に彫られた紋が浮き上がってくる」

「………は!?」

思わずヒュドルを押しのけて後ずさった。露出した右腕が嫌でも視界に入る。

未完成の文様は、それでもおれの右上半身を覆うほど刻まれていた。

顔に血が集まる。なんだ、それじゃあ、おれがヒュドルを好きなのがとっくにバレてた…!?

「その感情が親愛であれ憎悪であれ文様は進行するがな。未完成なのは貴様が何かを踏みとどまっているゆえだ」

「あ、そ、そうなのか」

良かったー！　何か知らんが助かったー!!

恐る恐る自分の腕を見てみると、言われてみればわかる程度だが確かに前見た時より文様が増えていた。

本か？　本でかなりグラッときたせいか？

しかし露にされた執着には百年の恋もちょっと冷めるくらいドン引いたんだが。

あとやっぱり、おれには禁止したくせに自分は女を抱きまくっていた件については理不尽に思っている。

「エンケ」

「う、うん？　なんだよ」

「貴様は他に何を望む、どうしたら私を伴侶として認める？」

「え、えっと…こ、子どもは…？」

ヒュドルがおれに伺いを立ててくるなんて…!?　と驚いたあまり口籠ってしまった。

それをどう解釈したのかヒュドルは困ったような顔で、それでもおれが知りたがることを教えてくれる。どうやら、おれの望みを全て叶えるというのは本当のことらしい。怖すぎる。

「あれはギュルセの子だ」

「ギュルセ族の…？」

「貴様が言い当てた通り、我らは龍の末裔。人に変化し人と混じったが、未だ異なる点も数多い。その最たるものが、生まれ方だ」

「…もしかして卵生なのか？」

「その通りだ」

ヒュドルは服のポケットから小さな白い塊を取り出した。球体で不思議な光沢を帯びている。

「ギュルセ族の力の結晶。これを人の腹に植えれば卵となり、腹の中で殻は失《う》せ十月十日後に人の姿でギュルセ族が生まれる。産みの親となる腹こそ必要だが、種は必要なく親の血が受け継がれることもない」

「相当変わった生態だな、興味深い…それはさておき、じゃああの子どもはお前の子じゃないのか？」

「砂漠で別のギュルセ族に会ったと言ったな。ならば見ただろう、銀髪と褐色の肌はギュルセ族の特徴だ。貴様の近眼では子どもの顔までは見えなかっただろうがあの子どもは私に似ていない」

「最近老眼気味だから結構見えたけど、整った顔立ちだったからてっきりお前の子かと…」

「我々は伴侶を得るために整った容姿をしている」

白い塊をポイと寝台に放り出したヒュドルが一気に距離を詰めてきた。

彫像のように整った顔が間近に迫り、おれより頭ひとつ大きくなった体で動きを封じられる。

「しかし伴侶に好かれなければ無用の長物だ。この容姿は貴様の好みに合致するか？」

「男の顔にそういう意味の興味はない」

「……」

迫力に負けて思わず本音を漏らせば部屋の空気が重くなった。

ヒュドルから発せられる威圧感に身をすくめる。

「だ、だって仕方ないだろう、おれにとっては同じものがついている時点で美醜以前に恋愛対象外だ。お前が例外なだけなんだよ…！」

「…ほう？」

「あ」

細くなったヒュドルの目を見て、自分が口を滑らせたことにようやく気づいた。

珍しく微笑みなど浮かべたヒュドルの顔が近づいてくる。

食われる、と思って目を瞑ったのにちゅ、とついばむ口づけだけで離れていき戸惑った。

しかし、すぐに意図を察する。

「悪くないな、貴様からの言葉は」

「い、いや、待て、続きを待つな。それにどのみち、おれはお前と所帯を持つ気はないんだよ…！」

「――なぜだ？」

「…色々あるんだよ」

「言ってみろ」

ヒュドルの手がおれの胴に回り、持ち上げられたかと思うと寝台に腰掛けるように降ろされた。

おれの前の床にヒュドルが片膝をつき、手を取って見上げてくる。

なんだこの光景。まるで主人と使用人だ。あるいは、求婚か。翠風の子なら伴侶に嬉々としてやりそうだがヒュドルには似合わない。この、傲慢な男には。

尽くされているみたいだと動揺した心を押し隠すのが大変だった。もしかしたら伴侶紋が進行しているかもしれない。

まずいな、おれ、ヒュドルが見せるこれまでとのギャップに心がふにゃふにゃになっている。

「お前女の方が好きなんじゃないの…か…？」

「私を疑うなら刺せばいいだろう。…賢者のくせに自分の過去の発言を忘れたか？」

ヒュドルが突然おれの手に短刀を握らせた。しかも刃を自分に向けて。

「うわっ短刀握らせるな…！　へ、おれの過去の発言がどうしたって？」

もしかしておれが何か言ったんだろうか。

おれの言葉でヒュドルが行動を変えるなどこれまでのおれなら鼻で笑うところだが、今のヒュドルなら大いにあり得ると思ってしまう。

額に手を当てて思い出す。確かヒュドルが女を抱くようになったのは、おれが抱かれるようになって少し経った頃だ。

正直あの頃は隙あらば盛るヒュドルの相手をし続け頭が朦朧としていたせいで記憶があやふやになっている。

ああ、でも確か大きな事件がひとつあったはずだ。

当時のおれの一張羅だった羽織をやむなく焚《た》き火にくべるはめになったような…？

『もう壊れる、勘弁してくれ、頼む…！　娼館代工面するからそっちで発散してくれ…！』

「あ」

「思い出したか」

「あー……」

言ったな、確かに言った。

精通したばかりのヒュドルにのべつまくなしに抱かれて体力が限界だったおれは、ある時貪られた後そのまま全裸で土下座して頼んだんだ。

街に寄った時はその強すぎる欲を他所《よそ》で発散してくれと。

正直あの時は旅の中でも一、二を争うほど命の危険を感じていた。

ヒュドルの、というかギュルセ族のエロ特化魔法のせいか体の負担は思いのほか少なかったが、抱かれる側に体を作り変えられていく錯覚に精神が参っていたのもある。

「じゃあお前、おれが女を抱けって言ったから抱いたのか」

「――掟には、伴侶に別の者を抱けと言われた場合は聞かなくてよいとある。後々拗れる要因になるからだ」

「ギュルセ族の掟ってしばしば真理をついてるな」

歴史が長い部族のようだし、経験が生かされているのだろう。先祖の苦労が偲《しの》ばれる。

「しかしあの時貴様は私にこう言った。『これ以上おれとだけやるなら口きかないからな』と」

「……言った…気がするな」

ヒュドルの愛情と執着を知った今、罪悪感が湧いた。

もしあの頃ヒュドルの気持ちを知っていればそこまで直接的なことは言わなかった――いや、あの頃知っていたら逃げていたか。

それに、どういう理由であれ少ない人数の旅で口をきかないなどと言うべきではなかった。おれが悪い。しかしどうしてそんなことを言ったんだったか？

……思い出した。

「散々ヤられて意識飛ばす寸前に、もう限界だからひとりでやってくれって言ったんだよなおれ」

「そうだ」

「…んで起きたらおれの顔と一張羅がお前の出したもんで大洪水だったんだよな」

「そうだ」

立ち寄った町で町長と会った後、着替える間もなくヒュドルによってま宿に引っ張り込まれたおれは、一張羅を下敷きに貪られて、少しの間意識を飛ばした。

そして息苦しさに目を覚ませば顔中が精液にまみれていた。しかも目の前にはまだまだ元気いっぱいに反り返るヒュドルの一物《いちもつ》。

その時、同じ男として射精量に恐れをなしたおれは土下座して頼んだのだった。こいつの相手をし続けていたら壊れてしまうと確信して。

体と一緒にみるみる成長していくヒュドルの一物があの時ばかりは死神に見えた。

……あまりに情けない記憶で忘れていた………。

「できれば忘れていたかった…でもごめんなヒュドル、おれお前にひどいこと言ったな…」

「あの頃は私も抑えがきかなかったから構わない。伴侶が苦しんでいるにも関わらず我慢もできないとは淘汰《とうた》されて仕方ない弱者だった」

「量はな、全然弱者じゃなかったけどな」

性を覚えたての若い頃は抑えがきかないものだ。

それはおれも経験がある。頭がそのことしか考えられなくて、ハニートラップに頭までずっぽりはまってしまった苦い記憶が蘇った。

若い性欲を責めるのは酷だ。しかしあの量は人間離れしすぎている。

ギュルセ族が龍の末裔だと仮説を立てた時、巨大な体と強大な力を持っていたという龍が人に変化したことで力の大きさは変わらないまま人間サイズに凝縮されている——と、ヒュドルの膂力や跳躍力について考察したが、精力も追加すべきだろうな。

思えば他であれだけ発散していたのにいつもおれの腹いっぱいまで出していたんだよな、すさまじい……。

「貴様が望むならもう貴様以外抱くことはない。それで満足か？」

ヒュドルの目は澄んでいる。高潔で自分を曲げないこの男は、おれに決して嘘をつかないだろう。

しかし、それがどうしようもなく重くて、苦しい。

おれの発言ひとつでヒュドルの人生が縛られるなど御免だった。

「…どうかおれの願い全てを叶えないでほしい。お前が聡明《そうめい》なことはよく知っている。だから、おれの言葉全部を真に受けて叶えようとするなよ。頼むから…」

おれの言葉にヒュドルが僅かに目を見張る。

そうか、と小さくその口が呟《つぶや》いた。

「——我らは奪い尽くす部族。伴侶の全てを奪い、その対価として己の全てを使い尽くす部族だ。私の世界は貴様を中心に動いている。私にとって、貴様が赤だといえば昼の空とて赤いのだ。世界中で私だけがどれほど荒唐無稽なことであっても決して貴様の言葉を疑わない。貴様の望みは全て私が叶える。これまでの行動はその証。それが我らギュルセ族であり、私だ」

重い、やっぱりどう考えても重い。

無意識に引こうとした体を繋がれた手が止める。

それにおれもヒュドルの顔から目が離せなかった。本能は危険だ逃げろと言うのに、ヒュドルが真摯に告げる言葉を聞きたいと心が告げる。

おれに知識欲以外のものがあったのだと、久しぶりに思い出した。

これは執着だ。おれからヒュドルへの。恋した年下の男への。

「里を出た時、私は伴侶などいらないと思っていた。だが貴様と会って変わったのだ。ギュルセ族は龍の末裔として強大な力を持つ代わりに心を欠いて生まれてくる。それを補うのが伴侶という存在。私の感情は伴侶である貴様によって育まれた」

ヒュドルは淡々と告げる。だがおそらくそれは、易々《やすやす》と外部に漏らして良いものではないのだろう。愛の言葉は囁かないと告げたヒュドルは、それ以外の全ての言葉をおれに与えてくれようとしている。

「しかし――私の感情は伴侶が育てたが、頭脳は教師が育てた。教師である貴様が私にできると考え、望むなら、貴様の望みを叶えすぎぬよう努力しよう」

「うぐ…っ」

これは反則だ。今のヒュドルに昔の、出会ったばかりの幼いヒュドルが重なって見えた。エリーもオリヴィエもそうだが育てた子の成長を実感すると涙腺が弱くなる。

涙ぐむおれの頬に立ち上がったヒュドルの手のひらが添えられた。額がくっつくほどに顔が近づいて見つめられる。涙が滲《にじ》んだまなじりをぺろりと舐められた。

なんだかもう、紋がいつ完成してもおかしくないほど感情は全面的に降伏している。

こんなにも好いてくれているなら、そしておれも好ましく思っているのだから、はいどうぞと差し出してやりたい。

しかしちらりと横目で見れば紋は進行すれど完成にはまだほど遠いようだ。

完成しないのはおれが何かを踏みとどまっているからだとヒュドルは言った。

ここまできて、そんな心当たりはひとつしかない。

おれの最後の理性が堅牢《けんろう》な砦《とりで》となって死守している部分。おれにとってこれをヒュドルに告げるのはひどく勇気がいることだった。

しかしヒュドルなら決して馬鹿にしないだろうと今なら思う。ヒュドルの言葉が、行動がおれの重い口を開かせた。

「……もう、あと、ひとつ」

「なんだ」

「お、おれ、もう四十歳だ」

「それがどうした」

「お前より二十年も先に死ぬんだよ、大事なことだろ」

おれは大人だから、どれだけ望まれても求められても十九歳も年下の子と伴侶になどなってはいけないと理性が叫んでいる。四十年間育《はぐく》まれてきた倫理観が邪魔をする。

それがおれの踏みとどまっている、どうしても越えられない一線だった。

「……」

ヒュドルは目を逸らして何か考え込んでいた。

しかし、意を決したように再びおれを見つめる。

「掟ではこういったことは伴侶に嫌われやすくなるため伝えるべからずとあるのだが」

「…？」

「十代の貴様は無数に枝分かれする未来があった。二十代の貴様は女を積極的に抱くほどの若さがあった。三十代の貴様は世界を旅する体力があり、勇者一行を育てる気力があった。四十代で体力が衰えれば遠くへ行く体力も気力も減るだろう。五十代になれば様々な欲も落ち着き外出する気も失せる。六十代ともなれば変化を恐れ連れ添った者を無下にはすまい。——私は貴様が老いるのを待っていた。旅が終わり、緊張が緩み、私への恋心を考える余裕ができるまで。二十年早く死ぬと言うのならこの一瞬こそが希少なものだ。私は早く生まれることができなかった。貴様は遅く生まれることができなかった。だがそれだけだ。私にとって年の差などその程度のものだ」

「……ぅ…」

体中の血液が顔に集まったように思えた。

理性の砦が打ち崩される。

もう駄目だ、完全降伏だ。

「ヒュドル」

右手を伸ばしてヒュドルに触れる。

互いの視線が集まる中で、じわじわと刺青の文様が増えていく。

完成していく図柄にヒュドルは表情を変えずただ一言、エンケ、と呟いた。

おれがずっと気にしてきて、この先もずっと気に病むだろうことをヒュドルは気にも留めていなかった。ヒュドルから見たおれにもきっとそういうところはあるのだろう。

おれにヒュドルの頭の中がわからないように、互いに違う価値観を持った二人は、それでも愛し愛されることができる。

それが伴侶という形。

「愛してる」

「ああ」

本当はもうひとつだけ、迷っていたことがある。おれの長年の夢のことだ。

しかしそれくらいは妥協しよう。

これまでおれに尽くしてきてくれたこの愛《いと》しい男に免じて。

紋が完成したと思った瞬間、ふわりと体が宙に浮かんで、高い空から地上を見下ろしていた。

「ッ!?」

それは一瞬のことで瞬《まばた》きすれば小屋の中に戻っている。

その瞬間から世界が変わっていた。体がぽかぽかと暖かく、目を細めれば自分がなにやら光に包まれているように見える。

ヒュドルも同じ色の光に包まれているのが見えた。もしかしてこれはヒュドルの魔力なのだろうか?

それに、ヒュドルが生きていること、傍にいることを五感以外の何かでうっすらと感じる。

これが翠風の子の言っていた伴侶の気配というやつなのだろう。

「ヒュドル」

この変化やさっきの光景はなんだと聞きたくて顔を上げた。

ヒュドルもおれを見ていた。その目を見たら、尋ねようとしたことが頭から抜け落ちる。

どちらからともなく唇を重ねた。

＊

「……ヒュドルくん」

「なんだ」

「なんだかすっごく見覚えのあるものがおれの腹に刻まれているように見えるんだが」

「これか。感度を高める効果がある。私が魔力を注げば量にもよるが五十倍ほどまでは簡単に上げられる」

「人の体の感度を簡単に上げるな!?」

良い雰囲気になったのでそのまま寝台で服を剝ぎ取られれば、完成した文様が見えた。

新たに浮かび上がった文様は文字というよりまじないのようで意味を読み取ることはおれにはできない。一部読み取れそうなところもあったが今はそれよりヒュドルを優先したいと思った。

思ったが、下腹部を見た時そんな気持ちが吹き飛ぶ。

そこにあったのは若い頃積極的に読み漁《あさ》っていたいわゆる艶本の、マニアックな部類のものに出てくる淫紋というやつだった。

物語によって形や効果は違うが、股間とへその間にあるそれは大体において体の感度を上げたりエッチな気分にさせたりと活躍する。他の文様は見覚えなぞなかったのにそれだけは類似するものが複数の本に載っていた。

　これはどういうことだとヒュドルをじとっと見る。

「過去に流出したギュルセ族の秘術だ。今のものは伴侶の魔力でなければ発動しないが、昔はそうではなかった。ゆえに悪用されひとつの地域が戦争で滅ぶまでになり、それが、ギュルセ族が龍の末裔であることを秘匿するきっかけになったと聞いている。現存する書物に載っているものは効果が出ないよう改変されたただの模様だ」

「エロ特化部族も大変だったんだな…」

　エロ関係もそうだがギュルセの魔法は記憶操作など禁術秘術だらけだ。確かに権力者にとっては犠牲を払ってでも得たいものなのだろう。

　ヒュドルに貰った本でちらりと見た掟の中に『ギュルセのまじないを伴侶に悪用するべからず』とあったし、ヒュドルのことを仲間として信頼しているからおれの記憶や感情が操作されたものだとは思わないが、信頼がなければ軋轢《あつれき》を生む危険なものばかりだ。秘匿は正しい選択だろう。

　とはいえ、架空のものだと思っていた淫紋が自分の腹にあるのは耐え難いものがある。

「つ、使わないよな。魔力注ぐなよ？」

「……」

「何か言えよ、言ってくれよ!?　お前さっきまであんなに口回ってただろ!?」

「私は年の差を気にしないとは言ったが」

「…言ったが？」

「性の不一致に寛容になるとは言っていない」

「ちょ、待っ……！」

止める間もなくヒュドルの指が淫紋に当てられた。途端に下腹部がドクリと熱を孕む。

前も後ろもまだ触られてもいないのに二十代…いや、十代の時ほどに昂っていた。

「はっ……」

口から自然と熱い息が漏れる。しかし不思議と頭ははっきりしていて、そのせいで体から湧き上がってくる快感を直接的に受け取るはめになった。

「この紋があれば伴侶の体はギュルセ族の体力に負けず、壊れないようになる。——もう遠慮はいらないな、エンケ」

「まって、おねが、まて…！　…い、いまさわられたら、おかしくなる…っ」

「紋が貴様を守る、気が狂うことはない。この小屋には防音のまじないを仕込んであるから声が漏れることもない。安心して溺れればいい」

「どこに安心しろって!?」

飲み込ませた私のものが浮き出そうなほど薄い腹を撫でれば、掠《かす》れた嬌声を上げながらエンケが震えた。

刻んだ淫紋が私の魔力に反応し発光している。拒否すれば魔力抵抗が発生し淫紋の効果はなくなるのだが、魔力を扱うことに慣れていないエンケにはそもそも魔力抵抗という発想がないようだ。この男ならいずれ気づくだろうが。

「ん…は…ぁ、っ、う…ぅ、ひゅど、る…」

体を好き勝手される哀れな男は弱々しく腕を伸ばしすがりついてくる。

頼む、もうやめてくれ、勘弁してくれと言いながらも私を突き放すことはしない。体は快楽に怯え震えているが、私を咥え込む場所は健気《けなげ》に締め付けてくる。

乱れて汗で張り付いた黒髪をかき上げてやり額に口づけを落とした。近づいたことで深くなった交合にエンケの喉から高い悲鳴が上がる。

エンケは蕩《とろ》けきった声を私に聞かせまいと抑え、崩れきった顔を見せまいと私にしがみついてくる。淫紋に支配されても年上としての矜持《きょうじ》を保とうとする精神力は立派だが、私を余計に煽《あお》るだけだと気づいているのだろうか。

（まだ、羞恥を覚える余裕があるか）

かつての自分ならそれもまた許しただろう。しかし今は腹の奥から込み上げるものがあった。

怒りに似たそれは、独占欲というものか。

どろりとした黒い感情。自分には生涯縁がないと思っていたもの。
――伴侶狂い
そう呼ばれるものに自分がなるなど、かつては考えもしなかった。

＊＊＊

ギュルセ族は人の心を欠いて生まれてくる。

その中でも私は――黒い力の家の者は特別だった。

ギュルセの子といえど普通ならば成長するにつれある程度は感情を獲得していく。

しかし先祖返りと呼ばれる、祖先の力を強く受け継いだ者は十歳で成人しても感情はおろか言葉すらろくに発さない。

言葉を知らないわけではない、言語は完璧に理解している。

しかし感情が表面に存在しないため発言する意思がない。なまじ強い力を持つがゆえに生命維持も容易で食事も睡眠もあまり必要としない。

私は生まれた時一言も泣かず、一口の食事も求めず、目を瞑ることすらなく床に転がり微動だにしなかったという。

黒い力の家はそういった先祖返りが引き取られる家だ。

戦闘に長《た》けたギュルセ族の中でも先祖返りの力は人外の領域。赤子といえど普通のギュルセ族の手には余るため、先祖返りは素質に関わらず黒い力の家に行く。

長い間先祖返りは生まれていなかったため家にいたのは一組の伴侶だけだった。

ギュルセ族に産みの親という概念はない。育ての親は二人一組で片方が表親と呼ばれもう片方は裏親と呼ばれる。

成長しても一言も発さない私に表親は根気強く掟を教え、知識を与え、そして私の左腕に刺青を彫った。

「ギュルセ族には伴侶が必要さ。無論、お前にも」

「…必要ない」

「おや、喋ったね」

特殊な樹液を使い刺青を彫る表親にそう告げたのが、おそらく生まれてから初めて発した言葉だった。

表親は皺《しわ》の浮いた顔をくしゃりと歪め笑う。表親も先祖返りだが、声音も表情も感情が籠り普通のギュルセ族のようだった。

表親の伴侶、裏親にはほとんど会ったことがない。稀《まれ》に天幕越しに声を聞くことはあったが、表親は伴侶が誰かと交流することを厭うようだった。

――伴侶狂い
里の多くのギュルセ族はそう呼ばれている。同盟関係にあるポ＝ネ族やライ族が里に来た時気さくに挨拶代わりに言っているのをよく聞いた。

ギュルセ族は伴侶への愛情が深すぎて、他人を寄せ付けないようまじないを仕込んだ天幕に閉じ込める習慣があった。

天幕に籠って出てこないギュルセ族も多く、掟で天幕にいていい日数が決められているほどだ。

掟では他にも、使命がある場合は使命を優先させること、伴侶を手に入れるのはやるべきことが終わってから、などといった当時の私には理解できないものも数多くあった。

掟でわざわざ決められているのは、伴侶に溺れ使命を後回しにするギュルセ族が後を絶たないためだ。

そんなことを知識として知ってはいても私には理解できなかった。

感情が表に存在せずともギュルセ族の里で生きることに問題はなく、戦いを好ましいと思う本能に近い感情だけは持っていたがそれだけだった。

そして私は十歳になり、成人の証として刺青を彫り終えたら旅に送り出される。

「伴侶は必要さ。ギュルセ族は強すぎ、浮世離れしすぎている。伴侶は我々を世界に繋ぎとめる楔《くさび》なのさね」

掟は秘められたギュルセ族やポ＝ネ族他同盟族の里を守るためのものであり、伴侶を手に入れるためのものであり、生きるためのものだという。

掟は守るものだと生まれた時から教え込まれた私は、成人したら旅に出て伴侶を探すべしという掟に従い紋で感じる気配を頼りに旅をした。

伴侶など必要だと思えなかった。伴侶狂いと呼ばれる同族を理解できなかった。

それでも掟なれば、せめて戦いの腕を競い合える相手であれと願っていた。

（あそこか）

伴侶が近くにいると感じ向かってみればその場には二人の人間がいた。

一人は若く、力に溢れた男。

一人は老いた軟弱な男。

老いた男——エンケの方が私の伴侶だと見た瞬間にわかった。

その時湧いたのは怒りだ。

守るべき掟の中には伴侶を大切にすべしというものがある。

私はこんなにも弱い男の面倒をこれから先見ていくのかと憤った。

それは私が初めて感情を獲得した瞬間だったと、気づいたのはずっと後のことだ。

怒りのまま剣を抜けば若い男が立ちふさがる。伴侶は立ち上がれもせず震えていた。

軟弱者。心も体も脆弱《ぜいじゃく》で、戦いの中で恐怖に震え縮こまることしかできない男。

こんな者が私の伴侶なのかと絶望していたがそれでも、体に巣食う龍の本能がエンケに執着するのを感じた。

剣を交えれば若い男——オリヴィエは強く、いつか怒りを忘れるほど戦いは続き、やがて私が僅差で勝った。

勝利の高揚感のまま気絶したオリヴィエを見下ろせば躍り出てきた影がある。

それは震えて縮こまっていたはずのエンケだった。

「頼む、こいつを殺さないでくれ…っ！　金なら渡す、おれにできることならなんでもするから…‼」

「………」

オリヴィエに覆いかぶさったエンケは無様に震えた声で命乞いをする。

「うわっ！　へ？」

オリヴィエを庇《かば》うその姿に再び怒りを覚えたかと思えば無意識に襟首を掴み上げ引き剝がしており、自分で驚いた。

龍の本能として伴侶に執着するのは知識として知っていた。

しかしこの行動はまるで里の伴侶狂い達がやる行動――独占欲の現れのようではないかと。

「な、なんだよ…なあお願いだ…見逃してくれ…頼むからさ…」

引き離されたのをどう解釈したのかエンケは震え、涙さえ流しながら懇願する。

「……名前は」

「お、おれはエンケ。あいつはオリヴィエ…」

「そうか」

私はエンケを最初に腰掛けていたらしい椅子代わりの倒木の上に降ろすと、戦いで散らばった薪《たきぎ》を集め、元あった場所に設置し直した。

火を点《つ》ける私の姿を見てエンケは混乱で目を丸くする。

「見逃してくれるのか…?」

「火に当たれ。体を温めろ」

「ん? んんん…?」

私の行動にエンケは困惑していたが、私自身も戸惑っていた。

火を点けたのはエンケが震えていたせいだ。自然と面倒を見てやりたくなり動いていた自分に最も狼狽《ろうばい》していたのは私自身だった。

そして、私は勇者一行に加わった。

エンケに会ってから私はみるみるうちに感情を獲得していき、同時に執着も膨れ上がっていった。

しかし私からエンケに向ける感情や執着はあくまで本能によるもので、それ以上ではないと思っていた。

伴侶狂いと呼ばれるほどのものではない。私は里にいた同族達ほどの感情を持つことはないだろうと。

そう、思っていた。

17　独白

黒い力の家の者には重い使命が課せられる。

他のギュルセ族はひとりふたり卵を植えれば使命を果たしたとして伴侶を手に入れることが許されているが、先祖返りの強い力をより濃くギュルセ族に残すため黒い力の家の子は最低十人、ギュルセの魔力で生み出された卵を植えつけなければならない。

ギュルセ族の卵の殻は産みの親に吸収されるが、強すぎる魔力は多すぎれば毒となるため、ひとりの人間に植えつける卵は一個までと決められている。

伴侶に産ませることもできるが伴侶の愛が子に分散されるため推奨されていない。

ゆえに掟では伴侶に出会うまでに卵の植えつけを終わらせなければならないとある。伴侶に溺れて子を作る使命を忘れるギュルセ族を戒めるための掟だ。

しかし、私は早々にエンケに出会ってしまった。どのような者か一目見てやろうと思ったことが過ちだった。

伴侶など必要ない、このような軟弱者が伴侶とは不満だなどと考えながら、私はエンケの傍を離れることができなかった。

使命のことを思い出したのはエンケが他で女を抱けと土下座した時だ。

それから私は世界のあちこちで卵を植えつけた。

しかし卵は合意なくして根付かない。

龍の末裔だという事実こそ省いたが、生まれる子が人間とは少し違うこと、ある程度育てば勝手に親元を離れることなどを伝えれば、多額の金を約束しても卵を受け入れる者は少なかった。説得が上手くない私は結局数年かけて十人の子を作った。だが、掟を破った私には報いがあった。

里を繋いでいくための掟をおろそかにしたギュルセ族は、報いとして伴侶を持つことが禁止される。十人の子が親元を離れ旅立つ時まで私はエンケに淫紋を刻むことが許されず、体力の差から常に不満と鬱憤を抱えるはめになった。

それでも旅の間ならばまだ良かった。戦闘で欲求はある程度発散できたからだ。

しかし最大の強敵を打ち倒し凱旋した後はエンケに溺れそうになる自分を自覚していた。番《つがい》を愛する龍の本能的な執着は、強敵のいない世で心置きなく伴侶を愛せと訴えかける。

だが私にはまだ使命が残っていた。

本能から来る執着によるものであれ、再び使命を忘れエンケに溺れてしまえば更なる報いを受けることになる。

それは御免だと私はエンケに手を出さないことにした。もはや旅する必要もない状況で手を出せば自制が効かなくなる確信があったためだ。

しかしエンケが目の届かない場所にいるのは落ち着かない。だから閉じ込めた。

ギュルセ族は伴侶をまじないを籠めた天幕に閉じ込める習慣があるが、子どもの頃理解できなかったその意味が今ならばよくわかった。

結局、エンケは一ヶ月で逃げ出したが。

それでも私はまだ冷静だった。執着が本能から来るものだと理解していたからだ。

エンケを手に入れたい、閉じ込めたいという感情は湧き上がるが、それは伴侶としてのエンケが私の安定に必要だからだ。

エンケに出会って私は龍の力が体と心に馴染み、何年もかけて人間となった。

今なら表親の言っていた意味もわかる。我々がこの世界で生きていくためには伴侶が必要だ。ギュルセ族の欠けた部分を埋め、世界に、人に繋ぎとめる楔が。

それに、エンケが私に惚れていることには気づいていた。完成していなくとも体を覆うほどになった文様はエンケからの好意の量だった。

だからエンケが真実私から離れることはないだろうと思っていたのだ。それが大きな過ちだとは気づかないままに。

使命はまだ果たせていなかった。

世界各地から九人の子らが親元を離れ里へ旅立った報せが届いたが、最初に卵を植えた一人だけが未だ旅立っていない。

親が旅立ちを拒絶し閉じ込めていた。それでも通常のギュルセの子ならば自力で抜け出すところだが、その子どもは私と同じ先祖返りだった。

先祖返りは人の心を欠いて生まれるギュルセ族の中でも、特に心を持たない獣だ。

先祖返りでさえなければ本能が里に向かわせるはずだが先祖返りは促されない限り自ら動くことはほとんどない。本能に従おうという意思すらないのだ。

私は先祖返りを産んだ親の元へ通い何度も説得を試みたが全て上手くいかず、そうしている間に一ヶ月経ちエンケは逃げ出し、捕まえても再び逃げ出した。

フユに乗って逃げ去るその背中を見た時、私は初めて知った。エンケは私から逃げる意思を持つのだと。

それは伴侶に執着することが当然のギュルセ族にはない発想だった。

だが好都合だと思った。傍に置きながら手を出せない日々に知らず疲弊していたこともあるだろう。逃げても紋である程度の位置はわかる。使命を果たしてから迎えに行けば良いのだと、去りゆく背中を見てそう考えていた。

それは間違いだと気づくまでそう時間はかからなかった。

私は出会って以来エンケと長期間に渡り離れたことはなかった。

先祖返りの親の説得は上手くいかず使命を果たすことがままならないまま数ヶ月が過ぎ、私は限界を迎えた。

使命を放り出し紋から伝わる僅かな気配を頼りに国を出て走る。世界中の本が読みたいと言っていた、とオリヴィエから聞いたために探すのはまだ容易だった。

本屋や図書館がある大きな街を見つけてはしらみつぶしに探していく。やがてそんな街のひとつにエンケを見つけた。

――エンケは、見知らぬ男と笑いながら歩いていた。

いや、かつて旅の道中で立ち寄った時に見たことがあるかもしれない。エンケの昔の教え子だったか。エンケが含みも計算もなく笑いかける相手など勇者一行か教え子といった身内しかいない。エンケにとって大切な人間であるということが一目でわかった。

その時だ。

ドクリ、と心臓が跳ねて景色が歪んだように感じた。

（……？）

私は本能を軽々と越える何かに支配されていた。

本能的な執着の中ではエンケの姿と無事を確認して安堵《あんど》し、攫って閉じ込めたくなる程度の感情しか生まれなかったが、〝それ〟はもっと重いものだった。

――なぜ、私以外に笑いかけている？

私から逃げたエンケが、私とそう歳が変わらない男の隣で笑っている。

エンケは私以外を選ぶこともできるのだと見せ付けられた。いや、実際に選んだこともある。エンケがかつて娼館に行った時、私は似たような感情を抱いたのではないか？

あの頃はそれでもエンケは傍にいた。だから自覚することはなかった。しかし今は違う。

隣にいるのがオリヴィエであっても私は許せなかっただろう。親愛であれなんであれ、エンケが私以外に感情を向けることが許せなかった。許せなくなっていた。

『伴侶狂い』

ギュルセ族のもうひとつの呼称とすらいえる言葉を思い出す。

そうか、これが、私がこれまで見ても聞いても理解できなかった――独占欲というものか。

その時、左腕が普段の何倍にも重くなった。

私の内にある龍の力が暴走しかけたのだ。無意識に背の剣を抜こうとしていたのか肩より上にあった腕が地に沈む。

先祖の中に嫉妬に狂って国ひとつ滅ぼし伴侶すら殺してしまった者がいたという。ゆえにギュルセ族は利き腕に枷《かせ》ともなる紋を彫るようになった。伴侶を傷つけないために。人として生きていくために。

それが発動してしまったのだ。頭を冷やすべきだと考えその場を離れれば腕は軽くなった。

そのまま私は全力で走って国へ戻った。

生まれて初めて自覚した独占欲に、頭も体も不快感をかき混ぜたような混乱に襲われていた。

＊

私は再び使命に没頭した。上手くいかない説得を繰り返しては時折エンケの様子を遠くから眺めに行く。

翠風の家の者と出会った時も見ていた。他の者と話すエンケも見た。

そのたびにエンケの前に躍り出て攫ってしまいたくなった。しかし今の私にその資格はないと、国に戻っては説得を続ける日々だった。

エンケを奪いたい、尽くしたい、貪りたい、閉じ込めたい。

だが傷つけたいわけではない。

私から離れても平気そうに過ごすエンケを見るたびに私は生まれて初めての悲しみを味わっていた。

＊

エンケが国に戻ってくることを知り、無意識のうちに環境を整えていた。

国に到着したことを感じ取ればいてもたってもいられずに迎えに出て、その足で攫った。

押し倒し伴侶紋を見れば六ヶ月前に見た時よりも完成に近づいていて、心臓が歓喜する。

どうせこの小屋からも逃げ出すことができるだろうエンケを閉じ込めるために、オリヴィエとエリーの結婚式までの三日と期限を区切った。首を縦に振られ満足する。エンケは結んだ約束は七割守る。

三日。

それまでに使命を果たすことができればエンケに全てを伝えることが許されるようになる。

伴侶紋のこと、ギュルセ族のこと、――私が抱いた感情のこと。

これまでのギュルセ族がしてきたように、伝え、受け入れられたらエンケを里に連れ帰ることができる。

受け入れられなければ承諾してくれるまであらゆる手段で説得する。それもこれまでのギュルセ族がしてきたことだ。

「エンケ、……もう逃げるな」

交わりの後意識を失うエンケに聞こえないように囁く。聞こえる時にすがってしまえば使命を忘れて溺れてしまう危険があった。

猶予は三日しかない。エンケの体を綺麗にして寝かせ、しばらくその寝顔を見つめた後、私は寝台から出て使命を果たすため先祖返りとその親が住まう家へと向かった。

＊

いつものように上手くない説得をしていたところをエンケに見られたのは誤算だった。今回のエンケは約束を守らない三割の方だったらしい。

それでも小屋に戻ってきたエンケを再び捕まえられたと思ったら私の子がどうだの言う。

あれはギュルセの子だ。我々にとって親子とは産みの親と表親、裏親という存在のみであり、エンケの持つような親子の意識や情はない。

好意は確かに感じるのにエンケの紋が完成しないのはそこが引っかかってのことなのか、それとも別の何かがあるのか。

考えたが結論は出なかった。私とエンケは違いすぎる、ゆえに惹かれ、ゆえにすれ違う。

ならば私にできることはひとつだけだった。ギュルセ族の秘匿の掟を破ってでも、エンケに話せる限りの全てを伝えることだ。

ただし、龍の末裔であることだけは伝える気がなかった。

何年も連れ添ってすら伝えることを躊躇《ため》らうほど、私達が人外ということは人間にとって禁忌であると繰り返し教えられてきたからだ。

人外の者であるという理由で伴侶に拒絶された者も過去にいて、そのギュルセ族は伴侶を殺さないまでも痛めつけ双方共に狂ってしまったという。

――エンケは我々が龍の末裔であるということをあっさりと解き明かしていたが。

そして、微塵《みじん》も気にしていなかった。エンケが最も気にしていたのは年齢のことだった。

十九歳という差は確かに大きいものだ。しかし私は気にならなかった。そのことにエンケはひどく驚いていた。

私達は噛み合わない。

だが噛み合わないエンケこそが私にとって心地良く、私が独占欲を抱くのはエンケだけだった。

認めよう、私も伴侶狂いであると。

私はすでにこの男がいれば幸福であり、この男がいなければ生きていくことすらできないのだと。

日がすっかり高くなったことが窓から差し込む光でわかった。

「ひゅど、る…」

もはや自力で腕を持ち上げることもできずに名を呼んで、腕をヒュドルの肩に回してもらう。

初めての終わりが見えない交わりにおれは恐怖していた。それでもくっついていたら大分《だいぶ》和らいで、震えが収まる。

いつもはおれが音《ね》を上げるか気絶するか旅に出る時間が来るかなどで終わりがあったのに、今はどれもない。

ヒュドルを何時間も飲み込んでいる場所はすっかり綻んでいるが、絶え間なく擦られているせいで熱を持っているのがわかった。

だが普段なら体も精神も悲鳴を上げて気絶するところをとうに過ぎているのに、未だ比較的穏やかに意識を保ったまま繋がっている。体の負担もずっと少ない。

これが紋の効果だろうか。だとすれば案外悪くないな、と思ってしまう。

見上げたヒュドルは出会った頃と違う、すっかり精悍な青年となっておれを貪っていた。

そのまっすぐに見つめてくる目はもはや執着と情熱を隠していない。

出会った頃よりよっぽど化け物じみた強さになったのに、反比例するようにどんどん人間臭くなってきたヒュドル。

そんな人間臭さにおれは惚れたのだったと思い返す。

しかし精力は未だに化け物じみているな。

「も…そろそ、ろ、おわらねえ…？」

「…もう少し」

「…そ、か…」

掠れきったおれほどではないがヒュドルの声も少し掠れて色気を孕んでいた。耳元で囁かれたそれにぞくりとして無意識に締め付けてしまい、ヒュドルの喉仏が上下に動く。

疲労困憊《こんぱい》で体はすっかり動かせなくなっていたが、思わず笑い声を漏らせば不満げな顔でキスされた。

「んっ…ん…ふは、かわいいな、ヒュドル」

「……」

「つぅ、あ…！」

力ないおれの足を抱えて緩やかに腰を動かしていたヒュドルがずん、と急に奥を突く。

すっかり躾《しつ》けられた体は奥が一番感じて、出し切って尽き果てたと思っていた快感が再び熾《おこ》った。

くたびれていた前が勃ち上がる。すかさず伸びてきたヒュドルの手をはたき落としたいのに、僅かに残った力でおれは結局ヒュドルにしがみつくことを選んだ。

ぐちぐちと竿《さお》を擦られ先端を指でくじられる。おれの一部なのに、感じる場所は多分おれよりヒュドルの方が詳しい。

そんな手管に翻弄され、出すものの尽きた尿道口がくぱくぱと開閉してヒュドルの指を誘うが、大剣を扱うことに長けた太い男の指は勿論入らない。

それでも欲しがるように開く口をあやすヒュドルの指は優しかったが、おれの身には全く優しくなかった。

「あっ、あぅ…っそこ、や……っ」

「もう出ないか？」

「でな、でるわけな…ぁ、ん…ぐ…きつ……っ、や、めぇ……あぁぁっ！」

「……ッ」

出ないと必死に首を振ってもヒュドルはやめてくれず、突き放そうとしても強い快感に怯えた体は一番安心できる場所を求めてヒュドルにすがりつく。

促されるままに上り詰めた時に後ろを強く締め付け、中でヒュドルも達したのがわかった。ビクビクと痙攣するおれの中でヒュドルも尿道に残ったものを全て吐き出さんと前後する。

仰け反ったおれの喉仏を舐めたヒュドルは、手の中に吐き出されたおれのものもぺろりと舐めた。すっかり色の薄くなったそれに、さすがのヒュドルもおれの中からずるりと出て行く。

「はぁっ、はぁー…も、おわり、で、いいか…？」

「…仕方あるまい。伴侶紋と淫紋があってなおこれとは貴様本当に体力がないな」

「はっ、ここまで、付き合っただけでも、じゅうぶ…っ、ぅ…」

強がって笑えば腹の中に注がれたものがどろりと出てきてしまった。ずいぶん前から苦しかった腹を改めて恐る恐る見ればうっすらとだが膨らんでいる。どれだけ出したヒュドル。

しかしこれだけ繋がっていてまだ意識も笑うだけの余裕もあるとはものすごい効果だな伴侶紋。これだけ体力気力精神力が漲《みなぎ》るとは、旅の途中にあればもっと楽に世界を踏破できたんじゃないだろうか。

…ん？　そういえばヒュドルの言葉で何かが引っかかった。

「伴侶紋『と』淫紋…？」

「…そんなこと言ったか？」

「すっとぼけるのが上手くなったなヒュドル。でもさすがに誤魔化されないからな」

「とりあえず水を飲め」

「ありがとうお前も飲め」

互いに掠れた声が気になっていたのか、ヒュドルが持ってきてくれた杯をごくごくと空ける。

もう限界で動けもしないと思っていたのに秒ごとに体力がみるみる回復していくようで、ヒュドルが水を取りに行っている間に起き上がり杯を持ち上げるくらいならできるようになっていた。

これも紋の効果だろう。しかし紋を彫った張本人はなんとなく残念そうにしていた。そういやいつも疲れきったおれに口移しで水をくれてたな。表情に全く出てなかったがお前あれ実は楽しんでたんだな。

「…で、だ。察するに伴侶紋は淫紋とは別物…淫紋はお前がヤる前に使うような魔術に分類されるものじゃないか？」

「簡単に当ててくるのやめろ」

「口を滑らせたお前が悪い。それに伴侶紋と淫紋は様式が違うから気になっていたんだ。伴侶紋が体力増強、淫紋が感度と更なる体力の増強、それから性行為で受けるダメージ全般に対する耐性上昇ってところか」

「…その通りだ。だが広義に言えば淫紋も伴侶紋だ。かつて流出した時、ギュルセ族は淫紋を封印すべきか悩み、長老達による会議が三日三晩開かれたが——」

「…開かれたが？」

「〝伴侶と思う存分イチャつきたい〟と残すことになったそうだ」

「真面目に会議してその結論ってすごくないか？　長老の下半身若すぎないか？」

伴侶紋による体力増強だけじゃ満足できなかったわけだギュルセ族は。強欲だな。

まあ両方あってもなお先にへばるおれのようなやつもいるわけだから選択は間違っていなかったと言える。

「…ってことはお前もおれと思う存分イチャつきたかったのか」

「……私は使命を果たすまで貴様に淫紋を入れることは許されていない。しかし」

「しかし」

「伴侶紋が完成していくさまを見ていると無意識に淫紋も入れてしまった」

「欲望に素直…」

話している間、ヒュドルはてきぱきとお湯や布を持ってきておれの身を清めた。

どこからか出してきた右上半身が露出する服を着せられ、目が合えばどちらからともなくキスをする。

唇を重ねるたびに多幸感に包まれた。いい歳して両思いに浮かれているおれもギュルセ族の長老のことは言えないかもしれない。

「……まあいいけどな。お前が満足してないのはおれも気になってた。だから、たまになら淫紋使ってもいい」

「具体的にどれほどだ」

「グイグイくるな。そうだなー…あまり我慢させるのも可哀想だし、十回に一回くらい？」

「十回!?」

「お前がそこまで驚いた顔初めて見たんだが!?　大分譲歩したつもりなんだが!?」

「……」

「じ、じゃあ八回」

「無理だ」

「間髪くらい入れてくれ勢いが怖いわ。…じゃあ、何回に一回ならいいんだよ」

「……」

「……」

「………」

「無理なんだな？　毎回がっつりヤりたいんだな？」

「…ああ」

「…でも毎回はちょっとな…」

淫紋を使われると確かに終わってもこうして心身共にまだ元気でいられるが、最中の濃厚な気持ちよさは歳くったこの体には負担が大きかった。

何より怖い。底が無い快楽は恐ろしいものだとおれは初めて知った。ヒュドルにすがりついていなければ恐怖で泣き喚《わめ》いていただろう。

あの快感に慣れたとしたらそれはそれで問題だ。その…今でも割と、後戻りできないというか、中毒性というか、自分の倫理観や常識が崩れつつあるのを感じている。

だがそのあたりを壊す勇気はおれにはなかった。年下の伴侶にすがりつき抱いてくれとせがむなんておれにはできそうにない。四十男が抱いてくれと懇願するなんてちょっと絵面がやばすぎるだろ。

寝台の上で対面したおれ達はお互いに引けなさすぎて見つめ合いが睨み合いに発展していた。甘い雰囲気は霧散した。

――先に折れたのは意外にもヒュドルの方だった。

「…わかった、多少は譲歩しよう」

「い、いいのか？」

「負担を強いたいわけではないからな」

「お、おれだって、無理に我慢させたいわけじゃ…」

「わかっている。たまにはしおらしいところを見せた方が伴侶は折れやすいと長老が言っていたからな」

「お前の目論見《もくろみ》全部伝わったわ」

さてはお前も浮かれているなヒュドル。

ヒュドルはおれを横抱きにして寝台に寝かせ羽毛布団をかけると、自分の体も手早く清め服を身に着ける。

大剣を背負うと、戻ってきておれの額に唇を触れさせた。

「少し寝ていろ」

「ん、出かけるのか？」

「…私は掟に再び反してしまった。今日中に使命を達成しなければ罰を受ける」

「使命？」

珍しく困っている様子のヒュドルが気になって、去ろうとした服の裾を摑んで引き止める。

最初は渋っていたヒュドルだったが見上げて尋ねれば溜め息と共に目を手のひらで塞がれて、話してくれた。

使命のこと、掟のこと、先祖返りの子のこと。

今日中に先祖返りの子を里への旅に出させないとヒュドルはしばらくおれに触れることができなくなるらしい。

それに先祖返りの子をこれ以上放置するのも良くないそうだ。成長と共に膨れ上がる力が暴走する恐れがあると。

窓の外を見ればいつの間にか夕日が落ちようとしているところだった。

「なるほどな。じゃあ行くか」

「？」

「馬鹿だなヒュドル。困ってるんだろ？　苦手分野は得意なやつが助ける、そうやっておれ達は十年旅してきただろ」

＊＊＊

足腰がふらついたためヒュドルに抱きかかえられていたが、先祖返りの子が住まう家の前で降ろしてもらう。

「なあ、ヒュドル」

「なんだ」

「おれさ、ずっと怖かったんだ。おれにとって、一度読んだ本の内容を忘れないのは普通のことだった。でも知識を持てば村では持て余されたし、王都で教師をやっていた時は同僚に罵られ敬遠され利用された。だからおれはおれの知識が、頭がずっと怖かった。自分の知識にまつわる全てからずっと目を背けていた」

「そうか」

「でも、お前達のおかげで、お前達と旅できたおかげで、おれ、自分を少し許すことができた。だから少しは胸を張ろうと思うんだ」

「…ああ」

ヒュドルが柔らかく微笑む。おれも微笑み返した。

一度ヒュドルの肩に頭を触れさせる。そうすれば疲れだけじゃなかった足の震えが止まった。

コンコン、とノックをすればやつれた女性が出てきた。

ヒュドルを見て「またあんた…!?」と険悪な声を出すが、隣に立つおれに気づくと訝《いぶか》しげになる。

「誰…？」

「初めまして、おれはエンケ・ロープス」

おれは子ども相手でさえ警戒されにくいと評判の笑顔ですっとお辞儀した。

顔を上げ、女性の顔をしっかり見つめて言う。

「元勇者一行の会計士で……今は勇者一行の賢者と呼ばれています」

19　賢者

エマ、と名乗った女性は驚きながらもおれを家の中に通してくれた。エマが嫌がったのでヒュドルは外だ。

「勇者一行の賢者様…あの神抗十四天《しんこうじゅうしてん》の教師だという…？」

テーブルに向かい合って座ると確認するようにエマに尋ねられ、おれは頷いた。

「そうです。彼らは優秀な教え子でした」

神抗十四天──大層な名で呼ばれている彼らはおれの最初の教え子達だ。

千年ほど前に神によって行われた『文明の間引き』。それによって世界からいくつもの重要な発見や発明、技術などが失われた。神によって行われたことであったため復活は不可能とされてきたが、ここ数十年で急激にいくつかの失われたものが復活した。

それを行ったのが元教え子の中でもずば抜けて熱心だったおれの十四人の生徒達だ。

今や世界各地で活躍している彼らとは年に何度か手紙のやりとりをしている。

節制のオルドパルドや強欲のマルゼビリスなんかは月一回は送ってくるが、多すぎると他の子らから怒られているようだ。

「そのような方が、うちに何を…」

エマはそう言うが、子どものことだと察しているのだろう。拳《こぶし》を硬く握り締めている。

「──強欲のマルゼビリスは」

「え…」

「あの子は今でこそ勇将と呼ばれていますが、子どもの頃は手のつけられない暴れん坊でした。節制のオルドパルドとよく喧嘩しては引き分けて、二人揃っておれの膝でよく泣いていました」

十四天と呼ばれる彼らが問題児だったことはそれなりに有名な話だ。

しかしエマは知らなかったらしい。まあ、と目をまん丸にして聞いている。

「正義のエリサントは無口で、出会ってから六ヶ月の間おれはあの子の声を知らなかった。信仰のミエシェはものを壊すのが好きで、与えられた何もかもを壊していました。時として他人のものや部屋までも」

「……」

「……おれにあなたの苦しみがわかるとは思わない。しかし、そういった子を育ててきた経験がおれにはあります。エマさん——おれにヒューを預けていただけませんか？」

「……ッ」

ヒュー、というのが、エマの産んだギュルセの子の名前だそうだ。

エマは娼婦で金のためにヒューを産んだ。だが情が移って手放せなくなったという。

しかし、エマとヒューの生活がどういったものかは室内を見ればわかった。

ヒューは喋らないし自らの意思を持たない子だと聞いたが、本能と力が時折暴走するらしい。

テーブルは天板が欠け、石造りの壁には深い溝がいくつも刻まれ、天井は焼け焦げている。室内で無事な箇所を探す方が難しかった。

成長するにつれ人の体に押し込められた龍の力も一緒に成長するが、膨れ上がる力は人の心がなければ制御できなくなってゆくという。

ゆえにギュルセ族は自らを人間の枠に入れてくれる伴侶が必要なんだそうだ。先祖返りは、特に。

今はまだエマは無事なようだがそれも時間の問題だろう。実際、危ないところをヒュドルが止めたこともあったらしい。

「……ヒュー……は」

エマが口を開いた。震えた、か細い声だ。

「はい」

「ヒューは、喋れるようになるのでしょうか…？　あの子はもう十歳になろうとしているのに、一言も喋らないいんです…っ」

「それは…」

天井の焼け焦げを見る。ここに来る前に読んできたヒュドルの本を思い出す。それに、ヒュドルの話も。

「…今すぐ喋れるようにしてみましょうか」

「え？」


「ヒュドル、ちょっと」

「なんだ？」

扉からヒュドルを手招きすると不思議そうに家に入ってくる。自分がいれば拗れると思っているのだろう。しかし今はヒュドルの力が必要だった。

荷物から必要なものを出す。消毒済みの小瓶、混ぜるためのガラス棒、女神の泉の水、時の砂、妖精の鱗粉《りんぷん》。

先祖返りにも個人差は存在する、とヒュドルは長老から聞いていた。

ヒュドルの場合コミュニケーションを取るべきという社会的人間としての在り方の部分が欠落していたが、ヒューが喋らないのは別の理由がありそうだとおれはアタリをつけた。

ヒューに会わせてもらったら目に理知的な光があったからだ。

それに、本能が暴走してもエマがこれまで無事だったことを鑑みると、ヒュドルほど他人をどうでもよいと思っているわけではないだろう。

喉を見せてもらったら喉仏の付近に二つのしこりがあった。

龍の火袋の名残らしいそれが声を出す邪魔をしている。つまり火を噴くということは喋ろうとしているということだ。

ヒュドルには火袋はなかったそうだが、ヒュドルの本によればそういった子はたまに生まれ、里の周りにある木の樹液を摂取することでしこりは消えてゆくとあった。

ならば、樹液の代わりになる薬を作ればいい。材料を瓶に入れて混ぜ合わせる。あとは仕上げだ。

「ヒュドル、ここに魔力注いで」

「ああ」

訝しげにしながらもヒュドルは大人しく瓶を握り魔力を籠めた。

本当は血なんかを入れる方が良いんだろうが母親の前でそれを子どもに飲ませるのは抵抗がある。

やがて瓶がボウッと発光し、透明だった液体が白銀に変わっていた。成功だ。

「ヒュー、これ。飲んで毒になるようなものは入っていないから。…飲むかどうかは任せるよ」

「……」

エマに連れられてきたあと動かないままおれ達をじっと見ていたヒューは、小瓶を渡せば大人しく受け取った。そのまま思い切りよく一気に飲む。

時の砂を入れたから効きは早いはずだと喉を触れば、しこりがどんどん小さくなっていく。

「――母よ」

「……っ！」

おれ達のものじゃない男の声が響いた。

思ったより低い。まだしこりが消えきっていないのに声を出したためだろう。

しかし喋り方がかなり大人びているな。ヒュドルのようだ。

「ヒュー、喋れるようになった…の…？」

「ああ。母よ、迷惑をかけた。…ここを出て行く」

「迷惑なんて、そんな…！」

「嘘を言うものじゃない。このままでは、私もあなたも後悔することだろう…けほっ」

声を出しなれていないヒューの声はみるみる掠れていく。妖精の鱗粉を入れたから多少の無理は問題ないが止めるべきだろう。

しかし、おれが止めるより早くエマがヒューを抱きしめていた。

「もう、いいよ…」

エマは震えていた。おれよりも母親の方が、我が子の状態はわかっているのだろう。

「もう、いいよ、ヒュー…あなたの声、初めて聞けた…っ」

「…ヒューも適切な訓練と環境があれば、力を制御できるようになります。賢い子だ、そう長くはからないでしょう」

「そうなの…？　ま、またヒューに会えますか…？」

「もちろん。おれは里の外を自由に旅するギュルセ族に会いましたよ。…ここにもひとりいますしね」

「……」

ヒュドルは腕を組んで黙っている。

エマはそんなヒュドルを見て決心したようだった。そうか、ヒューが十歳近いならヒュドルに会ったのは今のヒューより少し上くらいの年齢だったろう。

エマは決意を秘めた表情でおれ達に向き直り、そして頭を下げた。

「ヒューを…よろしくお願いします、賢者様。それに…ヒュドルも」

＊＊＊

「…こうまですんなりいくとはな」

「エマもヒューもお互いにこのままじゃいけないと思っていたんだろ。ヒューも偉かったな、あれだけ暴走してエマに傷ひとつつけなかった」

「…母を傷つけるのは私の本意ではない」

里の外の子だからだろうかそれとも個人差によるものだろうか、ヒューは出会った頃のヒュドルよりもずっと人間臭い。

しかし目にはあまり感情が浮かんでいなかった。この子もいずれ翠風の子のように情緒たっぷりに育つのだろうか。

ヒュドルは左腕におれ、右腕にヒューを抱え城に向かった。

小屋にはおれ以外を入れたくないそうなので城の客室を借りることにしたのだ。勇者一行特権である。

ヒュドルの手配で割り当てられた客室は大きな寝台がひとつと小さな子ども用の寝台がひとつあった。家族用の部屋だ。

夫婦用の寝台であることには何も言うまい。部屋を分けなかっただけでも十分だ。

「それにしても、あの薬はなんだ？　里にもないものだ」

「里なら樹液があるから必要ないだろうな。里の周りの森、『ナキガラの森』って言うんだろ？　ナキガラは古代語で遺体のことだ。つまり森の木は龍の遺体でできているんだろう」

ヒュドルの本には周辺の地名も詳しく書いてあった。

龍が実在していたことは確実だとされているがその骨はどこからも出土していない。ゆえに遺体は別のものに変化しているのではないかというのが通説だったが、ギュルセ族に伝わるその地名でピンときた。

「ナキガラの森の木には妖精が住んでいて樹液は白銀ってことだから、妖精の加護が働いている。ということは妖精の加護と龍の魔力が主原料。ヒュドルが先祖返りで良かったよ、お前の魔力で必要な部分は大体補えた」

樹液はおそらく人の体と龍の魔力を馴染ませる効果がある。大自然に混じった龍のように。

それを再現したのがあの薬だ。間違っていても材料的にはやたら健康になるだけで済むから安心して作ることができた。

ギュルセの里に着くまでは定期的に飲ませた方が良いだろうな。

「…貴様、我々でさえ知らなかったことまで解き明かしたな」

ヒュドルが難しい顔をしている。

「里でもその調子でいられると、困る」

「まずいかなやっぱ」

「いや、多くの者が貴様の話を聞きたがるだろう」

「そっちか」

ヒューは感情の籠らない目でおれ達を見ていた。

子どもの前でイチャつくのもな、とそちらに気を取られていたらヒュドルに押し倒される。

「…ヒューの前でやるのは駄目だぞ」

「私にとて節度はある」

するとヒューが口を開いた。

「私は気にしない、自由にしてくれ。迷惑をかける」

「ヒューはそんな気を回さなくていい…」

ヒューがいようがいまいがしばらくセックスは腹いっぱいだった。

だがヒュドルはそうじゃないだろうから、里に着いたらしばらく甘やかそう。

上等な寝台を軋ませる勢いでヒュドルが隣に倒れ込む。銀髪に指を滑らせて梳《す》けば、褐色の腕が伸びてきて抱きしめられた。

眠るために目を閉じて、考える。

ギュルセ族は伴侶を閉じ込める部族。

里の中ですら滅多に見ないほど常に天幕に閉じ込めるのだとヒュドルの本にあった。

ならば、オリヴィエとエリーの結婚式が終わって里に向かう時が、おれの最後の旅になるのだろう。

オリヴィエとエリーの結婚式は王城で盛大に行われた。

旅の途中で会った縁《えん》深い人や他国の重鎮も招かれており、神抗十四天や教え子達も何人か見かける。

おれはといえば与えられた最前列の席で号泣していた。

「ひぐっ、うぐっずびっ、うぅ～～～」

「干からびるのではないか？　軟弱者め」

「だっで、おりびぇ、えりーも、立派になっで…うっ、うぐっ、立派になっでぇ」

「うるさい」

隣に座るヒュドルの手のひらで口を塞がれる。

正装の右袖を破らない代わりにとヒュドルに被らされた布があって良かった。ぐしゃぐしゃになった顔を見られずに済む。いや、オリヴィエとエリーからは丸見えなんだが。

白で統一された結婚式の装いの二人はいつもより大人びていた。オリヴィエは精悍な紳士に、エリーは凜々《りり》しい淑女に見える。

出会った時はあんなに小さかった二人が立派になって、世界中の人に祝福されて結婚しようとしている。

もはや涙は留《とど》まるところを知らなかったが、そんなおれを見た二人も涙をこらえるような顔になってきているので我慢しなければ。いや無理だ。

布をかき寄せて顔を隠す。布の下でヒュドルの手にすがりついてぐすぐす泣いた。

ヒュドルの手がびしょびしょになっていくが、大人しくそのままでいてくれる。

式は滞りなく進み、オリヴィエとエリーは誓いを交わして正式な夫婦になった。

その瞬間を目にした時、おれは多分初めて心から、オリヴィエが勇者であって良かった、旅に出て良かった、エリーとオリヴィエが出会って良かったと思えた。

結果論でしかないし、子どもに使命を与えて戦わせる世界をおれはきっといつまでも許すことができない。

だが今この時だけは、二人が出会った全ての要因に感謝した。

＊＊＊

式の後は広間で立食形式のパーティーが行われる。

「先生！」

「ミエシェ、マルゼビリス」

久々に会う教え子達に手を振ればヒュドルが間に立ち塞がった。

執着を露にするようになったヒュドルにとって、どうもおれと親密にして良い大人はオリヴィエとエリーだけらしい。

「…先生、この人は？」

「二人は会ったことなかったな。ギュルセ族のヒュドル。おれの伴侶だよ」

「伴侶ぉ!?」

「結婚したんですか!?」

「うん、式は挙げないけど」

ヒュドルの背中から顔を覗かせて言えば二人は大層驚いた。

そして、足元でおれがよそった肉をもぐもぐほお張っていたヒューを見て更に目を剥く。

「もう子どもが…!?」

「ち、違う、マルゼビリス。というか男同士は子どももできないからな」

「なんか先生なら産めそうな気がする。ほら、大抵のことは本の知識でなんとかなるでしょう」

「ミエシェ、この歳でさすがに産む気はないよ…」

男でも子を孕む方法はないわけじゃないが、人体変化系は立派な禁術だし魔法の素質がないおれではどのみち無理だ。

…気にかかるのは『人の腹に卵を植えつける』と性別については言及していなかったヒュドルだが、合意なしには根付かないらしいから大丈夫だろう。

「まあなんにせよ、おめでとうございます、先生、ヒュドルさんも」

「またハニートラップじゃないだろうな」

ミエシェが微笑み、マルゼビリスが本気半分からかい半分で問う。

「ありがとう。ハニートラップのことはもう忘れてくれ…」

「ハニートラップ?」

「うん、ヒュドルも聞かなかったことにしてくれ。あ、ところでミエシェ、エリサントには最近会ってるか?」

「会っていますが、結婚の報告はどうぞご自分で」

「うぐっ…そうだな、手紙書くか…」

「そういや先生、オルドパルドから手紙は来るか？　あいつ退位して以来行方不明らしくて国のやつが探してる」

「オルドパルド？　毎月来るよ、可愛い恋人捕まえて幸せだって」

「あー…あいつはそういうやつだよ…」

話に花が咲くのをヒュドルは大人しく隣で聞いていた。顔は不満げだったが邪魔はしないでくれるらしい。めでたい席だからだろう。

やがて二人が他の人に呼ばれ立ち去ると、入れ替わるようにオリヴィエとエリーがやってきた。

「エンケ！」

「オリヴィ…うぐっ」

「エンケ、また泣いてる」

「エンケ様ったら、もう」

満面の笑みの二人を見たらもう駄目だった。涙腺が再び決壊する。

仕立ての良い衣装に身を包んだオリヴィエは、式で緊張した影響か口調が子どもの頃のように戻っていてそのギャップが可愛すぎる。

エリーは目元を凛《りん》とさせる化粧でややきつめの印象なのに、ふにゃりと微笑んでいてこれまた可愛い。

ああ、良かったなあ、良かったなあ…！

「オリヴィエ、エリー、おめでとう、おめでとう……!!」

「ありがとう、エンケ」

「ありがとうございます、エンケ様」

両腕で抱きしめる。旅の間にすっかり大きくなった二人はおれの片腕ではもう収まらない。

逆に衰え細くなったおれの体を二人で抱きしめてくれた。

「オリヴィエ、エリー。おれ、お前達と旅できて良かった。お前達と出会えて良かった。どうか幸せに。どこにいても、何年経とうとも、いつまでも二人の幸せを願っている」

「エンケ…」

「そうだオリヴィエ。おれ、ヒュドルと結婚したよ。エリー、背中押してくれてありがとうな」

オリヴィエが目を丸くする。

「ヒュドルと!?　結婚!?　…もう子どもが!?」

「違う違う、その子はヒュー」

「まあ、エンケ様。おめでとうございます!　ヒュドルも、おめでとう!」

「…ああ」

「あ、エンケ、ヒュドル、おめでとう…!　え、え、ということはヒュドルも僕の父になるのかな…!?」

「御免だ」

「僕もちょっと複雑すぎるな。よし、これまでのままでいようねヒュドル」

「ああ」

オリヴィエがヒュドルの背中を叩き、ヒュドルも口の端を上げて微笑む。

エリーがその様子をニコニコと見守っていて、おれは号泣していた。

まるで普通の結婚式だった。主役の二人と、泣く父親とその伴侶。

そんな平凡な光景を形作っている青年と少女と男達が世界を救った勇者一行なのだと、この場の誰もが知っている。

勇者の手によってこの世界は救われた。

これはそんな平凡な話の、素敵な結末として語り継がれることになる。

＊＊＊

結婚式の数日後、おれとヒュドルはヒューを連れて国を発《た》った。

見送りに来てくれたオリヴィエとエリーは国に入れないフユにもと、再び結婚式の衣装を身に着けておりおれはまた泣いた。

多分ここ数日で一生分泣いた。ハニートラップで人間不信になった時もしこたま泣いたが、今回の嬉し涙の方がずっと量が多い。

フユはといえば衣装よりもエリーが土産に持ってきた燻製肉に夢中だったが、別れ際に二人の顔をぺろぺろと舐め祝福していた。

ヒューをフユに乗せ、おれとヒュドルは歩いて進む。

「…上機嫌だな、エンケ」

「ん、そうか？」

自分では意識していなかったがどうやら上機嫌に見えるらしい。言われてみれば確かに心が弾んでいる。

「貴様、旅が好きなのか」

「そうだな…うん、好きだな」

「なぜだ」

「珍しいな、お前がおれのことそんなに聞いてくるの。…そうだなあ」

久しぶりの旅でおれは心と口が軽くなっていた。オリヴィエとエリーの幸せな姿を見られたことも大きかったのだろう。

だからつい口が滑った。本当なら黙っていようと思っていたことだ。

「——子どもの頃の夢がな、勇者と旅する魔法使いだったんだ」

「……」

おれは魔法使いになりたかったが素質がなく諦めたということはヒュドルも知っている。

だが、魔法使いを目指し小さな村で猛勉強して王都にまで行った理由は話したことがなかった。

「昔村に来た旅芸人がそういう芝居をしててさ、勇者と、剣士と、治癒術士と、魔法使いと、…他にも何人か仲間がいたなあ、料理人とか、音楽家とか。おれは勇者と一緒に戦う魔法使いに憧れた。夜も眠れないほど興奮してさ、自分が魔法使いとして勇者と旅する妄想ばっかかしてたな」

王都で魔法の素質がないと知り夢破れたおれは、やけっぱちになって図書館へ通い様々な知識を片っ端から頭に叩き込むことで現実逃避した。

そのうちに現実を知り、おれ程度の人間が勇者の仲間になることなど不可能だと悟る。

すごすご村に戻り得た知識であれこれ実験や村の整備をしていたら、それに目をつけた役人に王都へ招かれ十五歳の時に教師となって、二十二歳で人間不信になって村に戻った。

そんなおれがまさかおっさんになってから勇者と旅するなんて思ってもみなかったな。

最後まで付き合うのは絶対無理だと思っていたが、駆け抜けた十年間はあっという間だった。

「報奨金を半分しか受け取らなかったのも旅するためか？」

「ん？　ああ、そうだな。金は重いしかさばるからな」

世界が平和になった後おれは旅に出るつもりだったから、報奨金は半分以下しか受け取らなかった。

皆はもっと受け取るべきだと言ってくれたが、働きからしても正当な額だったと思う。

「…確かに私は勇者ではないが」

「へ？」

「私とて魔王討伐の働きをした。剣の腕ではオリヴィエに負けん」

「お、おう、そうだな」

ヒュドルが突然何を言い出したのかわからずおれは目を白黒させていた。

ヒュドルは憮然としている。なんだ、なんでそんな顔してるんだ？

「オリヴィエとエリーはしばらく旅することはないだろうが、フユもいる」

「あ、ああ」

「私では不満か」

「待ってくれ。話が読めない」

「勇者と旅をしたいのだろう？」

「え…と、ヒュドル、お前…」

足を止めてヒュドルを見る。

広大な草原、青空の下、おれに合わせて足を止めて佇《たたず》むヒュドルはとても繊細にも、あるいは雄大にも見えた。

「もしかして、おれの夢を叶えてくれようとしてるのか？」

「…伴侶が喜ぶことをするのは当然だろう」

「でも伴侶って閉じ込められるんだろう？　翠風の子もそう言ってたし、本にもそう書いてただろ」

「確かに我々は伴侶を閉じ込める習慣がある。執着と独占欲、そして伴侶に何かあってはならないという過剰な庇護《ひご》欲から来るものだ。しかし」

ヒュドルはサクサクと草の上を歩いてきて、右腕を伸ばしおれの頬に触れた。

熱い、熱い手のひらだ。

「危険があるならば守れば良い。そのために我々は強くなる。エンケ、貴様が旅を望むなら好きにすればいい。…私がいない時も、フユを同行させるなら外出を許可しよう」

告白されているようだ、と思った。ヒュドルの目はまっすぐにおれを見つめ、そこにひとつの曇りもない。

本能で生きている印象の強いヒュドルだが、今そこには心が見えた。ヒュドルは心の底からおれを想《おも》ってくれているのだと、確信できる力があった。

「――私にとっても、貴様らと旅した十年間は、悪くなかった」

「……ッ、あー……！」

顔を腕で覆ってうずくまる。どうした、と上から声がかけられるが顔を上げられない。真っ赤になっている自覚がある。

だから小声で伝えた。

「惚れ直した」

「ッ！」

「お前が閉じ込めたいなら閉じ込めればいいと腹括《くく》ったつもりだったけど、そうだな」

がばりと立ち上がってヒュドルに密着する。顔を見られるのは御免だった。だから首にかじりついて、耳元で囁く。

――蜜月《みつげつ》が終わったらまた旅しよう。十年で立ち寄った国々をもう一度巡って、行ったことがない場所にも行こう。

ヒュドルの体が強張《こわば》る。そしておれの背中に強く腕が回された。

ぎゅうぎゅうに抱きしめられ苦しいがおれは笑っていた。

ああ、幸せだ。幸せだ！

「これだけは覚えておいてくれ、ヒュドル。お前と一緒なら、おれはどこでだって幸せだよ」

「ああ」

おれ達は十年旅をした。そしてこれからも旅するだろう。

たまに立ち止まりながら、閉じ込められながら。

行ける限り、生きる限り。

愛しい伴侶と、どこまでも。

元勇者一行の会計士　番外編

【ギュルセの里にて】


甘かった。

「んんっ、ぁっ、あ…あぐ、ああっ……！」

まじないを籠《こ》められたギュルセ族の天幕は外の景色は見えないが太陽の光は通す。

だから今はまだ日が高いとわかっているのに、背後から突かれたらあられもない嬌声《きょうせい》が上がってしまった。

声は外に漏れないらしいが天幕の中には響く。

突き入れられるぐちゅぐちゅという水音と時折漏れるヒュドルの呻《うめ》き声。

それらをかき消すようなおれの声は羞恥をかきたて、抑えようと枕に噛《か》み付いたが背後から伸びてきた手に取り上げられた。

「声を抑えるな」

「やっ、め、深…おく、も、やだ…ああッ」

「…っ」

ずん、と咎《とが》めるように一番感じるところを突かれ、こらえようとしたがとっくに降伏した体は容易《たやす》く射精した。

その拍子に締め付けた中でヒュドルも達する。

びくびく痙攣《けいれん》するおれの中を味わうようにゆるゆると腰を動かすヒュドルは、傍《そば》にあった水筒を手に取り中身をあおった。

口に含むとおれの頭を後ろに向かせ、繋《つな》がった不自由な体勢のまま口移しで飲ませてくる。

樹液を薄めたという水はひどく甘く感じた。

声を出しすぎて渇いた喉は潤いを求めて水を飲み干す。ぬるい液体が体に染み渡り、体力が回復していくのがわかった。掠《かす》れた喉もひどく楽になる。

甘かった。おれはヒュドルを、エロ特化部族を舐《な》めていた。

淫紋《いんもん》にヒュドルの指が当てられて力なく首を振る。

それでも注ぎ込まれる魔力に涙目で睨《にら》みつけたが、ヒュドルはうっそりと笑い唇を舐めた。獲物を食らう直前の捕食者のように。

里に着いて何日経《た》ったかわからない。もしかしたら何週間、いや何ヶ月か過ぎているかもしれない。

ギュルセの里に至る旅の間中お預けを強いられたヒュドルにより、おれは濃厚な蜜月《みつげつ》を堪能するはめになっていた。


「光が黄色い……」

水と食料の補充にヒュドルが天幕を出て行く時だけが里に着いてから唯一のおれの自由時間だった。

それ以外はずっとヒュドルと繋がっている。比喩《ひゆ》ではなく文字通り、睡眠中でさえも。

睡眠といっても気絶のようなそれは朝も昼も関係なく、日付けの感覚を不明瞭にさせた。

かなり長いお預けを食わせたし旅の終わり近くはヒュドルも顔に出るほど限界だったから、甘やかしてやろうとは思った。

思ったが、まさかここまでとは思っていなかった。そのうちおれに限界が来て終わると思っていたのだ。

甘かった。ギュルセ族を舐めていた。

ナキガラの森の木から採れるという樹液は滋養強壮に良かった。良すぎた。

妖精の祝福があるからそれなりに強いとは思っていたがまさか龍の樹液がここまで効くものだとは。

白銀の樹液は淫紋や伴侶紋《はんりょ》との相性が恐ろしく良く、体力と感度が上がった体がそれでも限界だという時に飲めばみるみるうちに回復する。

おれのような体力なしでもヒュドルの体力についていけるようになるわけだ。つまり交わりが無限にできる。

枯れ尽きない声、締め付けを失わない体、腰を振り続ける体力、どれもこれまでのおれには欠けていたものだ。

それを補う樹液は確かに年下の伴侶を甘やかすには素晴らしいものだろう。

しかし本当に終わりがなくなった。四六時中求め合えるのはおれとて嬉《うれ》しいが、それにしたって限度がある。

だがヒュドルがいつ見ても嬉しそうで、もうやめようと言い出せなかった。

あまり表情が変わらないヒュドルだが、周囲に花が飛んで見えるほどわかりやすく浮かれているのだ。

お互いにくっついて（大体挿入したまま）食事しながら、時折ふと蕩《とろ》けるような微笑《ほほえ》みを浮かべておれを見てくるのもたまらない。

あれを見てしまってはおれは何も言えなくなる。

体は動くし声も出る、意識もはっきりしてるんだからまあいいか…となってしまうのだ。惚《ほ》れた弱みだった。

トントン

「ん？」

突然ノックのような音が聞こえた。ヒュドルはノックなどしない、誰だろう。

天幕の入り口は対応する伴侶紋がある者のみ開くことができる。

服を着て扉代わりの複雑な刺繍《ししゅう》が施された布を少しだけずらすと、予想だにしなかった顔があった。

「やあ、先生」

「…オルドパルド？」

そこにいたのは神抗《しんこう》十四天《じゅうしてん》のひとり、節制のオルドパルド。

再会したかつての教え子は、その露出した左上半身に伴侶紋を纏《まと》っていた。

ヒュドルに書き置きを残し、オルドパルドとその伴侶のための天幕にお邪魔することにした。

初めて自分の足で歩く里の中。ギュルセ族は何人か見かけるが、伴侶紋を持つのはおれとオルドパルドだけだった。

「それにしても久しぶりだなオルドパルド。お前の国が探しているとマルゼビリスが言っていたよ」

「在位僅《わず》か十年の皇帝を未だに探しているとは面倒ごとがあったんだろうなあ。すべきことは全て片付けてきたから、何か言われる謂《いわ》れはない。放置でいいさ」

「しかしお前がまさかギュルセ族の伴侶になっているとは思わなかった、驚いたな」

「そうかそうか。いやさ、きっかけはあなたなのだよ、先生」

「おれ？」

「ああ。旅の途中に勇者達と我が国に立ち寄ってくれただろう？　その時に見た剣士がな、俺の〝影〟によく似た特徴だったから気になって尋ねたんだ。そうしたら〝影〟は自分はギュルセ族といって、俺を伴侶にしたいのだと懇願してきた。それが馴《な》れ初《そ》めだな」

オルドパルドは一見優しげな好青年に見えるが、若くして父と八人の兄を追い落とし強国の皇帝の座に就いた男だ。

おれの国へは留学で来ていて四年ほど学び自分の国に帰ったが、手紙が来たと思えば皇帝になっていたから驚いた。

更に『文明の間引き』で失われた鉄道技術を復活させ国の発展に貢献した稀代《きだい》の賢者としても名を馳《は》せている。これほどの人材だ、失えば国が探すのも無理はない。

「〝影〟？」

「ああ。俺が留学を終え国へ帰る途中で、褐色の肌に銀髪の男が突然やってきて護衛を瞬《また》く間に倒し、跪《ひざまず》いてこう言った。『仕えさせてくれ』と。それが今の俺の伴侶だ。ほら…」

オルドパルドはひとつの天幕の前で立ち止まり、伴侶紋が彫られた腕で入り口の布を動かした。

「おごっ、ひぁ…っ、あ、あぅうっ、ぐあぁっ…！　ひっ、あ…ああっ…！」

「どうぞ中へ、先生」

「すげー入りたくない」

「そう言わず、ほらほら」

「お前、その癖まだ直ってなかったんだな…」

オルドパルドは子どもの頃《ころ》から気に入ったものを「せんせい、見て」となんでも持ってきては見せる癖があった。

蛇《へび》の抜け殻程度ならまだしも、道に落ちていたと浮浪者まで持ってきた時はどうしようかと思ったものだ。ついでに一緒に勉強した浮浪者は今では商家の帳場で働いているらしいが。

「お邪魔します…」

「ひぎっ、ぐぅっ、あ…あひっ、い…ぐぅ…いぐっ…！」

「まだイケないみたいだな、セツ。もう少し頑張《がんば》ろうな。だがうるさいからちょっと口を塞いでおこうか」

「や、オルド…んぐ…っ！」

天幕の中では短く切りそろえられた銀髪に褐色の肌を持つ男が全裸で全身に縄化粧され、ろくに身動きも取れないままのた打ち回っていた。

鍛え上げられた立派な体に、左腕には刺青《いれずみ》がある。間違いなくギュルセ族だ。

セツと呼ばれた男は目隠しをされており、オルドパルドの手によって猿轡《さるぐつわ》もかまされていた。

仰向《あおむ》けで足を開かせる形で拘束された男の股間はそそり立ち、縦に割れた後ろの穴も物欲しげに開いているのが丸見えだったが、更にえげつないことに睾丸《こうがん》に振動石が取り付けられおれの知る限り最大級の強さで震えていた。

会話から察するに睾丸だけで絶頂を得させようとしているのだろう。

視界に入るオルドパルドの伴侶紋には『鬼のような子』『えげつない発想の子』とあるからセツの

苦労が窺《うかが》える。といっても書かれているのは照れ隠しエリアだが。

「ん？　あれ…」

セツの下腹部を見て驚いた。そこには発光する淫紋がある。しかしオルドパルドの腹には淫紋はない。

「ああ、これか。セツは俺に彫りたがったが、セツの方が似合うだろう？　見てくれ、こんなに可愛《かわい》い」

「うーん見なきゃ駄目か」

「いっぱい見てやってくれ、セツも喜んでいる」

「んぐー！　ぐうぅっ!!」

オルドパルドがセツの後ろに回り上半身を自分にもたれさせるように支え、ついでのようにふっくらした乳首を揉《も》みしだいた。更に片方の手を伸ばしてセツの虐げられている睾丸を揉み苛《さいな》む。

えげつない光景だ。おれは何を見せられているんだ。

更にオルドパルドはセツの淫紋に指を当てて魔力を注ぎ込んでいた。

セツが髪を振り乱して悶《もだ》え、オルドパルドはそんなセツの顔中に愛《いと》おしそうに口づけを降らせる。

「お、おい、そんなに魔力注いで大丈夫なのか？」

「勿論《もちろん》。嫌ならセツも拒否するからな」

「拒否…拒否できるのか!?」

「ああ。そうか、先生は知らないんだな。魔法とは違う、意識して呼吸をするようなものだから先生もコツを摑《つか》めばできる。注がれる魔力を自分の魔力で拒絶すればいい」

「なるほど…」

「それに、やり方を知らなくても心から拒否すれば本能も伴侶紋もあなたを守るだろうさ。人の体は強《したた》かだからな」

「うっ…そ、そうだな」

口ではもうやめてくれと言いながら心から嫌がっていたわけじゃないことは自分でもわかっていた。だがそれを人の口から聞くのは耐え難いものがある。年下の恋人におれも夢中であることをオルドパルドに見透かされているようだ。

「なあ、先生。先生を呼んだのは何もセツを見せるためだけじゃない」

「え？」

「新しい伴侶が来たらまず伴侶集会が開かれるんだ。そこで他の伴侶達から、里での過ごし方やギュルセ族の御し方を教えられる。この里では望めば伴侶同士はいつ会っても構わないのさ。だというのに黒い家の子は先生を一歩も外に出そうとしないだろう。もう三ヶ月も経つから皆心配している」

「さんっ…!?」

何度も昼と夜を見た気はしていたがまさか三ヶ月も経っていたのか。

ヒューはヒュドルの表親だという人に預けたが、それにしたって三ヶ月も会っていないとは。

「ああ。そうそう、ヒューという子なら何週間か前に刺青を彫って旅立ったよ。先生によろしくと言っていた」

「早くないか!?」

「先生と黒い家の子の教育が完璧だったそうだよ。里の外の子なのに、里での教育はほとんど必要なかったと」

「そうだったのか…」

見送ることはできなかったが、ヒューもまたいつか伴侶を見つけたら里に戻ってくるのだろう。その時成長した姿を見られるといい。人生の楽しみがひとつ増えた。

「それでだ、先生。とりあえず一つ里の伴侶達に伝わる秘術を教えよう。どうやら迎えが来たようだからな」

「秘術？」

「ああ、そんなに目をきらきらさせて、変わらないな先生は。だがそんな目で見られては俺があなたの伴侶に嫉妬《しっと》されてしまう」

ドンドンと天幕が叩《たた》かれる。伴侶紋に頼らずともそれがヒュドルだとわかった。


「――…」

「…そんなことでいいのか？」

「ああ。これがギュルセ族にはてきめんに効く」

オルドパルドが秘術を手短に囁《ささや》いた。

その内容は秘術というほど複雑ではなく、おれは呆気《あっけ》に取られる。

立ち上がったオルドパルドが天幕の入り口を開けるとヒュドルが飛び込んできた。おれとオルドパルドの間に立ち、オルドパルドを睨みつける。

「やあ。なに、話をしていただけだ。もう終わったから連れ帰って構わない。だが、たまには伴侶集会に出さないとまた同じことが起きるかもな？」

「……」

「ヒュドル、喧嘩《けんか》するな。オルドパルドはお前ほど強くはないが違う意味で滅茶苦茶手ごわいぞ」

「…帰るぞ、エンケ」

「ああ。…またな、オルドパルド。会えて良かった」

「俺も先生の顔が見られて良かった。また伴侶にも会いに来てくれ」

「次は服を着ている伴侶に会わせてくれ」

「そういった感じのが好みか、先生」

「服の下に振動石とかつけるなよ絶対に。じゃあな」

ヒュドルの左腕を摑んで天幕を出る。

出た途端に抱え上げられ、風が吹いたと思ったらもうおれ達の天幕の中にいた。相変わらずものすごい身体能力だ。

「ヒュドル」

「……」

あ、拗《す》ねてるわこれ。

「な、ヒュドル。飯ありがとう。食おうか」

「…エンケ」

「うん？」

ヒュドルが持ってきてくれたとおぼしき肉とパンを差し出したら名前を呼ばれ、返事をすれば腕を引かれて倒れ込んだ。

腕の中にすっぽりと抱きすくめられる。

驚きで身動き取れずにいたらぽつり、と上から静かな声が降ってきた。

「逃げるな。もう、どこにも行くな」

「……」

「……」

「……可愛いなお前」

「可愛くなどない。私は軟弱者とは違う」

「遠回しにおれを可愛いって言うのやめろ。…なあ、ヒュドル」

身を捩《よじ》って抜け出し、ヒュドルの左腕を手に取った。

ヒュドルの目を見ながら、そこにそっと口づける。

刺青の彫られた指先から手の甲、手のひら、手首。腕を伝って、肩にも。次々に口づけを落とす。

ヒュドルはそれをじっと見ていた。いつも以上に無表情で何を考えているのか全くわからない。

これがオルドパルドから教えてもらった秘術とやらだが、本当に効くんだろうか。

「今日はゆっくり飯食ってさ、何もせずに話をしないか？　おれ、お前ともっとたくさん話したい」

こうして自分の要望を伝えるとギュルセ族はコロリといくんだそうだ。

しかし。

「……」

ヒュドルは微動だにしなかった。

顔から何を考えているか読み取ろうにも、どれだけ眺めても表情筋がなくなったのかと思うほどの無表情で。そういえば伴侶紋が完成した時もこんな顔だったな。

――長い長い沈黙があった。

それはもうたっぷりとおれは待った。甘えるような仕草をした恥ずかしさに悶えそうで、ヒュドルがアクションを起こすまで動くに動けなかったというのもある。

天幕に重い沈黙が落ちてどれくらい経っただろうか。まぶしかった太陽が茜色《あかね》に変わる頃、ヒュドルはコクンと頷《うなず》いた。

「わかった」

「な、長かったな」

「そうか」

ヒュドルはてきぱきと食事の用意をして、おれの隣に座った。

そうしておれ達は穏やかに寄り添いながら食事をとり、ぽつりぽつりと他愛ない話をした。

(秘術すごいな)

その日おれ達は里に来て初めて何もしないままただ寄り添って眠った。

旅をしている間にもそんな日はあったが、不思議とその時の何倍も満ち足りた夜だった。

わかり辛《づら》かったが秘術の効果は絶大だったようで、あれからおれ達はセックスだけじゃなく会話も頻繁になった。

ヒュドルはたまに里の外にも連れ出してくれる。

今日も弁当を持って、ナキガラの森に巣を作ったフユを交え草原に散歩に来た。

「たくさん産んだなーフユ」

「…あいつ、メスだったのか」

「ああ。大きくなってからはおれの母親みたいにふるまってくれてたからな、あの子らはおれの兄弟みたいなもんだな」

遠くで子どもや番《つがい》と戯れるフユを見ながら並んで座り飯に齧《かじ》りつく。おれは野菜をパンに挟んだもの、ヒュドルは肉。

たまに互いのものも拝借して食べる。

「エンケ」

「うん？」

いい天気だなとそよぐ風を感じていたら、ヒュドルが何やら異様に真剣な声を出してきた。

あまりの緊迫感になんだ、敵襲か？　と思ったが、それならヒュドルはもっと楽しそうな声を出す。

「昨日、偶然藍闘《あいとう》の家の伴侶に会った」

「藍闘の…ああ、オルドパルドか」

「その時聞いたのだが」

「な、何をだよ？」

「貴様三度もハニートラップにかかったらしいな」

「ぶっふぉ!?」

むせた。

オルドパルドのやつおれの人生最大の汚点を一番話しちゃいけないやつに話したな…!?

ヒュドルの！　目が！　殺気立っている！

「ごほ、ご、む、昔の話だ！　昔の！　若かりし頃の思い出ってやつだからな、な!?」

「一度ならず三度とは学習能力がないのか貴様」

「い、いやー…ははは…あの頃は若かったんだよ、もういいだろこの話は」

「いや」

ヒュドルから陽炎《かげろう》かと錯覚するほどの殺気が立ちのぼる。

なんだ、何をそんなに怒ってるんだ。

「色々考えたが、我が伴侶をたぶらかした不埒《ふらち》者を滅ぼさねばという結論に至った。貴様が犯人を吐かなければ魔王となって無差別に滅ぼす」

「待て、待とうな。魔王になんてなったらオリヴィエと戦うはめになるだろ——いやそれも楽しみにしてるなお前!?　…ハニートラップなんてひっかかるおれも馬鹿《ばか》だったんだし、相手はもう十分すぎるくらい報いを受けたから落ち着けって」

「なんだ、すでに終わっていたのか」

すん、とヒュドルの殺気が消えた。

どうやら半分くらいは冗談だったらしい。半分は本気だっただろうが、誤魔化せそうだからこのまいこう。

「ああ、教え子達が尽力してくれてな」

「……」

「また殺気！」

仕方ない、とヒュドルの左腕を取って口づけする。指の先から肩まで、…そして唇に。

周囲にフユ一家しかいないとはいえ青空の下でするには抵抗があったが仕方ない。赤くなる顔を隠そうとしたが、その前にヒュドルの腕に摑まれ深く口づけられた。

「んんっ…」

「…私とて、貴様の過去には寛容になるつもりだが」

「ん…おう」

「しかし我が伴侶にはこの燻《くすぶ》る悋気《りんき》を癒す術があるだろう？」

「う…」

わかり辛いがヒュドルは甘えている。嫉妬したから慰めてくれ、と。

——伴侶の間にギュルセ族を手玉に取る秘術が伝わるように、ギュルセ族の中にも伴侶を籠絡する術《すべ》は無数に伝わっているのだろう。

そんなものを使われればおれはまんまと落ちるしかない。この年下の、可愛い伴侶に。

「…三日くらいでいいか？」

「一週間は二人で過ごしたい」

「そうか。…じゃあ、夜になったらな」

「ああ」

一週間と言いつつこの調子でねだられれば断れないおれは、この後二週間以上籠ることになる。

その二週間で、おれはもう二度とヒュドルを嫉妬させるような真似《まね》はすまいと心に誓ったのだった。

【エンケ・ロープスは藪《やぶ》の中】

エンケ・ロープスほど人によって意見が食い違う人物も珍しいだろう。

ある者は愚者と呼び、ある者は賢者と呼ぶ。

私が勤める王立アカデミーにおいてエンケは前者だった。

田舎から出てきて教師となり、ろくな功績もあげないまま女に溺れ他人の研究を盗むなど複数の不祥事を起こして追放された駄目教師。

記録にもそのように残っており、在籍中を知る上司も皆口を揃《そろ》えてそう言っていた。

それがエンケという人物だ。

追放されたエンケは田舎に戻ったという。

それから数年経った頃私はアカデミーに就職し、駄目教師の代名詞として語り継がれていたエンケのことを名前だけ知るに至った。

エンケ・ロープスとは、追放後約十年間に渡り、過去に何人かいた駄目教師のひとりとして王立アカデミーという狭い範囲の中でのみ知られた名前だった。

しかしある頃からエンケの名前は歴史の表舞台に現れる。

神託の降った有力な勇者オリヴィエ。

世界が待望したその一行の中にエンケの名はあった。

勇者オリヴィエがエンケに師事しているという噂《うわさ》が王都にも届く。

エンケとはどういう人間かと興味を持った国民により、アカデミーでのみ伝わっていたエンケ・ロープスという人物像が初めて明るみに出た。

勇者オリヴィエや旅先で関わった人間が語る人物像と明らかに違うそれにアカデミーには質問が殺到したが学長は全て回答を拒否。

この怪しい態度は更に民衆の好奇心をかきたてることになった。

現学長はかつてエンケに盗まれた研究を取り戻し、その成果により出世して今の位に就いたとされている。

エンケ・ロープスという珍しい名前の人間がそうそういるはずがなく、アカデミーは記録を捏造《ねつぞう》したのではと囁かれはじめた。

よりによって王立アカデミーの学長が記録の偽造をしていたとなれば重い罪に問われるだろう。

数週間の沈黙の後、学長は正式にアカデミーの記録が正しいことをあらゆる証拠と共に発表。

エンケ・ロープスはなんの功績も残せるような人間ではなかったと、勇者オリヴィエの力は天性のものでありエンケは雑夫として同行しているにすぎないと、学長は強く言い切った。

提出された証拠や証言はどれも一見筋が通っており民衆は沈黙した。

しかしその直後、世界各地で活躍する神抗十四天が一斉に声明を出す。

『我々は王立アカデミーにおけるエンケ・ロープスの教え子である』

これを受け世間の認識は一変。

更に同時期に次々とエンケの教え子だという人間が声を上げ、『エンケは優秀な教師であった』という十四天の意見を裏付けた。

それを機としてアカデミーの記録に調査が入り、学長や複数の教師による数々の捏造が発覚し大騒動となる。

やがて、エンケ・ロープスの名誉は回復するに至った。


しかしエンケはその後も謎の人物のままだった。

魔王討伐後、勇者一行の裏方として働いた彼は絵姿に残ることを望まず人知れず姿を消したという。

今や賢者と呼ばれる彼の行方は知られていない。

同時期に消えた勇者一行の剣士ヒュドルと併せてあらゆる国が探していた。

ヒュドルの力は勿論だが、神抗十四天や勇者を育てた教育者エンケの力も権力者には喉から手が出るほど欲しいものだろう。どこかの国に属するだけでパワーバランスが崩れる恐れさえある。

かの首には複数の国から賞金がかけられ、エンケだと名乗る者も数多く現れた。

しかし神抗十四天のひとり、正義のエリサントが全て偽者だと断定。

偽者は処刑こそされなかったが一週間ほど身柄を拘束され、解放された時は別人のように憔悴《しょうすい》していたという。

エンケやヒュドルを名乗る偽者は減っていきやがていなくなった。

――さて、そんなエンケが表舞台に顔を出す可能性があるという。

私は五ヶ月分の給料と同額の高額なチケットを手に入れた。これですら端の席であり遠目に見ることが叶《かな》うかどうかだが、それでもチケットが手に入ったのは運が良かった。

即座に売り切れたチケットは裏で日々値上がりし、私の席も今では到底買えない価格になっている。

同僚の誰にもチケットを持っていることを悟られないよう細心の注意を払いながら私はその日を楽

しみにしていた。

――魔王討伐五周年記念武道会を。

記念武道会の目玉はなんといっても今は王都から離れて暮らしている勇者オリヴィエと治癒術師エリーの参加だ。

そして二人が参加するとなると期待されるのは行方不明となっている剣士ヒュドルと賢者エンケだろう。

勇者一行勢揃いという噂が流れるにつれチケットは高額になっていったがそれでも飛ぶように売れた。

開催直前に正式にヒュドルとエンケの参加が発表され、同時に席も大量に追加されたが値段は天井知らずになる。

チケットに盗難防止の魔法がかけられていて良かった。でなければ私は無事会場まで辿《たど》り着くことができなかっただろう。

チケットは売ればひと財産築けるほどになっていたが、それでも私は手放さなかった。

幻の賢者と言われるエンケを見る機会など、今を逃せば二度とないかもしれない。

私がエンケにそこまで執着するのには理由がある。

会場に向かいながら、チケットと一緒に服の下に隠してある大切なものをそっと手で確かめた。

それは一冊の本。

おそらくこの世に一冊しかない、エンケ・ロープスが書いた本だ。

会場は熱気に包まれていた。むろん私もだ。

(あれが…エンケ・ロープス…！)

会場は中央に作られた闘技場を、逆さまの円錐《えんすい》形に作られた観客席がぐるりと囲んでおり、外側に近い私の席からは闘技場は遠目にしか見えない。

しかしこの日のために購入した双眼鏡を目に当てれば、闘技場に最も近い位置にある賓客のための特別席に勇者一行の姿が見えた。

(本物だ…ああ、生きていた…！)

興奮を抑えきれない。

勇者オリヴィエ、治癒術師エリーは勿論のこと、長らく姿を消していた美麗な剣士ヒュドルの登場では会場中から感嘆の声が上がっていた。

それに比べてエンケが登場し紹介された時はなぜか極端に歓声が小さかったが私は誰にも負けないほど大きな声を上げた。

そして今も、世界中から集まった腕自慢達の試合そっちのけでエンケばかり見ている。

(確か四十五歳だったか…)

なぜかヒュドルに抱きかかえられて登場したエンケ。どこか体でも悪いのかと心配したが元気そうだ。

全身をすっぽり覆うローブを着たエンケは時折覗《のぞ》く目元以外ほとんど隠れている。しかし試合を眺めたりオリヴィエ達と何か喋《しゃべ》ったりと楽しそうにしていた。

（思ったより明るい人なのかな）

双眼鏡を離さないまま、服の下に隠してある本にそっと手を当てる。

――人は心に一冊の本を持つ。

そんな言葉がある。

人生に迷った時、悩んだ時、支えとなる本が誰しも一冊はあるという先人の言だ。

私にとってこの本は心にある一冊の本だった。

そして繰り返し目を通すうち、作者であるエンケに会いたいと強く思うようになったのだ。

私が本から感じたエンケ・ロープスという人間は話に聞く万能の賢者でもなければ、勿論前学長が語る愚者でもない。

無力感を抱いてもがき苦しむひとりの人間に見えた。

だから気になっていたのだ。エンケの噂と本はギャップがありすぎた。

私はそれ以降もずっとエンケを見ていた。

なぜかほとんどの時間ヒュドルがエンケを片腕で抱いているように見えたが、体を抱き支えなければならないほどとは、やはりどこか悪くしているのだろうか…。

「ヒュドル、見辛いんだがこれちょっとずらしちゃ駄目か？」

「我慢しろ。そのような約束だろう」

エンケは白い布に白い糸で刺繍が施されたローブを着せられ目元以外も布で覆われていた。

口元を覆う布をおっくうそうにずらして隣に座る伴侶に声をかける。

しかしヒュドルはせっかく下ろした布を端麗な指先でつまみ上げて直してしまう。

「ふふ、ヒュドルったら素直ね」

「二人が仲睦《むつ》まじいと僕達も嬉しくなるよ」

「お前らに仲睦まじいと言われるとはな」

ヒュドルが呆《あき》れたように言う。

今や世界中で仲睦まじいの代名詞となっている勇者夫婦は手を繋いで寄り添い合い、ヒュドルとエンケにニコニコと微笑んでいた。

呆れながらもまんざらでもなさそうなヒュドルを見やり、エンケもそっと寄り添ってみた。

ほんの少しの変化だったが、エンケの腰に回された腕の力が途端に強くなる。

「…今日は貴様も素直だな、エンケ」

「祭りはそういうもんだ。…それにおれだって嫉妬くらいはする」

「嫉妬？　ああ」

ヒュドルにとってはもはや当然のことだったが、エンケがこんなにも大勢の前でヒュドルの傍にいるのは初めてだった。

だから余計に強く感じているのだろう、会場中から美形の剣士に向けられる秋波を。

「お前もこのローブ着ろよ」

「生憎《あいにく》一着しか用意していない」

エンケが着ているローブには認識阻害のまじないがかけられていた。着るものは不思議と人の目に留まりにくく、記憶に残り辛くなる。

独占欲の強いヒュドルがエンケを賢者として大勢の前に出すための条件がそのローブの着用だった。

伴侶紋が完成した今、里以外で他人に肌を晒《さら》すことをヒュドルは許すことができない。

しかしまさかエンケが嫉妬すると思っていなかったヒュドルには、自分の分を用意するという発想がなかった。

「じゃあ、ほら…」

エンケが人目を憚《はばか》りながらローブの前を開き、ヒュドルに向かって片腕を広げる。

ローブの下は右上半身を晒す伴侶の装束だが、体を捻《ひね》りヒュドル以外には見えないようにした。

「……」

ヒュドルは目を丸くしていた。

固まったように動かないヒュドルにエンケが焦《じ》れた声を出す。

「入れって、お前も…」

「………」

たっぷり時間が経った。

それでも五年という月日が彼を成長させたのか、試合が全て終わり優勝者が表彰台に上がる頃にはヒュドルは動き出して身を屈《かが》め伴侶のローブに包まれることができた。

ひとり用のローブは二人で入るには狭い。

どちらの体も覆いきることはできなかったが、ヒュドルが模範演技で呼ばれるまでの短い時間に隠れて口づけ合うことならできた。

里で二人きりの時ふとした瞬間にする軽く触れ合うだけの口づけだったが、二人は満たされた心地で微笑み合う。

「模範演技、頑張ってな」

「ああ。…ところで、エンケ」

「ん？」

「観客席から貴様ばかり眺めている男がいる。心当たりはあるか？」

＊

休憩の後、勇者達による模範演技があるという。

非戦闘員のエンケは参加しないようだがさすがに勇者達となると私も楽しみで、集中するために一旦席を立ち体を伸ばすことにした。

トイレの行列に並び用を足し、凝った肩をほぐしながら何か食べようかと人混みをかき分けて屋台を物色する。

そんな時だった、首筋にヒヤリとした何かが当てられたのは。

「動くな。声も出すな」

「……っ!?」

背後から低い男の声で囁かれた。恐怖に硬直し、恐る恐る視線だけ下げると褐色の手が私の首に添えられている。

刃物ではない。しかし私は刃物を当てられる以上の恐怖を感じていた。

本能的に死を感じ取る。この手は容易く私の命を奪うことができるのだと強制されるように直感した。

「貴殿を連行する。大人しくしていれば、命までは取らない」

(連行…!?)

私は何をやってしまったのか。

心当たりがないまま、促されるように関係者以外立ち入り禁止と書かれた廊下に足を踏み入れることになった。

自らの足で大人しく歩けば首から物騒な手は外された。

隣を歩き私を連行する男は黒装束を纏い目元以外に顔は見えない。手首から先だけが露出しており、褐色の肌と左手に彫られた刺青が印象的だった。

武道会の進行のためだろう、廊下は慌ただしく何人も走り回っていたが私と男を気に留める者はいない。不自然なまでに。

この男が認識改変の魔法でも使っているのだろうか？　いや、しかしそれは違法のはずだ。

私は様々な疑問を抱えながら男についていった。拘束はされていないが明らかに手練《てだ》れとわかる男に逆らう勇気は持ち合わせていなかった。

何より私は潔白だ。チケットの入手も合法的な手段だったし、酒も賭博もほとんどやらずに暮らしてきた。

心当たりがない以上、何か誤解があるのだろう。誤解がとければ解放されるはずだ…そう自分に言い聞かせて、震える足を叱咤《しった》して進んだ。

男は奥まった位置にある扉の前で足を止めた。刺青のない右手でコンコンとノックする。

「連れて参りました」

「入れ」

いらえがあると男は扉を開き、自らの体で押さえるようにして私を見た。先に入れということだろう。

おずおずと足を進めると中は机と椅子がいくつかある、簡素な会議室といった内装だった。

しかし、似つかわしくない派手な人物が椅子のひとつに腰掛けている。

豪奢《ごうしゃ》な金髪に白の軍服。

そして、入室した私を射抜くように見つめる特徴的な紫色の眼《め》。

――正義のエリサント
神抗十四天のひとり、悪の断罪者と言われる男がそこにいた。


（終わった――）

エリサントに目をつけられた犯罪者は一〇〇％有罪になるというのがもっぱらの噂だった。

一〇〇％有罪などあり得ない――できるとしたら罪を捏造するか、あるいは犯罪者のみ確実に捕まえているかだろう。

エリサントは後者だと言われている。彼の紫色の眼は罪を見通す『邪眼』なのだと。

邪眼は膨大な魔力を湛《たた》え常に魔法が発動しており、眼を通して持ち主は様々なことを見通すという。

本来魔獣しか持たないはずの邪眼を持つ人間はほとんどが幼いうちに死亡する。

私の知る限り邪眼を持ったまま大人になった人間はエリサントだけだった。

エリサントは嘘《うそ》を見通す——そんな噂を裏付けるのが、尋問前に唱えられるという口上だ。

「我が名は正義のエリサント。我が前に嘘はないと知れ」

私にやましいことなどない。そう思っていた。

しかしエリサントの前に立つとその自信は崩れ去った。

チケットを買うために金が必要で手を出した賭博。

賭博自体は合法だが、魔が差して一度だけイカサマをしてしまったことを思い出したのだ。

ほんの些細《ささい》な、誰しも一度はやってしまうようなイカサマかもしれない。しかし四人で囲む札を使った賭博で私が次の手番の男の手札を覗き見てしまったのは事実だった。

見ても結局その回は負けてしまったが。

お許しください、出来心だったんです——そう跪き許しを請う直前だった。

「我は問う」

エリサントの重々しい声が空間を切り裂いた。

「汝《なんじ》、エンケ・ロープスに害意持つ者か？」

「……ッ」

想像だにしなかった内容に私は驚愕《きょうがく》し、恐怖も忘れ声を張り上げた。

「まさか！　私は…私はエンケにただひと目会いたかっただけで…！」

「わかる。我も会いたい」

「…………」

わかられた。正義のエリサントにわかられてしまった。

「え……？」

「我が師が会いたくなる人物だということは承知。汝、その中に害意はないか？」

「害意だなんて、そんなものあるわけが…」

エリサントは私をじっと見ていた。内面まで見通すように。

そして、頷いた。

「セツ殿。この者は無罪である」

「承知」

背後にいた、私をここまで連れてきた黒装束の男が答えると、部屋に満ちていた威圧感が消えた。

セツ、と呼ばれた男は威圧感を放っていた時と打って変わって朗らかな笑顔で言う。

「失礼しました。じきに演舞が始まりますのでどうぞお戻りください」

「あ、は、はい」

「時間を取らせた詫《わ》びは後ほど届けさせよう」

「はあ…」

エリサントも心なしか軽い態度で言う。表情はいまいち変わっていなかったが。

釈放された私は急いで席に戻ろうと早足になる。

それにしても恐ろしい体験だった。あの一〇〇％有罪と言われる正義のエリサントの尋問を受けるとは――。

ああ、いや、そうか。

彼の尋問を受けたというだけで世間では不名誉になる。

だから彼は秘密裏に呼び出し、無罪ならそのまま解放しているのだろう。

一〇〇%有罪のカラクリを知ってしまった。とはいえ、誰にも話すことはないだろうが。

席に戻ると袋に入った屋台の食事がいくつか置いてあった。

これがエリサントの言っていた詫びなのだろう。まだ温かいそれらを空いた腹にありがたく詰め込む。

（ん……？）

食事をしながら闘技場に顔を向ければ信じられないものが見えた気がした。

何度か瞬《まばた》きをして首を振る。

研究に明け暮れたせいで目が悪くなったのだろうと、食事を膝に置いて双眼鏡を覗き込んだ。

しかし、そこにある光景は変わらなかった。

「エンケが二人いる…!?」

賓客席に、先ほどまでのエンケと全く同じ格好の人間がもうひとりいた。

混乱した頭がなんの解決も見つけられないうちに模範演技が始まった。

だが最初に行われたオリヴィエとエリーによるものが素晴らしく、私は混乱も忘れて目を奪われる。

エリーが放出した魔力が光る粒となり、ゆったりとした雨のように会場中に降り注ぐ。

舞い降りるそれにオリヴィエが剣を振れば竜巻のように巻き上がって、集まった魔力が意思を持つ妖精のように人や動物の形を取って空中でダンスをした。

絵本の如《ごと》き幻想的な光景に誰もが目を奪われ溜《た》め息をつく。

オリヴィエの戦闘能力が高すぎて会場にまで被害が及ぶため、魔王を滅ぼした剣技を見ることこそ叶わなかったが、その不満を打ち消すほど素晴らしい二人がかりの神域の技を見せてもらった。

演技が終わると万雷の拍手に包まれたオリヴィエとエリーは闘技場の端に移動して手を絡ませる。

絡み合った手が天に掲げられる動きと共に、観客席と会場の間に強大な魔力で編まれた防護壁が張られた。

同時に闘技場の床の一部がせり上がり、巨大で複雑な形の柱が何本も出現する。

闘技場に歩み出た人物を見て会場中が沸き立った。

オリヴィエとエリーほどの魔法使いが防護壁を作らねばならない者など決まっている。

歩み出たのは、剣士ヒュドルと先ほど私を連行した黒装束の男セツ。

二人のエンケ（？）が賓客席からこれから闘う戦士達を応援しているのが見えた。


「どっちが勝つか賭けをしないか、先生」

「お前賭け運強すぎるからやめておくよ」

エンケと同じく認識阻害のローブを着たオルドパルドは、エンケの隣に座り楽しげに自らの伴侶を眺めていた。

「おや、伴侶を信じてやらないのか」

「ヒュドルは手加減が苦手だからな」

「ははは、うちのセツを見くびってもらったら困る。下手な手加減などせずとも、用意してもらったこの闘技場ならセツの独壇場さな」

オルドパルドは無邪気とも取れるほどにはしゃいでいた。

エンケ達と同時期に里を出たはずなのに本人曰《いわ》く『遊んでいた』オルドパルドとその伴侶セツは、歳《とし》のせいもあってかなりゆっくり旅したエンケ達よりも遅くに到着し武道会の大部分を見逃した。

こういった催しは久しぶりだと楽しみにしていただけに、余計はしゃいでいるのだろう。

「……ちなみに、セツに何も仕込んでないよな」

「さすがにヒュドル相手でその類の遊びはできないなあ。代わりに道中でたっぷり遊んでやったから、久々にセツの全力が見られる。楽しみだ」

背丈を越えるほどの大剣を軽々と抜いたヒュドルに対し、セツの得物は湾曲した二本の短刀だった。

二人の戦士は向かい合うと、賓客席に目配せする。

エンケは立ち上がり、右手を掲げると声を張り上げた。

「——始めっ！」


異邦の戦士のぶつかり合いは全ての観客を魅了した。

ヒュドルの大剣が繰り出すなぎ払いを驚異的な身体能力で躱《かわ》したセツの姿がかき消える。

剣から放たれた衝撃波は空間を切り裂いて突き進み、防護壁に当たると轟音《ごうおん》を立てて消えた。

次の瞬間、ヒュドルの死角となる柱の陰から現れたセツが急所である喉——と見せかけて予備動作なしで身を伏せ軸足に短刀を滑らせる。

確かにヒュドルの足を捉えたはずの短刀は空振り、残像を残したヒュドルはいつの間にか柱の上に。飛び上がったヒュドルを知覚するや否やセツは即座に柱の陰に隠れたが、ヒュドルの大剣は柱を溶けたバターのように両断。隠れる柱を失い間髪なしに繰り出された大剣を辛《かろ》うじて短刀でいなすと、セツは軽やかな動作でヒュドルの足の下をくぐり再び足を斬りつける。

ヒュドルの足から鮮血が噴き出すが、大剣をいなした短刀の一本も砕け散った。

セツは再び幾本もある柱の中に姿を消し、追うヒュドルから放たれた高圧の剣風が柱を何本か打ち砕く。

二人の闘いの余波は防護壁がなければ会場が瓦礫《がれき》と化すほどのものだった。息つく間もない人の域を超えた攻防に、観客達は固唾《の》を呑み、時として悲鳴を上げながら見入る。

「……すごいな、セツ。ヒュドルとここまで闘えるやつはそういない」

「そうだろうそうだろう。負ければ禁欲だと言ってあるからな、必死で可愛いなあ」

「動機！」

「おや、先生とヒュドルはそういった約束をしていないのか？」

「……そりゃまあ、勝ったら労《ねぎら》う約束くらいはしてるが…」

「顔が赤いな先生。ああ、ヒュドルがこちらを見たな。まだ余裕があるようだ。――だが、うちのセツは武器が半分になっても強いぞ」

五年経っても衰えず御しきれないヒュドルの独占欲が見せた一瞬の隙をセツは見逃さなかった。

何人もの残像が見えるほどの高速移動でヒュドルの死角から近づく。目を狙われた一閃《いっせん》をヒュドルは上半身を仰《の》け反《ぞ》らせることで辛うじて避《よ》けたがそれはフェイク。

残像の刃《やいば》は空を掠めても問題なく、本命であるセツ本体が蛇のように伸びた手でヒュドルの頭を掴む。

足に傷を負ったヒュドルの動きは僅かに鈍く、その隙をついてセツは右手に持った短刀を目にも留まらぬ速さで一閃させた。

ガキィ、と大きく鈍い音がシンとした闘技場に響き渡る。

「……ああ、さすがだヒュドル。あなたと闘えたことを光栄に思う」

「――五年ぶりに、価値のある闘いだった」

カランとセツの短刀が地に落ちた。

首を狙った全力の一閃はヒュドルの大剣で阻止され弾かれたのだ。

音もなく振られた大剣は決して武器を離さぬよう教育された戦士の手から短刀を弾き飛ばした。

大剣はセツの短刀に負けない速さで翻り、セツの首を捕らえ、皮膚を斬る寸前で止まっていた。

あまりの速さに剣風の音が後から観客の元へ届くほど。

驚くべき反射神経。恐るべき膂力《りょりょく》。セツの技巧をねじ伏せたのはヒュドルの圧倒的な力だった。

ワァアアアアア!!

会場中が立ち上がり拍手を送る中で、二人の戦士は向かい合い礼をした。


「素晴らしかった……」

模範演技が終わり閉会した後も私は夢心地で席から立てずにいた。

周囲は家族連れが多かったので皆足早に立ち去りがらんとしている。

私のように残っている人間もちらほら見えるがそのうちいなくなるだろう。

双眼鏡を覗いても閉会した今、賓客席にエンケ達の姿はない。

それでも私は双眼鏡を離さなかった。

なぜならあれほどエンケを見つめていたというのにエンケの一挙手一投足が不思議と曖昧《あいまい》で記憶にあまり残っておらず、ならばせめてエンケが座っていた場所を、この会場を目に焼き付けておこうと思ったのだ。

「何か見えますか？」

ふいに声をかけられた。落ち着いた男の声だ。

私は双眼鏡を覗き込んだまま応える。

「いえ…ただ、会場を記憶に残したくて」

「そうですか。良《い》いところですよね、ここ。また来たくなりました」

男は空いた隣の席に座ったようだ。

すでに閉会したというのに変な人だ。もしや、私に何か用事だろうか？

さすがにこれ以上は失礼だろうと双眼鏡を離し隣を見て、私は目を見開いた。

「エンッ……え、え!?」

「初めまして、エンケ・ロープスです。エリサントから、あなたがおれに会いたがっていると聞いたのですが」

そこにいたのは間違いなく、顔こそ初めて見るが、双眼鏡でずっと眺めていたエンケだった。

後ろにはエンケと同じ白いローブを着たヒュドル・ピュートーンが立っている。

主役達がここにいるというのに他の観客は不思議なほどこちらに気づいた様子はなかった。

「エン、…エン…!?!?」

「先ほどは休憩時間にお時間いただいてすみません。おれ達は色んなところから狙われているので今日は厳戒態勢で警備されていたのです。だから怪しい人は皆エリサントが調べてくれていて…でもあなただけは全く悪意がない視線で奇妙だとヒュドルが教えてくれました。それで気になっていたら、あなたがおれに会いたがっていたとエリサントが教えてくれて」

エンケが、私に向かって、話している。

四十五歳であるはずのエンケは想像より若く見えた。

いい歳の男に使う表現として正しいのかわからないがなんというか、肌艶が良い。

「…あの、大丈夫?」

「はひっ」

声が裏返る。赤くなったり青くなったり変な汗をかく私にエンケは微笑んで手を伸ばしてきた。

「そんなに緊張しないで。握手でもしましょう」

「は、はい」

私、エンケと、握手している。

まさか男の手に感動する日が来るとは思わなかった。大きさはそう変わらないが緊張している私と違い温かい手だった。

エンケは気さくな人間のようだ。

緊張で縮こまる私と根気強く当たり障りない言葉を交わし、砕けた口調で緊張をほぐしてくれた。

「へぇ、王立アカデミーで教師を」

「はい。そ、そうだ、あの、あなたに渡したい——いえ、返したいものがあるのです」

私は慌てて懐から布で包み大切に保管していた本を取り出した。

千載一遇のチャンスだ。お守り代わりに持ってきて本当に良かった。

布をほどくと現れるのは茶色の革表紙の本。

手書きで綴《つづ》られた世界にたった一冊のそれを書いたのは目の前の人物だ。

本を見たエンケは目を丸くした。

「——懐かしい。まだ残っていたんだな。てっきり燃やされたかと」

「失脚した元学長の金庫に…あなたの他の研究と一緒に保管されていました」

「あ、おれの研究盗《と》ってったの元学長だったのか」

「知らなかったのですね⁉」

「…それはなんだ？」

ずっと黙っていたヒュドルがふいに口を挟んだ。

オリヴィエやエリーの姿は見えないがなぜ彼だけ同席しているのだろう。護衛だろうか。

「おれが昔書いた本だよ。なくなったと思っていたけど残ってたらしい」

「貴様も本を書くのだな」

「これだけだよ。読むのは好きでも書くのは向かなかったみたいだ」

……いや、それともエンケの介護か？

賓客席に抱き上げられて現れた姿を思い出す。

目の前のエンケは元気そうに見えるが、途端に不安になってきた。

「あの…エンケ殿は体の具合が悪いのですか？」

「え、おれ？　いや、元気だけど」

「そうなんですね。いえ、ヒュドル殿に支えられていたようなので…」

「ああ……あー……」

エンケはヒュドルを横目で見て、少し顔を赤らめた。

「ちょっと腰を痛めていて…でも大したことないから大丈夫」

「それなら良いのですが…」

腰か。私も座りっぱなしで腰はあまり良くないから辛さはわかる。

となれば風が吹いて冷えるこのような席に長く留《とど》めておくわけにはいかないだろう。

「この本はお返しします、エンケ・ロープス殿。王立アカデミーがあなたにしたこと…末席にいる者としてとても恥ずかしく思います。申し訳ありませんでした」

「いいよ、いいよ、あなたに謝ってもらうことじゃない。でもおれが書いたものは全部証拠として回収されたと聞いたけど、この本はなぜあなたが？」

「……回収される前に抜き取りました。元学長はこの本は自分の名義で発表しておらず、盗んだ他のものと一緒に保管していただけだった。この本に研究的価値はない。だから証拠として回収されてもぞんざいに扱われる可能性が高かったのです。……私にはそれが許せなかった」

「……もしかして、この本の中に、知り合いが？」

「……私の祖父の名がありました」

いつの間にか、感極まった私は自分でも意識しないうちにエンケにすがりついていた。

「ありがとうございます、ありがとうございます、エンケ・ロープス殿…！」

「……ヒュドル、頼むよ、見逃して」

「……ふん」

エンケは何事かヒュドルに向かって囁くと、すがりつく私の背にそっと先ほど握手した温かい手を触れさせた。

優しく上下に撫《な》でられて、私は初めてしゃくり上げて泣いていたことに気づく。

——どれほどそうしていただろうか。

もう大丈夫と離れようとしても、私の強がりを見透かしたようにエンケが押し留め、涙が収まるまで抱きしめ撫でさすってくれた。

この歳になって誰かの胸で泣くことになるとは思ってもみなかった。

エンケを、著者を前にして、あの本を初めて読んだ時の感動が鮮明に湧き上がったのだ。

落ち着いてもなおぐずぐずと恥ずかしさで顔が上げられない私にエンケが優しい声で語りかける。

「その本はあなたに差し上げる。捨ててもいいし、出版しても構わない。売れば多少のお金になるだろうから、良ければ貰《もら》ってください」

「そんな…いただけません」

「なくなったと思っていた本を大事にしていてくれて嬉しいんだ。それに、その本は誰かの手にあってほしい」

「そんな…でも…」

「……もういいか？」

ふいにエンケの姿が視界から消えた。慌てて顔を上げると、エンケを抱き上げたヒュドルがいる。

ヒュドルはエンケを見つめ、もう一度
「もういいだろう」

と囁いた。

「ふ…ははは、そうだな、そろそろ行こうか。おれはこれで失礼します。今日はありがとう」

「あ、あの…！　エンケ殿、もしあなたさえ良ければ、王立アカデミーに戻りませんか!?　教師…いえ、あなたなら学長として迎えられるはずだ！」

「教師？」

私の提案にエンケは目を丸くした。

「元学長が失脚して出てきた記録や証言の中で、あなたは熱意ある素晴らしい教師でした。その未来は奪われましたが、もしまだ望まれるなら…っ」

「あー……大変魅力的な提案なんだが、その…」

エンケは眉を下げて自らを抱きかかえるヒュドルを横目でちらりと見た。

「今は恋人に夢中で。ありがたいけど、辞退させてくれ」

「……っ！　そう、ですか！」

驚いてエンケとヒュドルを交互に見る。

エンケと違いヒュドルは表情をぴくりとも動かさない彫像のような佇《たたず》まいだったが、そうか、彼がエンケの恋人なのか。

女性が好きだと思い込んでいたが、十年という旅の中で彼らの中に芽生えるものがあったのだろう。

なんせ今や仲睦まじいの代名詞であるオリヴィエとエリーと同じ、勇者一行なのだから。

「それじゃあ…」

「あ、は、はい。ありがとうございました…！」

ヒュドルがエンケを抱えたまま身を翻し離れていく。

私の手に残されたのは一冊の本。

「――ああ、あれがエンケ・ロープスか…」

私はこの本でエンケ・ロープスを知った。

彼はもがき苦しむひとりの作者だった。

私は噂でエンケ・ロープスを聞いた。

彼は勇者を導くひとりの賢者だった。

私はこの目でエンケ・ロープスを見た。

彼は――愛し愛されるひとりの男だった。

「あなたは今、幸せなのですね」

本当に、本当に良かった。


武道会の後も長い間人々の一番の話題は勇者一行だった。

特に、あの場にいたにも関わらず人々の記憶にほとんど残っていないエンケ・ロープスという男について様々な噂が飛び交った。

曰く、正義のエリサントが信仰する神の化身だとか。
曰く、二人のエンケが存在し交互に旅をしていたのだとか。
曰く、行方不明となっている元皇帝オルドパルドこそがエンケの正体であるだとか。
曰く、エンケは実在しないだとか。
エンケ・ロープスほど人によって意見が食い違う人物も珍しいだろう。
さてその真相は、藪の中――。

【エンケ・ロープスと一冊の本】

登場人物紹介

※人数が多いため参考までに。全員覚えなくても大丈夫です。おそらく。

■イチ

行動力の化身の女の子。一人称は『私』

頼りになる皆のお姉ちゃん。しかしお姉ちゃんでもエンケを独り占めして甘えたい時はあると公言しており、積極的に甘えにもいく。

「甘えに来ました早く腕を広げてください」

■ニイ

悲観的な男の子。一人称は『僕』

人はいつ死んでもおかしくないと常に考えており、それが転じて弟妹に優しいお兄ちゃん。

「いつ死ぬかもわからないのに…なんで八時間も寝ないと昼間に眠くなっちゃうんだろうね…ほらお昼寝しようね…扇《あお》いであげる…」

■サン

謙虚な男の娘《こ》。一人称は『ぼく』

顔も仕草も可愛い。もじもじして口数少ないが発言が的を射ることも多い。

「あのね、エンケが大丈夫な時にね、読んだご本のお話してくれたら、ぼく達ご本いらないかも…」

■ヨン
泣き虫の男の子。一人称は『おれ』
いつもの席に座れなかったら泣き、ゴオに身長を抜かされたら泣き、寝る時エンケが傍にいなくても泣く。しかし家族思いで思ったことを決して曲げない一面もある。
「エンケぇ〜〜!!　ジュウニがバンだべないってぇ〜!!」

■ゴオ
しっかり者の女の子。一人称は『私』
外出の予定がなくてもいつもきっちりしている。清潔と清貧を心がけ、兄弟姉妹の模範であろうとする。
「エンケにくっつきすぎないの！　エンケにだってひとりの時間は必要なんだから」

■ロク
無口な男の子。一人称は『我』
金髪に紫色の目で不思議な雰囲気を持っている。エンケを神と信仰しており、恐れ多くてあまり近づかない。

「……エンケに捧げる祈りを考えた」

■ナナ

決して怒らない男の子。一人称は『僕』

のほほんとしており兄弟姉妹の世話を焼くのが好き。怒ったところを誰も見たことがなく、たまにキュウとジュウが怒らせようといたずらを仕掛けたりする。

「僕のためにキュウとジュウが仲良くなって嬉しいなあ」

■ハチ

食いしん坊で暴れん坊の女の子。一人称は『アタシ』

一言でいうと野生児。外を駆け回り服はすぐビリビリに破れ、色んなものを拾い食いする。しかし勉強の時間にはちゃんと戻ってくる。

「お腹《なか》すいたー！　なんか獲《と》ってくる！」

■キュウ

色々拾ってくる男の子。一人称は『俺』

節操なしに色々拾ってきてはエンケに見せたがる。部屋が拾ってきたもので埋まるためジュウとよく喧嘩するが、仲直りもする。

「せんせい、見てくれ、道に落ちていた屋根だ」

■ジュウ
ものを欲しがらない男の子。一人称は『俺』
必要なのは知識と金と最低限の服だけと、私物をほとんど持ちたがらない。キュウが拾いまくってくるのに辟易《へきえき》してよく殴っているが、これでも半分くらいは我慢している。
「エンケ、キュウのやつまた変なもの拾ってきた！」

■ジュウイチ
神を信じていない女の子。一人称は『私』
エンケとの初対面で開口一番「神などいない」と言い放った無神論者。神はいないから自力でなんとかするしかないと、大変たくましい精神を持っている。
「祈りの時間とか惜しいから勉強しよ！」

■ジュウニ
食事嫌いの男の子。一人称は『僕』
好き嫌いというより食事そのものが嫌いで、滅多に食べない。しかし不思議と痩せることも太ることもない平均的な体型。
「エンケが食べさせてくれるなら食べる。……やっぱり食べたくない」

■ジュウサン
兄弟姉妹とエンケにだけ好意を寄せる男の子。一人称は兄弟姉妹の真似っこでしばしば変わるが一番多いのは『僕』
兄弟姉妹とエンケ以外には大変な塩対応。兄弟姉妹とエンケのやることはほとんど全肯定。とても両極端。
「エンケに用事？　今家にいない。帰れ」

■ジュウヨン
嫉妬深い女の子。一人称は『ジュウヨン』
兄弟姉妹の中で自分が一番でありたがり、いつも兄弟姉妹と同じことをやりたがる。一見わがままだが独り占めはしすぎないよう頑張ってもいる。
「エンケ、ジュウヨンだっこしてー！　…イチ姉のこともだっこしていいよ」

■エンケ
教えるのが上手い男の子。一人称は『おれ』
ハニトラに引っかかった前科、現在二件。本が大好き。
「王都の本読破してて良かった。この子らが大きくなったら新作読み漁《あさ》ろう…」

「あなたに学習能力はないんですか…!?」

「返す言葉もありません……」

十八歳の春、おれは八歳の少女の前で正座していた。

ちなみに股間だけ手で隠した全裸である。

悲鳴で叩き起こされたおれはくるまっていたシーツを剝《は》ぎ取られ、状況を察した少女——イチに、服を着る間すら許されず床に正座させられ説教を受けていた。

「なぜ再びこのような事態になったのか説明しなさい、エンケ・ロープス!」

イチは仁王立ちで腕を組み憤慨した様子で部屋の中を見回した。

寝台と机、本棚と申し訳程度の金庫だけがあるおれの個室は余すところなく荒らされ書類の類《たぐい》が全て持ち出されている。

薬を盛られたのだろう、全然物音に気づかなかったし頭の奥がズキズキ痛む。

おれを起こしに来たイチがそんな光景を見たのは二回目で、何があったか察するのも早かった。

「まさかハニートラップに二回も引っかかるなんて…!」

「本当にすみません……」

十歳も年下の少女に怒られておれはもうただただ身を縮めることしかできない。口調も思わず丁寧になっていた。

「まさかその…二度目はないだろうと思っていました…」

ハニートラップ——おれが十五歳で王立学園の教師になってから三年。まさか二回目が仕掛けられるとは思っていなかったのだ。

一回目でおれの研究の全てを持って行ったのだから誰かわからない黒幕もとっくに満足したと思っていた。

などということをごにょごにょと告白すればイチの眦《まなじり》がキリリと上がる。

「エンケ先生」

「はひっ」

「そんなに女が好きなんですか一体どこが好きなんですか柔らかい体ですか柔らかさで言うなら脂肪は足りていませんが私の幼い体もそれなりに柔らかいのでこれで我慢しなさいさあさあさあ！」

「勘弁してくれイチ、服を脱ぐな…!!　あとおれにも着させてくれ…」

イチはおれが受け持つ十四人の教え子の中で最も年上の女の子だ。

そのせいか血の繋がりはないとはいえ兄弟姉妹のように育つ十四人の中でも一番しっかりしており、キビキビ動いておれが至らないところもサポートしてくれる。

その行動力にいつも助けられているがたまに暴走することもあった。

服を脱ぎながら迫るイチを慌てて止め、正座で痺《しび》れる足を叱咤《しった》しつつおれも服を着る。

昨夜の痕跡が残る寝台をイチの目から隠そうとするも、行動力の化身である少女は「早く出てってください、邪魔です」とおれを追い払ってあれこれで汚れた敷布を剝がしにかかる。

さすがにやらせるわけにいかないので後ろから抱き上げて片腕に座らせ、もう片方の手で敷布を剝がし小脇に抱えて部屋を出た。

食堂の方から賑《にぎ》やかな声が聞こえてくる。

「ハチ姉がジュウヨンのパンとったぁー!!」

「これは最初からアタシのもんだっつの！」

「いや、このキュウは見ていたぞ、そのパンはニイ兄のものだろう」

「……好きなだけ、食べればいい…いつ死ぬかわからないんだから…」

洗面所に寄り汚れた敷布を洗濯物とは別の適当なカゴに放り投げ、イチを抱えたまま食堂の扉を開けた。

「……ああ、エンケ。今日も寿命が減っていく一日が始まったね」

「エンケ、おはよう」

「エンケぇ～ハヂがおれのバンもどっだぁ～!!」

「おはよう、エンケ」

「……」

「おはよーエンケ」

「エンケ遅かったな飯なくなるぞ！」

「ハチ姉はあればあるだけ食べるな。せんせい、後でダンゴムシを見てくれ。たくさん捕まえた」

「ハチ姉の食欲は理解できない…」

「エンケ、エンケ、私パンやだ」

「僕は米もやだ。エンケ、りんごすり下ろしたのあーんってしてほしい」

「ジュウニ、僕のあーんじゃだめ？」

「ジュウヨンもあーんしてもらいたいー！　あーんてするのもやりたいー！」

「おはよう、ニイ、サン、ヨン、ゴオ、ロク、ナナ、ハチ、キュウ、ジュウ、ジュウイチ、ジュウニ、ジュウサン、ジュウヨン。それに、イチ」

「…おはよう、エンケ」

イチはまだ怒っているという態度を崩していなかったが、微笑みかけると観念したように膨らませていた頬《ほお》からぷしゅっと空気を吐き出し、おれの頬にキスをして腕から降りた。

イチに手を引かれテーブルにつく。途端にジュウヨンが膝に乗ってきたから千切ったパンをその小さな口に運んだ。

パンとミルク、僅かなチーズだけの質素な朝食だが賑やかな子ども達にかかれば様々な形に変わり机の上まで賑やかだった。言葉を選ばずに言えばとても散らかっていた。

これは勉強の前の片付けが大変だなと苦笑いしながら、それも慣れたことなので気にせず自分の分のパンに手を伸ばす。

「エンケのパン俺が死守しだぁ〜!!」

「ありがとな、ヨン。ほらほら、そんなに泣くなって。水飲みな？」

「うんー！」

「ジュウヨンもー！　ジュウヨンも水ー！」

「はいはい」

「ハチ、またあんたエンケのチーズ齧ったでしょう！」

「げっイチ姉」

「エンケ、僕も膝」

「うん、おいでジュウサン」

「せんせい、見てほらダンゴムシ」

「キャー‼　ちょっとキュウやめてよご飯の時に‼」

「あははは、キュウ、ダンゴムシはご飯の後に見せてな」

賑やかな食卓は毎日新鮮で楽しい。二回目のハニートラップで受けたショックもすっかり吹き飛んでいた。

今は上は八歳から下は四歳の子ども達。受け持つことになった三年前はもっと大変だったな。

日に日に目に見えて成長する子ども達がパンを頬に詰め込むのを眺めながら、さてこの子ども達の目から二回目のハニートラップをどうやって誤魔化すかと必死に頭を巡らせた。


十五歳の夏。

村の労働手としての役割を放棄し誘われるまま王都に教師として赴任したおれを待っていたのは、王立アカデミーに推薦した役人が派閥争いに負けた後という過酷な状況だった。

学園を良くするためにおれに来てほしいと願った役人は、いつか世界を脅かす魔王が滅ぼされた時のため民に必要なのは知識であると提唱する教育推進派で、対して派閥争いに勝ったのは六十年以上倒されていない魔王にいつ滅ぼされるともわからないのだからと教育より私財を肥やすことを重視する武闘派だった。

王都に魔王が攻めてきても自分だけは助かろうと私兵を抱え込んだ人間に、ペンと紙を武器とする人間が勝てるはずはなかったということだ。

とはいえおれの赴任はすでに王命として決められていたことだったため取り消されず、代わりに与えられたのは教育推進派への見せしめであろうひどい環境だった。

学園から離れた場所にある古びたボロい平屋。そこがおれの住居兼教室である。

そして生徒は〝命名権〟を――この国での人権を、様々な事情により失った十四人の子ども達。

その中にはまだ母親の乳を飲む歳の赤ん坊までいた。

上は五歳から下は一歳の子ども十四人を抱え、雨風吹き込む今にも崩れそうな平屋でおれの教師としての生活は始まったのだった。

＊

〝命名権〟とは建国当初からある悪法だ。

この国で生まれた者と入国する者は寄付という名目で教会に金を支払い〝命名権〟を買わなくてはならない。

運命の神を信仰するこの国において、運命と密接な関係があるとされる名前は非常に重要だ。

ゆえに〝命名権〟がない者はこの国で人権がない。買い物ひとつ認められないし、コネがない限り職に就くことも叶わない。

〝命名権〟を買えばこの国で名を持つことが許されるが、名乗れる長さは寄付の額で変わる。

ゆえに平民は名前が短く、貴族は長い傾向がある。

しかしおれが受け持つ十四人の子ども達は、貴族の子や他国からの留学生といった王立アカデミーに入学できる身分であるにも関わらず〝命名権〟を買うことができなかった。

生まれた時や入国した時に親が金を出し渋ったのだ。

そういった子ども達は貴族以上の身分なら無償で教育が受けられる王立アカデミーに入れられ忘れ去られる。

親の庇護《ひご》が期待できない子ども達はこの学園で名前が長い上級生達に媚《こび》を売って奴隷となり、代わりに卒業後の庇護を求めるといったことが常態化していた。

だが十四人の子ども達はおれへの嫌がらせのためだけにひとつところに集められてしまった。名前の長い生徒とは校舎すら別だ。

人権がなく将来のためのコネを作ることもできない子ども達に待っているのは破滅だけだ。

だからおれは子ども達に生き抜く術を教えていた。何度も上に談判したが黙殺された今、おれにできるのはそれだけだった。

「――こういった様式の建築物はどのような特徴があったかな？」

「窓を外せる！」

「その通りだジュウイチ。閉じ込められたら落ち着いて観察な」

〝命名権〟のない子ども達は数字か記号でしか呼ぶことが許されない。

だからおれは年齢順に、古代語の一～十四で彼らを呼ぶ。不思議な響きのそれは街に出ても数字だと気づかれにくく子ども達を見下す目から避けることができた。

法の隙をついた固有名詞に良い顔はされないが、国が誇る学び舎《や》において古代語を知らないと言い出す者はいなかったのが幸いだ。

おれは基本的な勉学に加えて子ども達に様々なことを教えた。

星の読み方、明日の天気を知る方法、食べられるものと毒を持つもの、調理法、捕らわれた時の脱出法、旅の仕方、お金の稼ぎ方、あらゆる国の言語、他国の文化、等々。

おれが節操なく教える事柄を子ども達はスポンジのような早さで吸収していった。

その上、定期的に行われる学力試験では上位の成績を維持するのだから優秀な子ばかりだ。

育てるおれにハニートラップが仕掛けられるほど、子ども達はこの三年でめざましい成果を上げていた。

おれの教え方をしつこく聞き出そうとする同僚もいる。

彼らは〝命名権〟がない子ども達が有能だと認めたくないのだろう。

おれが何か試験に細工をしているのだと疑う者もいた。

「キュウ、ジュウ、喧嘩はダメだよ」

「ナナ兄さん！　キュウが俺の鉛筆とったんだ」

「ジュウが貸してくれないのが悪い」

「ちょっと、勉強中にうるさい！」

「全くだイチ姉、皆もロク兄を見習うんだぞ！」

「………」

「…ロクは喋らないだけなんだけどね、ハチ」

賑やかな子ども達は兄弟姉妹のように仲が良い。

兄、姉と呼び合う姿を見ていると、おれへの嫌がらせだったとはいえひとつに集められたことは悪くなかったんじゃないかと、そう思えた。

「まずい、金がない……」

子ども達が寝静まった頃、おれは自室で頭を抱えていた。

二回目のハニートラップについて子ども達を誤魔化すことはなんとかできたものの、パトロネスにバレたのだ。

おそらくハニートラップを仕掛けた人間がバラしたのだろう。

若い男なら誰でもいいという貴族の未亡人がおれのパトロネスだった。

おれひとりの安い給料とスズメの涙程度の補助金では十四人も子どもを養うのは無理な話で、途方にくれていた時に手を差し伸べてくれたのだ。

彼女は幼い子どもを育てるための人手と資金の援助をしてくれた恩人だが、おれが育つにつれ冷たくなり、二回目のハニートラップがバレたと同時に全ての援助を打ち切られた。

どのみち先は長くない関係だったから仕方ないが、金に換えようと思っていた研究がハニートラップで全て盗まれた今、すぐに金にできるものがない。しかし十五人が生きていくには毎日相当な金がかかる。

野の草を摘んで食べて良いならいくらでも生き残る手段はあるが、以前やっていたところ王立アカデミーに所属する者としてふさわしくないと注意を受け給料を減らされたのだ。これ以上減額されると成長期の子ども達の服すら作れなくなってしまう。

パトロネスに切られたとはいえおれはまだギリギリ若いから探せば金を出してくれる人もいるだろう。

十八歳ともなると女性の貴族はあまり興味を持ってくれないが、男の貴族の何人かからは声がかかっていた。

「でも男はな…ちょっとな…」

男同士となると体への負担が大きい。おれのようなトウが立ちはじめた若い男を欲しがる貴族なんて、人を嬲《なぶ》るのが趣味の人間が多いだろう。

金のために子ども達の教育が疎《おろそ》かになっては本末転倒だ。まだまだ教えたいことはたくさんある。

「教えながら金を稼げるような手段があればなあ…」


「ああ…僕達の思い出が売られていく…こうして生きているだけで寿命が減るというのに過去までなくなっていくんだね…」

「勘弁してくれニイ、思い出はお前の中に漏れなくあるだろ」

「エンケの言う通りだニイ兄、思い出さえあればものなど不要。これも売ろう」

「ジュウ、それはまだ使ってるやつだろ…ん？　ジュウのじゃないな、誰のだそれ」

「キュウ」

「さっきキュウがボコボコにされて大泣きしてたのそのせいか。ジュウも顔腫れてるぞ、ここはいいからイチに手当てと説教されてこい」

結論から言うと、教えながら金を稼ぐ方法はあった。

今でこそ年齢がバラバラな子ども達に同じ内容の勉強をさせているが、学力がある程度揃うまでは個別に対処する必要があった。

とりあえず全員に文字の読み書きを教えたおれは子ども達がそれをマスターするまでの間に段階別の教科書を作ったのだ。

違う年齢、違う学力の子ども達がひとりでも勉強できるようわかりやすさを重視して作った教科書は使い終わればゴミ同然で、食堂の隅に積んで放置してあった。

それを王立図書館に有料で転写可の書籍として置いてもらったのだ。

おれが王都で唯一持つコネがここで生きた。

かつて魔法使いになりたくて王都に来た時、才能がないと知ったおれはやけっぱちに図書館に籠ってありったけの本を読み漁ったのだが、その時に司書と顔馴染《なじ》みになったのだ。

試しに何冊か置いてもらったところ、数日で口コミが広がり貴族や金持ちの平民から申し込みが殺到した。

追加で置いたものも瞬く間に転写され、予約は数ヶ月先まで埋まっている。

予想外の成果に新しいものを早くとせっつかれていた。

だが、多数の人に貸し出され転写される教科書はニイが嘆くように着々と擦り切れていく。

教科書を売るという手段は良かったが耐久性がないのが悩みだ。

教科書を売っていいかと聞いた時使い道がないからいいと言っていた子ども達も、擦り切れる教科書を見ると悲しそうな顔をするようになった。

心は痛むが教科書一冊でおれの研究を売った時やパトロネスの援助の何倍も稼げるのだからやめるわけにもいかない。

栄養欠乏ぎみの子ども達のためにも、せめて朝食に果物を出せるくらいには稼がないと。

「あの…エンケ…」

「どうした？　サン」

食堂で次に売る教科書を悩みながら選んでいたおれの裾を、サンが控え目に引っ張った。

「あのね、あの…ちょっと考えたことがあって、でも役に立つかとかわからないんだけどね」

「うん、なんだ？」

謙虚な性格のサンはもじもじと自信なさげだが、この子の言うことは的を射ていることが多い。

しゃがんで目を合わせるとしばらく躊躇《ためら》った後、意を決したように口を開いた。

「稼いだお金で、いっぱい転写、して、転写したのを売れば…思い出の教科書は、その、無事だなって…」

「ああ…そうだなあ」

サンが言うことはもっともだった。

需要はまだまだ尽きないようだから複数転写しても利益は十分出るだろう。

「でもそのためには今ある金を全部つぎ込まないと…ちょっと難しいかな…」

転写士に頼むならそれなりにまとまった金が必要になるし、冊数を増やせば二次転写不可の魔法の費用もかさむ。

現段階での儲《もう》けのほとんどを使えば不可能ではないが、それでは日々成長する子ども達に夏服を仕立てる布が買えなくなるし、季節の変わり目は熱を出す子も多いから薬の材料代も取っておきたい。

「エンゲぇ〜〜〜!!」

「ヨン!?」

ふいに食堂の扉が開き全裸のヨンが号泣しながら抱きついてきた。

風呂に入っていたはずのヨンの体はビショビショだ。後ろから同じく全裸のジュウサンが困った顔でバスタオルを広げ追って来ていた。

「エンケぇ、おれぇ、お金、ぢょっどならあるがらぁ!!」

「ごめんエンケ、ヨン兄さんとジュウヨンとお風呂入ってたら話が聞こえちゃって…」

「ジュウヨン置いてかないでー!!　ジュウヨンも食堂行くのー!!」

「ああ…」

薄い壁の向こうから風呂場にいるらしいジュウヨンの泣き声が聞こえてくる。

ボロく隙間風が入り込むこの平屋では声などほとんど筒抜けだ。

「うえええぇん」

「ジュウヨン、僕が一緒にお風呂入ってあげるから」

「ナナ兄！　髪も洗ってくれる？」

「勿論いいよ」

泣きだしたジュウヨンはどうやらナナが宥《なだ》めてくれるようだ。

一番年下のジュウヨンは十四人の中で一番嫉妬深く、なんでも自分が一緒でなければ気が済まない。

そんなジュウヨンの癇癪《かんしゃく》に、毎度決して怒ることなく最後まで付き合える穏やかなナナは世話係として適任で、いつも助けられている。

他の子ども達は育つにつれて様々な顔を覗かせるようになっているがジュウヨンの嫉妬一直線なところは三年前から変わらない。

それもまたジュウヨンの個性なのだろう。

「エンケぇ、教科書、売らないでぇ…」

成長で様々な顔を覗かせているといえば、十四人の中で最たるものはヨンだ。

ジュウサンに体を拭かれながらおれにしがみつくヨンは、十四人の中で一番泣き虫で、転んでも泣くしロクの笑顔を見ても泣くしおやつが十三個しかなくても泣く。

だがとても兄弟姉妹思いで、何より成長するにつれ大事な場面では決して折れない意志の強さを見せるようになった。

今だってそうだ。

「おれぇ、ふ、布団のじだに、お金、ちょっどあるがらぁ…！　に、二銀あるがらぁ…全部、あげるがらぁ…」

ニイが思い出がすり減ると言っていたのが聞こえたのだろう。

そして、サンの提案も。

ヨンはゴミ同然に放置されていた教科書を売るとなった時、積極的に賛成していたひとりだった。

しかし兄弟姉妹思いのこの子はニイのためにその考えを改めたのだろう。

「お金、あっだら、売らなくでいいんでしょ…？」

「……駄目だ、ヨン」

「うわあああああぁん!!」

「泣くのが早い、折れるのが早すぎるよヨン兄さん！　でもそれでこそヨン兄さん！」

兄弟姉妹とおれに対してのみ全面的な好意を示すジュウサンは、鼻水垂らして号泣するヨンさえも全肯定する。

（まったく…この子達は本当に可愛いな）

ジュウサンの抱えたタオルを貰ってヨンとジュウサンの体に残っていた雫《しずく》を拭き取り、二人を両腕に抱き上げた。

大きくなった子ども達はすっかり重くなって、そろそろこうして抱き上げるのも限界だろうなと思うと少し寂しい。

「ヨンの気持ちは嬉しい。でもな、それはお前個人のために使うべき金だ。貰うわけにはいかないよ」

「うわああああぁぁん!!」

「ごめんな、気持ちは嬉しいんだけど…」

「うわあああああぁぁん!!」

「うるっさーい！　計算できないでしょ!?」

ヨンを宥めようとしたが一向に上手くいかず困っていたらゴオが怒鳴り込んできた。

出かける用事がなくとも髪をきっちり結わえ服もきちんと着込んだゴオは十四人の中で一番真面目な女の子だ。

「ごめんごめん、ゴオ。…計算ってなんだ？」

「これ！」

ゴオはおれの鼻先にビシッと様々な数字が書かれた紙を突きつけた。

「お小遣いをすぐ使っちゃうヨンが二銀貯《た》めれたんでしょ、それなら皆そこそこ持ってるんじゃないかと計算したの。結果…エンケの机の裏貯金も含めれば少なく見積もっても八百五銀はこの家にあるはず」

「なんでおれの机の裏貯金まで知ってるの⁉」

「食事嫌いなジュウニが食事の時間になると暇つぶしにあなたの部屋を漁っているから。十四人の将来のためにって貯めてくれているのは嬉しいけど、お金が欲しい今使わずしてどうするの？」

「う…で、でもなあ」

確かに八百五銀もあれば子ども達が残したがる教科書は無事だし収入もぐっと上がる。

しかしそのために子ども達や子ども達のための貯金を使うのは大人として受け入れ難かった。

世の中、いつ何が起こるかわからないのだ。いざという時のためにもまとまった金はあった方がいい。

「エンケ、我が神よ」

「エンケ、私もだっこ」

「ロク、ジュウイチ」

裾をぐいぐい引っ張られ見下ろすと、性格は正反対なのになぜか仲が良い男女の子、ロクとジュウイチがいた。

泣き疲れてしゃくり上げるヨンと宥めるジュウサンを抱えたまましゃがむとロクとジュウイチも抱きついて来る。

さすがに四人は支えきれず後ろに倒れて尻餅をついた。

逃がさないとばかりにノシノシとおれの膝にロクとジュウイチがまたがる。

「我が神よ。我が貯金、寄付として受け取ってほしい。これは我が信仰の証《あかし》である」

「エンケはいつか〝命名権〟を買いなさいなんて言うけど私は神様なんて信じてないので結構です。だからこれあげる」

「待って、待てって、そんなに入らない……！」

ロクとジュウイチはおれのズボンの左右のポケットに、貯金が入っているらしい布袋をグイグイとねじ込む。

コツコツ貯めたのだろう小銭は量が多く、上等でないズボンがミシミシと音を立てた。

「――まったく、往生際が悪い」

「……げ、イチ」

「なにが『げ』ですかエンケ先生。出された親切は素直に受け取ればいいのです、私達はもう小さい子どもじゃありません」

「い、いや、まだ十分小さいだろ……!?　イチでもまだ八歳じゃないか」

「お金を出す意思がある以上立派な大人です。私達はこのお金を――あなたに出資します、エンケ先生」

「しゅ、出資って…」

手当てを受けたキュウとジュウを連れ現れたイチは、有無を言わさない迫力でゴオから計算結果を記した紙を受け取り、その裏にさらさらと何事か書きつけた。

「エンケの事業に出資する意思がある者はここにサインなさい。儲けが一定額出た時点で貸したお金は全額＋一〇％で返金。儲けが出なかったら全部パァ。それでいいですねエンケ先生。さて、サインしたい子はいる？」

「「「はーい！」」」

よく通るイチの声に家中から返事があった。あっと言う間にこの家の住民全員が食堂に集まる。

おれが呆気に取られている隙に子ども達は次々と貯金の申告とサインをして、集まった金額はおれの貯金を含めて九一二銀に上った。

余裕をもって転写ができる額だ。

その紙をイチはおれの鼻先に突きつける。

「あなたなら儲けられるんでしょう、エンケ先生。そして私達の貯金を増やしてくれるんでしょ」

二十八個の瞳がおれを見つめていた。

全幅の信頼をもって、期待に満ちた目。

おれならできるとこの子達は疑ってもいない。

そんな信頼を寄せられて、応えたくならない人間はいるんだろうか。少なくともおれは違った。

眉を下げて紙を受け取る。

「……任せてくれ。ありがとう、必ず返すよ」

わあっと喜色満面になる子ども達に、収入が安定したら久しぶりに彼らが大好きなケーキでも買ってあげようと思うのだった。


この頼もしい子ども達が将来、古代文明に定義された人類十四の性質から取って『博愛』『希望』『信仰』『知恵』『正義』『不屈』『節制』『傲慢』『強欲』『嫉妬』『憤怒』『色欲』『暴食』『怠惰』をそれぞれの称号とし、纏めて神抗十四《しんこうじゅうし》天《てん》と呼ばれるようになる。

称号は彼らの成した偉業に沿ったものだが彼らの性格と正反対なものが多いのが運命の数奇なところだ。

教科書の転写売りはとても上手くいき、おれ達は生きていくのに困らない収入を手に入れた。

それから二年後の秋まで、おれ達十五人は共に学び、笑い、時として喧嘩もしながら日々を過ごすことになる。

満ち足りた楽しい時間だった。

――あの日、突然の別れが訪れるまでは。

＊＊＊

二十歳の秋。

収入が安定して余裕ができたおかげで、子ども達と過ごす日々は変わらないままおれにも自分の時間ができた。

その時間を使っておれは本を書いている。

書きはじめて気づいたがおれは本を書くことに全く向いていないらしい。

教科書はある程度決められた知識を決められた配置にすれば良かったし学ぶ意欲がある人のためのものだったが、おれが書こうとしている本は興味がない人間の気も引いて読ませるくらいでなければならない。

そう思うとたくさんの本を読み目が肥えているせいでこれじゃ駄目だあれじゃ駄目だと三歩進んで

は二歩下がるようなペースになってしまい、書きはじめて二年近く経つのに全く進んでいない。何度か全てボツにしたこともあった。

それでも書くのをやめないのはどうしても書きたいという意欲があったからだ。

書いて、人に読んでもらいたい。

——人は心に一冊の本を持つ。

数百年前の哲学者がそんな言葉を残している。

人生に迷った時や悩んだ時に、支えや指針として思い浮かべる本が一冊、誰の心にもあるという意味だ。

哲学者の生きた数百年前は今より識字率が高かったということも示していて興味深い、おれの好きな言葉だ。

哲学者の語る一冊の本。

おれにとっては今書いているこれがそうだ。

まだこの世に存在しない、おれが書かなくては生まれてくるのはもっと後の世代になるかもしれない本。

——これは勇者達の英雄譚《たん》。

同時に、誰かの息子や娘についての伝記でもある。

おれが生まれる五十年ほど前、この世界に突如として魔王が出現した。

魔王というのは後からつけられた呼称だが、魔力の塊《かたまり》でできたその恐ろしい何かは瞬く間に四つの島と八つの国を滅ぼし、世界を混乱と恐怖の渦に叩き落とした。

魔王を討伐するために世界中から腕自慢が名乗りを上げたが、魔王の元に辿り着くことは難しく、辿り着けても魔力の塊である魔王には攻撃が通らなかった。

剣はすり抜け、魔法は吸収され、勝てないと知った人々は絶望したという。

だが、十歳前後の子どもの中から稀《まれ》に特殊な魔力を持つ者が見つかるようになると絶望は希望に変わった。

魔力同士は本来そのままの形ではぶつかり合わない。水や火などの形を持たせて初めてぶつかり合うことができる。

だから純粋な魔力の塊である魔王には攻撃が通らなかった。魔力の塊なんて空気と同じで、魔法も武器も通用しない。

しかし特殊な魔力を持つ子どもは違った。八～二十歳程度のその子達は魔力で直接攻撃することができたのだ。

つまり魔王に当たる魔法が使えるし、その力を剣に纏わせれば斬ることができるようになる。

魔王への対抗手段を見つけ出した人類は世界中から特殊な魔力を持つ子ども達を集め、軍隊と共に旅立たせた。

だが幼い子どもの体は長い旅に耐えきれず、魔力は軍隊に行き届くほど多くはない。『勇者』として集められた子ども達は皆旅の途中で倒れていったという。

第一陣が全滅してからも何度も『勇者』は現れ旅に出て、そして戻ってこなかった。

特殊な魔力について解析が試みられても成果は出ず、世界は時折生まれる子ども達に命運をかけては失敗する。

この七十年近くの間で六十人を越える『勇者』が現れたと記録に残っていた。

——だがそれだけだ。

『勇者』の多くは平民の生まれであり、魔王の脅威に晒され疲弊しているこの国では慰霊碑すらまだ作られていない。

彼らの名前こそ記録に残っているが、功績や人となりについては様々な文献を紐《ひも》とかないと見えてこない。

例えば三十八年前の勇者ウィス・ニーヴンは農家の生まれで両親を早くに亡くし祖父母に育てられた。

勇者として志願したのは祖父母に楽をさせてあげたかったからだと、支援金を扱う財務官の帳簿の備考に書いてある。

例えば十二年前の勇者ミック・ヨ・ウッドゲイトは罪人だった。

適性を認められ釈放される代わりに勇者として旅立った彼女は何度か脱走を図り同行した騎士に捕まりながらも、魔王の眼前まで到達した。

最期には命を賭して魔王の凶弾から騎士を守ったと騎士が遺《のこ》した手記にある。

おれは一度読んだ本の内容は全て覚えていた。子ども達に教育ができたのも教科書が売れたのもその特技があるためだ。

そしてずっと気になっていたのだ。

勇者として何人も旅立ち死んでいったことを世界中の誰もが知っているのに、勇者達がどのような人間であったかは誰も知らない。

おれは歴代の勇者達に最初はただ憧れていたけど、十四人もの子ども達を育ててようやくわかったのだ。

勇者達にも育てた親がいて、愛する人がいる。

八～二十歳程度の子どもが大人でも勝てず何人もの勇者が失敗してきた魔王討伐に駆り出され、どれだけ不安だったことか。残された家族がどれほど悲しんだか。

なのに、誰もそれを知らない。

魔王を倒す適性を持つ勇者は旅に出て当然だと世界中の誰もが当たり前に思っている。

長い間魔王の脅威に晒された人々はそう思うしか希望が持てない。

おれだって魔王は怖くて、勇者に希望を託してしまう。

でもそれじゃ駄目なんだ。ただ勇者に託すだけでは駄目だ。

おれ達は人の命の上に平和を築こうとしていることから目を背けてはならないんだ。

悩みながらも平民の底辺にすぎないおれではどうすることもできず、無力感に喘《あえ》ぎながら、唯一やれたのがペンを取ることだった。

おれが知る全てを記す。歴代勇者と呼ばれる子ども達がどのような人物だったか。何を思い何を成したか。

多分今のこの国で唯一おれだけが全員を知っている。あらゆる本を読みその全てを記憶しているおれだけが。

ひとりでも多くの人に伝わるように本にしようと思った。

しなければならないのだと、夢中で書いた。

でも書けば書くほどおれの力では伝えきれないと思い知り、それでもやめられず何度も書き直し書き進んだ。

そうしているうちにいつの間にか二年も経ってしまった。

金を払って誰かに頼むことも考えたが、膨大な資料を参照しなければならない仕事を引き受けてくれる人はいなかった。

焦りはあった。

だが不思議とこの数年間、これまでは少なくとも二年にひとりは見つかっていた新たな勇者が現れていない。

仮ではあるものの完成した原稿もあったが、現れない勇者を待つことに疲れ絶望を抱えている人々に読んでもらえるような内容ではなかった。

だから焦りながらも丁寧に、疲弊した人にも読んでもらえるような内容に書き上げる必要があった。

「エンケ、せいが出るね。でもたまには休憩してね？　お茶を入れたの」

「ああ、ありがとう」

子ども達が遊びに出ている時間に部屋で原稿を書いていたら長い髪の女性が入ってきた。

酒場で出会い半年ほど前から付き合っている人だ。

彼女は机にお茶を置くと後ろに立って覗き込んでくる。

「またその原稿なのね。教科書はもう作らないの？」

「今ある分で収入は安定しているし、あの子達には口頭と黒板で教えた方が伝わるから教科書はもういいかな」

「あの子達賢いのね。私とはあまりお話ししてくれないから知らなくて…」

「…少し緊張してるんだよ。お茶ありがとう。そうだ、外に食事に行かない？」

「いいの？　それじゃあ、一度家に帰って用意してくるね」

「うん。後で噴水広場で」

彼女が出て行く。

おれは凝った肩をほぐしながら書きかけの原稿を眺めた。

彼女にも何度か読んでもらい指摘を受けている。

そこを直したからまた読んでもらいたいが、さすがにデートに持って行くのは無粋だろうと紙の束を机の引き出しにしまった。

子ども達への手紙を食堂に残して外に出る。

子ども達は彼女を嫌っているから、彼女を家に招いたり一緒に外出するのは子ども達がいない時だけだ。

活気のない市場を抜け、入荷するものがないせいで品揃えが去年より減った紙屋に寄り原稿用紙を買った。

何年も前から予算削減で水が止まっている噴水広場の古びたベンチに腰掛ける。彼女の用意はいつも時間がかかるので、これまで読んだ本を頭の中で再読して時間を潰す。

緩やかに衰退する国。

疲弊した人々。

止まった流通。

この国は魔王の領地に近いせいで一段とひどいが、魔王がいて勇者がいないこの世界のどこも似たり寄ったりだと聞く。

それでもおれはどんよりと灰色の空を見上げて願った。

(勇者なんてもう、現れなければいい)


秋から冬に移り変わろうとする時期に本は書き上がった。

子ども達を寝かしつけた後、揺らめく蠟燭《ろうそく》の灯《あか》りの下でおれはできたばかりの茶色い革表紙をめくる。

製本したてのそれはまだこの世に一冊しかない。

転写士に申し込みは済んでいるから数日後には多くの人々の目に留まるようになるはずだ。

勇者達の活躍と人物像を悲壮すぎないように書き上げたそれは冒険譚であり、彼らという個々人の記録でもあった。

色々悩みながら書いたが、終わってみればシンプルで、おれはこの人達のことを忘れたくなかったし、人々に忘れてほしくもなかったのだ。

ただそれだけを願って書かれた本は間違いなくおれの意思を人々に届けてくれるだろう。

予算が回されず数十年に渡り停滞しているという、勇者以外が魔王を倒すための研究を進めるきっかけになるかもしれない。なってほしいと思う。

そんなことを考えながらページをめくっていると、ふいに部屋の扉がノックされた。

「エンケ」

「ジュウニ？　どうしたこんな夜遅くに」

扉を開けて入ってきたのは八歳になったばかりのジュウニだった。

その顔を見ておれは手に持っていた本を取り落とす。

蠟燭の灯《あか》りで僅かに照らされ輪郭だけがわかるジュウニ。

――その瞳が煌々《こうこう》と輝いていたのだ。

「……やっぱりお前もロクと同じだったんだな」

駆け寄ってジュウニを抱きしめる。

ロクの瞳は紫だ。

そしてジュウニの、橙色《だいだい》だったはずの瞳もまた紫に輝いていた。

ロクは邪眼を持っている。魔獣しか持ち得ない紫の瞳がその証だった。

邪眼持ちは祖先に魔獣がいる家系に時折生まれると言われているが真相は定かではない。

邪眼を持つ者は生まれてすぐに魔力が切れて死ぬか魔力が暴走して死ぬと言われているが、実際は家族に殺されることがほとんどだ。

家系に邪眼持ちがいると知られればその家は悲惨なことになるから、大抵は生まれて目が開けば殺される。

そういう子に比べ殺されなかったロクの運が良かったとは、おれには思えない。

おれが出会った時、ロクの顔は目をえぐり出そうとした痕で傷だらけだったし体も暴力の痕跡でひどいものだった。

傷ついたロクは邪眼を拒絶し、今は邪眼が発動しない代わりにほとんどの視力を失っている。

だからだろう。

だからジュウニの瞳は橙色だったのだ。

邪眼持ちであることが知られないように。

人の世界で暮らせるように。

食事を嫌がるジュウニは、何も食べなくても痩せることなくスクスクと育った。

だから薄々勘付いてはいたのだ、おれも他の十三人の子ども達も。

「お前は妖精の取り替え子なんだな」

「そうなの？」

「ああ。まあなんであってもジュウニはジュウニだ。ところで、そんなに目を光らせてどうしたんだ？」

妖精の取り替え子——生まれたばかりの人の子を妖精が自分の子と取り替えることがあるという。

そんなことをする理由は様々だが、今はそれを気にする余裕はない。

ジュウニはおそらく紫の瞳が露出しないよう、本当の親である妖精によって魔法をかけられていた。

それが解けるほどの何かが起きたか——あるいは起きようとしているのだ。

邪眼は近い未来を視《み》るのだと、古い文献で読んだことがある。

「怖い夢を見た」

「怖い夢？　どんな内容だったか話せるか？」

「……逃げているんだ。僕たち皆で、この家にさよならして。エンケが悲しそうで、ハチ姉が悔しそうで、イチ姉は泣いていた。僕たち離れ離れになるんだって、僕わかっちゃって、それで——」

「――うん」

おれはジュウニを抱きしめる腕を強くした。

ジュウニは震え、その声には涙が混じっていた。

「ごめんな、守ってやれなくて」

「エンケ…僕やだよ、離れたくないよ…」

「……行こう、皆も起こさないと」

蠟燭も消さずにジュウニを抱き上げて足早に部屋を出る。

同時にハチの声が廊下に響いた。

「お前ら起きろー！　おいジュウニはどこ行った⁉　あ、エンケ！」

ハチは手当たり次第に扉を開け子ども達を起こしていた。

「なんか焦げくせー臭いで目が覚めたんだけどさ、ジュウニの目どうした、もしかしてかなりやべーの？」

「ああ、多分かなりやべー」

ハチの大声で眠い目を擦《こす》りながら起きてきた皆は紫に輝くジュウニの目を見て驚いた。

だが今はそれどころではないと思ったのだろう。イチがてきぱきと点呼を取り、幼い子やロクの手を引くようニイが指示する。

おれは玄関を見に走った。近づくにつれおれでもわかるほどの焦げ臭さが鼻をつき顔が歪《ゆが》む。

「燃えている！　大事なものを持って逃げて‼」

外から誰かの叫ぶ声が聞こえた。野次馬が集まってきたのだろう、ざわめきも聞こえる。

「表は駄目だ、裏から出るぞ！」

「うん…！」

「はい！」

「わかった！」

おれ達は手に手を取り合って裏口から逃げ出した。

走って、走って、十五人全員で怪我《けが》もなく脱出する。

離れた場所で子ども達を抱きしめながら、おれは数年過ごしたボロい平屋がガラガラと音を立て焼け落ちるのを見た。

火の手は強いが隣家の敷地を燃やさないという不自然な動きをしている。おそらく魔法によるものだろう。

（大事なものを持って逃げろとか聞こえたな）

震え、泣き、愤る子ども達を強く強く抱きしめる。

何度も何度も十四人揃っていることを確かめ、それでも恐ろしくて何回も何回も確かめ直した。

（ああ、おれの大事なものは全部無事だとも！）

＊

焼け出されたおれ達十五人は街外れにある森の中で身を寄せ合い悪夢の夜をやり過ごした。

イチもニイもサンも…皆泣いていたが、日が昇りはじめた頃にようやく泣き疲れて眠ってくれた。

しっかり手を繋いで眠る子ども達をひとりずつ撫でて、おれも少しだけ目を瞑《つむ》る。

子ども達が起きてすぐに開いたばかりの図書館に行き、教科書と転写に関わる全ての権利を譲渡する代わりに司書から纏まった金を得た。

それを使って朝食を食べさせ、防犯がしっかりしている、十五人がぎりぎり過ごせる二階建ての小屋を数日分借りる。

小屋を皆で掃除していると外からカチリという金属音と立ち去る足音が聞こえて、扉を開ければ足元に銀貨が何枚か入った布袋が落ちていた。

「エンケ、その袋臭ぇぞ」

よく拾い食いしているせいですっかり鼻が効くようになったハチがすんすんと鼻を鳴らし顔をしかめる。

おれも嗅いだが特に臭いは感じなかった。

「そうか、後で返さないとな」

「……返すの？　エンケ」

イチが力のない声で言う。

誰よりもたくさん泣いたイチは弟妹達に励まされてやっと泣き止んだところだった。

「ああ。…貰うわけにいかないよ」

子ども達を小屋で休ませておれは番所へ行った。

火事の件で取り調べを受ける。

火はおれの部屋から出たものということになっていた。

「あんたの部屋で消してない蠟燭を見たって人がいたんだよ。火の始末はちゃんとしてもらわないと」

「……」

「学園側は取り壊す予定の建物だったからいいと言っているし、幸いにも他に被害はなかったから良かったが二度とこのようなことはないように」

「……何か、燃え残ったものはありましたか？」

「あるわけないだろう。木でできた建物だ、全部燃えたよ」

「そうですか」

番所を出て、おれは噴水広場の方へ歩いた。

水の一滴もありはしない噴水の横を抜けて、どんよりとした曇り空の下を少し歩く。

途中、思い立って薬屋に寄った。

薬の紙袋を指先でぶら下げて狭い路地を抜ける。

集合住宅のとある扉の前で立ち止まり、木でできた扉に耳をつけてからノックした。

「いるかな、おれだけど」

「………」

返事はない。ただ中から息を飲む音が聞こえた。

「今日は風が強くて少し寒いんだ。良ければ中に入れてくれないかな」

「………」

「火傷《やけど》に効く薬も買ってきた。君のお金を少し使ったけど」

「……ッ」

悲鳴を飲み込むような音がしたのは決しておれが彼女の金を使い込んだせいではないだろう。

風はなくやや肌寒い気候の下で根気強く待っていると、やがて躊躇いがちに中から扉が開かれた。

「……エンケ」

おれの彼女は付き合ってきた半年間で一度も見たことがない憔悴ぶりで、顔と腕に負った隠しきれない火傷をそれでも隠そうとしながら出迎えた。


「お金は返すよ。少し使ったけど」

寝台の上で服を脱がせ、柔らかな体のあちこちにできた火傷に軟膏《なんこう》を塗りつける。

この半年間夢中で抱いた体だというのに、こうして見ていても今はなんの衝動も湧かなかった。

「……私だって、わかったの？」

「鼻が良い子がいるんだ。前に話した、野生児の」

「ああ…。本当に野生児だったのね。誇張しているのかと思ってた」

「まさか。おれはあの子達について誇張したことは一度もないよ」

「だってとっても優秀だって…十四人全員…」

「それも本当。……ちょっと意地悪言っていい？」

「……ええ」

「君にハニートラップを命じた人は優秀な十四人を焼き殺そうとしたのかな」

「……ッ、いい、え」

彼女の体が強張《こわば》った。

震えていて、軟膏も塗り終わったから服を着せてやる。

おれが渡した残りの薬と金を彼女は顔を伏せたまま受け取った。

お互い、この家に入ってから一度も目を合わせていない。

「殺すつもりなんて…火がついたら逃げ出すよう声を上げろと言われていたわ…」

「そうか。……目的は金庫？」

二回のハニートラップでさすがに懲りたおれは発表前の研究を金庫にしまうようにしていた。

いざという時金に換えるつもりで寝かせておいたのだ。

金庫といっても取っ手を持てば片手で運べる小ささで、四桁のダイヤル錠を三度間違えれば仕込まれた魔法により溶接されて二度と開かなくなる安物だが。

「…ええ。それに、あの校舎をなくすためとも言っていたわ。理由までは知らない」

「……そうか…」

番所で蠟燭の火の話を聞いた時、おれは彼女があの燃える家の中にいたのだとわかった。

倹約しているおれ達十五人は早い時間に眠る。

蠟燭は滅多に使わず、まして点《つ》けたまま傍を離れたのは昨日が初めてだったから、おれの部屋に燃え続ける蠟燭があったことを知るのはあの後部屋に入った者だけだ。

火事で混乱していたとはいえジュウニやハチのおかげで早くに気づくことができたおれ達にはまだ余裕があった。

だから火事に乗じた侵入者がいれば容易に気づいたことだろう。

——あの校舎の間取りに精通した人間が相手でさえなければ。

そんなの、おれ達十五人を除けば彼女しかあり得ない。

子ども達は見知らぬ人間を嫌ったたし、あの汚いボロ平屋に進んで入ろうなんて奇特な人もいなかった。

思い返せばあの時外から聞こえた「大事なものを持って逃げて」という声は彼女のものによく似ていたし、他の野次馬の立てる声はざわめき程度にしか聞こえなかったのにあの声だけはっきり響いた。

つまり彼女は外の壁に近い場所にいて、中のおれ達の動きを探り見つからない位置から侵入しておれの部屋に入ったのだ。

魔法による炎であれば、外側だけ強く燃やしてみせおれの部屋だけ火の手を弱めることもできる。

それでも炎の中にいる以上、彼女は火傷を負ったが。

「大事なものを持ち出せと言われてもおれは金庫を開けなかったから、もしかして君は金庫ごと持ち出したのかな。だとしたら中身は好きにすればいい、暗証番号は君の誕生日だ」

「え…っ⁉」

「なんだよえって。そもそも試してないのか？　恋人の誕生日を暗証番号にするなんてよくあることだろ」

「……よく言うわ。あなた私のこと愛してなんかいなかったくせに…！」

彼女は焦げて不揃いになった前髪の向こうから涙の滲《にじ》んだ瞳でおれを睨みつけた。

今日初めて交わった視線には様々な感情が揺らめいている。

長い付き合いの中で、彼女もたくさん思うところがあったのだろう。

彼女は性根の優しい人間で、この半年で偽りのない愛情を感じたことも一度や二度ではない。もしおれが誠実に彼女と向き合っていたならもしかしたら未来は変わっていたのだろうか。

机に手をつき、頭を下げた。

「すまない」

「謝らないでよ…っ！」

「おれは過去に二度もハニートラップに遭っていて、君と付き合った時子ども達は敏感に気がついた。何度も君と別れるように言われたし、そのことで君に辛い思いもさせたな。でも、おれには君が必要だった。すまない」

「謝らないで……」

「十四人もの人生に責任を持つことはおれには荷が重すぎた。誰でもいいから逃避先が欲しかったんだ。君はハニートラップで金を得ている人で、おれから離れられないと知っていて利用した。嘘でも君がくれる優しさに縋《すが》りたかった」

——そう、おれは女なら誰でも良かったのだ。

小さな子どもを育てるということは本で読む以上に大変で、しかも十四人もの子ども達をいきなり引き受けることになったおれは、いつだって先の見えない不安や環境への不満で精神が悲鳴を上げていた。

でも、セックスに溺れている時だけは胸に澱《よど》む不安も不満も全て忘れることができた。

ほとんどの本を読みつくしてしまったこの王都で、柔らかな腕に抱きしめられることだけがおれの精神を慰める手段だったのだ。

「君を利用していくうちにいつか愛情を返せればと思っていたが、結局おれは自分のことで精一杯で一度も君に誠実であれなかった。……すまなかった」

額が机につくほど頭を下げて、立ち上がる。

彼女を操る黒幕に興味はない。

金庫にしまっていた研究や僅かばかりの現金もおれにとっては燃えたものだ。

彼女は手のひらで顔を覆って嗚咽《おえつ》を漏らしていた。

おれはその横を通り過ぎて立ち去った。

以降、おれと彼女が会うことはなかった。


食べ物を買って小屋に戻り、鍵を挿しこもうとしたら中からすすり泣く声が聞こえてきた。

……頭のいい子ども達は状況を正確に理解している。

それがわかって、やるせなくて、しかし顔に出さないよう精一杯取り繕ってから、おれは扉を開けた。

＊＊＊

薄暗く狭い小屋の中で、十四人の子ども達は身を寄せ合って泣いていた。

おれは部屋の隅に寄せられていた机に買ってきた食べ物を置き、子ども達に歩み寄る。

撫でてやりたかった。ひとりずつ頭を撫でて、全力で抱きしめてやりたかった。

だが、今それをやったらおれがこらえ切れなくなる。

抱きしめようとした手で、代わりに残っている全ての金を取り出した。

「……イチ、これを皆で分けてくれ。行く先がない子には多めに。当面の路銀と、短い名前を買うくらいの額はある」

「エンケ…」

呟《つぶや》いたのは誰だったのか、その声を皮切りに子ども達は一斉に声を上げて泣き出し、おれに飛びついてきた。

支え切れず床に背中から倒れる。その上にぎゅうぎゅうと子ども達がのしかかった。

「やだよぉエンケ！　離れるのやだぁ！」

「うわああああん!!」

「やだあああああ!!」

「……ッ」

唇を噛み締める。床に爪を立てて衝動を抑え込みながら、喉から声を絞り出した。

「校舎がなくなった以上おれ達はもう一緒には暮らせないんだよ…わかってるだろ…！」

おれだって探した。金はいらないから十五人が暮らせる家をくれと図書館で頭を下げたし、ここ何年もずっと校舎の代わりになる、隙間風の入らない家を探してきた。

しかしこの王都に名前を持たない十四人と、ロープスなんていう親から捨てられたことを示す姓の者を受け入れる場所なんてなかった。

だからおれ達はずっと耐えてきたんだ。

研究が盗まれても蔑まれても金がなくても隙間風が寒くても、十五人が一緒に暮らせるのはあそこだけだったから。

おれ達はおそらく共倒れさせるために集められた。

なのに子ども達は本校舎の学生を凌《しの》ぐほど優秀だった。それが誰かの恨みを買ったのだろう。

まさか火をつけられるとまでは思っていなかったが、あの校舎を失うことはいずれあり得ると覚悟してきたことだった。

「こんな時に備えて生きる術を教えてきた。学園で教える勉強なんてとっくに終わっている。卒業証書を渡してやれないことだけが心残りだが、優秀なお前たちならここで疎まれても必ずどこかで重用される。ここから逃げろ、こんなところから逃げてくれ…っ」

「エンケ…」

「ひっく、ぐす…」

子ども達はすすり泣いている。それを見ていられなくて顔を逸《そ》らすと、ジュウヨンがおれの首にすがりついてきた。

「やだよエンケ、捨てないでぇ…」

「……ッ、捨てるわけが……！　おれ、だって…っ」

加減なくぎゅうと締まる腕に、その細さに、おれはついにこらえていたものが決壊した。

「おれだって！　もっとずっと一緒にいたかったよ!!」

気づけばボロボロと涙が溢《あふ》れていた。子ども達の驚いた顔が涙の向こうに揺らいで見えたが、口から溢れ出す言葉を止められない。

「まだまだ教えたいことといっぱいあったし、美味《うま》いもの食べさせてやりたかったし、遊びに連れてってやりたかったし、まだまだ…一緒に眠ったり飯食ったり本読んだり、まだまだ…っまだまだたくさんやりたいことあったよ…!! お前達が成長するとこ見たかったし、エンケって呼ばれて、たまに喧嘩して、仲直りして、もっと…もっともっともっと!! ずっと一緒にいたかった…!! うぅ…ひぐっ…うぅー!」

最後には喋れなくなって泣きながら唸《うな》り声のような嗚咽を漏らした。

顔を両腕で覆い、幼い子どものように首を振る。感情が溢れ出して制御できなかった。

子どものように泣きじゃくるおれに、子ども達が寄り添い、自分達も泣きながら頭を撫でてくる。

「エンケ、離れたくないね…」

「エンケ…」

「エンケぇ…」

「うわあああああん!!」

おれ達十五人は完全に日が落ちるまで泣きじゃくり、真っ暗になった部屋で身を寄せ合ったまま泣き疲れて眠った。

これがおれ達が全員で共に過ごした最後の夜だった。

「名前が欲しい」

子ども達を代表して、と手を上げたイチが言った。

おれが用意した朝食を皆で囲んでいる時のことだ。

「エンケが朝ごはん作ってくれている間に皆で話したの。卒業証書なんていりません、教会で買う名前もいらない」

「でも今、名前が欲しいって…」

「エンケにつけてほしい。私達の名前を」

「おれが!?」

驚いて、ほお張ろうとしていた野菜を皿に落とす。

しかしおれを見つめる二十八の眼は真剣だった。

「神様が本当にいるとして、私達十五人を引き合わせてくれたことには感謝します。でも引き離そうとするのは許せない。教会で買った名前なんて名乗りたくない、教義で決められている数字呼びももう嫌。私達は神に抗《あらが》う。だからあなたが名前をください。あなたが名前をくれれば、私達はどれだけ遠くにいても繋がっていると思うことができる」

「名前を…おれが…」

この国で、いや世界中で名前は大切なものだ。人間性を表すし運命にも関わっているとされる。

他の国でも名前による差別は根強い。

子ども達はそれをわかった上で決めたのだ。

全員で話し合って覚悟を決めたのだと、二十八の瞳が伝えてきた。

――ならば後はおれだけか。

「……わかった」

「!」

「おれの知識の全てをもって考えるよ。この世のどこの言葉でもなく、どのような意味も持たず、お前達を縛ることのない、お前達だけの名前を」

その時の子ども達の顔をおれは生涯忘れないだろう。

子どもだと思っていた小さな十四人は、その瞬間から大人になった。

自らの運命を自らの手で摑み取ろうとする、運命の神に抗う覚悟を決めた大人に。


十四人はその日のうちに別れ、ある者は旅に出て、ある者は自らの家や国へと戻った。

おれは十四人が望みの場所に辿り着くまではと連絡を取りやすい王都に留まった。

本校舎で一日の決まった時間のみと制限された授業を行い、空いた時間に研究を代理で行って金を稼ぐ。

稼いだ金は時折子ども達に送り、残りは全て貯金した。

時間を極端に制限された授業形態では全てを教えることが難しく、それはおそらくおれへの新たな嫌がらせだったのだろう。

そんなものに子ども達が巻き込まれるのはもううんざりだった。

おれはせめてと学習の楽しさと方法を教え、自らで学ぶ力を子ども達に身につけさせると、やがて教壇から退いた。

おれが金庫にしまっていた研究は複数人の連名で発表され、主犯がわかることはなかった。

あれだけ情熱を注ぎ書き上げた本については、もう一度書こうと何度もペンを取った。

一度読めば内容を忘れないおれにとって書き直すことなんて簡単な作業のはずだった。

しかし、何度書こうとしても書けなかった。

それどころかこれまで読んだ本の記憶の中で、勇者達に関する内容だけがぽっかりと抜け落ちていた。

何度も何度も試したが、おれは二度とあの本を書くことはできなかった。

理由はわからない。

色々とやってみたが解決することはなく、本を読み返しても勇者の記述だけが空白に見えた。

心に持つ一冊の本は――おれの中から永遠に失われたのだろう。

やがて二年ほど経ち、十四人全員が望みの場所に辿り着いたことを知ったおれは稼いだ金を持って王都を後にした。

（おれはもう二度と王都に来ることはないだろう）

人間が怖くなった。

教えるのが怖くなった。

本を読むことすら怖くなった。

もうおれには何もできない。

失意のまま故郷に帰り、事故や寿命でいつか誰にも看取《みと》られることなく死ぬのだろう。

この数年間がおれの人生で一番輝いていた。

これを超える出来事はおそらくもうない。

失意と隣り合わせの輝く記憶だけに縋って、おれはこの先生きていくのだ。

まるで罰のようだなと思った。

なんの罰かは知らないが。

エンケ・ロープスは生まれたこと自体が罰だったのかもしれない。

ロープスとはそういう姓だ。親から捨てられた姓だ。

（お前達はこうなるなよ）

おれがつけた名前を受け取り羽ばたいていった子ども達に、心の中で語りかける。

故郷の村へ向かう足取りは重かったが、結局そこ以外におれの居場所はなかった。


村人として行うべき労働を放棄して王都へ移住し、結婚適齢期も過ぎてからのこのこと戻ったおれに村は当然だが冷たく、交渉の末稼いだ金の半分と引き換えで迎え入れられた。

嫌味を言われながら様々な仕事をやったが、結局おれが上手くできたのは子ども達に勉強を教えることだけで、でも辺鄙《へんぴ》な村で教育がなんの役に立つんだとおれと同年代の親達からは良い顔をされなかった。

村で肩身狭く過ごす中で唯一の救いは時折生徒達から届く手紙で。

中でも最初に受け持った十四人の活躍は目覚しいものがあった。

彼らは元々優秀ではあったが、名前を得てからは解き放たれたように急成長し様々な偉業を成し遂げてゆくようになる。

＊

イチことレリアユス。

留学生だったレリアユスは自国へ戻り、王族の落胤《らくいん》でありながら認知はされていなかったが、豊かな知識と行動力をもって王宮内での地位を確立。

若くして宰相にまで上り詰めたが、ある時求められた判断でなぜか結論を保留にし続け怠惰だと蔑まれる。

だが彼女が三年間怠惰であり続けた結果、四十年以上続いていた内戦が終結。

未来を見越したとしか思えないその行動を称《たた》え『怠惰のレリアユス』の名で知られるようになる。

ニイことハルワグニ。

常に死を意識し絶望していたハルワグニは、より死に近い場所にあろうと魔王軍との最前線に単身で居座った。

どこの国にも属さず、名誉欲も何の思惑《おもわく》もないままひたすらに戦い続ける彼にはいつしか心酔し付き従う者が現れ、やがてひとつの軍になる。

押し寄せる魔王軍に対して常勝無敗の彼の軍は戦場に希望を与え、『希望のハルワグニ』の名は戦地の外にも広く知られるようになっていく。

サンことギルレリス。

女の子と見紛《みまご》う容姿と持ち前の謙虚さから多くの人に可愛がられていたギルレリスは、その人脈を活《い》かしどこの国にも属さない組織を創設する。

兄弟姉妹が発見した古代の文明や遺物、技術等を民衆にもわかる形で発表した。

惜しみなく知識を与えるさまを、全てを独占したがる貴族や国や学者達からは疎まれ傲慢だと罵られたが、やがてそれは彼の功績を称えるものとして認知され『傲慢のギルレリス』と呼ばれるようになる。

ヨンことウォッドバル。

すぐに心を痛めるウォッドバルは、魔王の存在に耐えられないあまり魔王軍との前線基地へ志願。

後方で知識を活かし戦地で傷ついた者を国も人種も問わず治療し続けた。

あらゆる傷病を泣き喚《わめ》きながらも決して折れることなく何日も休まずに治療し続ける姿から、敬愛を籠めていつしか『不屈のウォッドバル』として名が広がっていく。

ゴオことルゥゴイン。

真面目なルゥゴインは国の貴族だったが国や家族を許すことができず、全てを捨てて旅に出た。

彼女はやがて精霊の国に辿り着き、漁色王と呼ばれる精霊に見初められる。

漁色王は気まぐれに人間の国を訪れては国中の人を抱いて腹上死させ滅ぼすため魔王の次に恐れられていたが、ルゥゴインが傍に立つようになると王の漁色が途端に止んだ。

その功績を称え『色欲のルゥゴイン』と呼ばれるが、真面目で規律正しい彼女は「王と寝所を共にしたことはない」と綺麗《きれい》な手蹟《しゅせき》で手紙をくれた。

ロクことエリサント。

留学生だったエリサントは国を捨て旅に出る。

以降、各地を放浪し悪人を断罪する邪眼持ちの噂が流れるが、その断罪の確かさから忌み嫌われる邪眼持ちでありながら『正義のエリサント』と称えられるようになる。

時折立ち寄った国の特産品をお供え物だと送ってくれるが量が多い。

ナナことチギネール。

決して怒らない子どもだったチギネールは留学を終え、自らを蔑む弟妹のいる貴族の屋敷に戻る。愛人の子だった彼は正妻の子である弟妹を補佐しよく尽くしていたが、ある夜突然に激昂《げっこう》して数多《あまた》の貴族の不正を暴露し、彼らが民衆から秘匿してきた様々な技術を全て解放した。

貴族から恐れられ民衆から慕われるようになった彼は『憤怒のチギネール』と呼ばれるが、なぜ突然激昂したかは誰も語ろうとしない。

ハチことワッカトニト。

街や国は性に合わないと旅に出たワッカトニトは言葉を持たない辺境の蛮族と言語以外のあらゆる手段で意思疎通し、彼らの間に密かに伝わっていた多数の古代の知恵を得る。

その功績を称え『知恵のワッカトニト』と呼ばれるようになるが、辺境に籠る本人はそのことを長い間知らなかった。

キュウことオルドパルド。

留学生であったオルドパルドは国に戻るなり皇帝である父と継承権を持つ兄達を討ち帝位を簒奪《さんだつ》。

その後皇族の浪費により疲弊した国を立て直した僅か十年の在位の間、自らのために一銀たりと使わなかった賢皇として『節制のオルドパルド』と呼ばれるようになる。

ジュウことマルゼビリス。

ものを欲しがらないマルゼビリスは身ひとつであてもなく旅に出たが、偶然立ち寄った地で貴重な資源が採れる山を次々に発見する。

文明の間引きによって存在が喪《うしな》われたはずの金属すら含まれており、功績を称え『強欲のマルゼビリス』の称号を得る。

称号の他に財や勲章も多数得たが、それはいらないと全てギルレリスの組織に預けたそうだ。

ジュウイチことミエシェ。

教皇の不義の子であるミエシェはその秘密を盾に教会に戻り〝誰からも生まれていない〟奇跡の聖女として民衆の評価を獲得。

『信仰のミエシェ』として祭り上げられた後に教会内部で巧みに立ち回り、悪法〝命名権〟を廃し、他にも様々な信仰革命を行った。

ジュウニことヴゥオギト。

妖精の取り替え子であるヴゥオギトは〝隣〟と呼ばれる妖精の世界へと帰った。

その後数ヶ月や長い時は数年おきに人間の世界にふらりと現れては何かを為《な》して消えていたが、ある時地方を襲った魔獣の大群を滅ぼしてその全てを食らったという。

その逸話から『暴食のヴゥオギト』と呼ばれるようになるが、本人曰く「全部は食べてない。半分は仲間が食べちゃった」とのこと。

ジュウサンことギエス＝ラヒ。

おれと十三人の兄弟姉妹しか愛せないギエスは失意のまま旅に出て、各地に散った皆を訪ねて回っていた。

だがある時世界の穀物庫と呼ばれる地域全体が干ばつに襲われた時、兄弟姉妹を飢えさせるわけにはいかないと魔法で三日三晩雨を降らせ続け、結果的に世界中を救う。

人の身を超えた偉業に『博愛のギエス＝ラヒ』と称えられるようになるが、本人は不服そうだ。

ジュウヨンことリリリリム。

嫉妬深いリリリリムはおれを独り占めできるとしばらくべったりだったが、すぐに他の兄姉が気になって旅に出た。

愛らしさと美貌で老若男女問わず魅了し嫉妬〝させた〟彼女は、彼女の愛を得るためならなんでもするという私兵で軍を作り安全に世界中を旅している。

兄姉を求めどこにでも赴く彼女の軍は治安に貢献し『嫉妬のリリリリム』と称えられるようになった。


そんな彼らや他の生徒達の近況を知ることだけを唯一の楽しみに変化のない日常を過ごしていたおれは、いつの間にか三十歳になっていた。

身体が若い頃ほど動かず記憶力も衰えだしてきたが、思っていたほどの不自由はまだない。

こうして少しずつ衰えていく体を受け入れながら歳を取っていくのだろうなと漫然と考えていたある日、突然育ての親である村長に呼び出された。

「オリヴィエに勇者の神託が降った。しかしあの子はまだ幼い。エンケ、旅に同行してやってくれんか」

「勇者…!?」


〈『元勇者一行の会計士』に続く〉

【ヒュドル・ピュートーンとその伴侶】


「ヒュドル、今日はフユと出かけてくるから」

「…………」

「……だから離せって。出かけるって昨日のうちに言ってあっただろ？　な？」

寝床から抜け出そうとするエンケの胴に腕を回し引き止める。

さほど力を籠めずとも非力なエンケでは私の腕を振りほどくことはできない。

だが。

「……仕方ないな」

刺青の入った左腕にエンケの乾いた指先が触れると抗えず、導かれるままに解いてしまう。

エンケは持ち上げた私の左腕に軽く口づけを落とした。

ちゅ、ちゅと軽い音を立てて何度も。

その瞬間ごとに胸の内から湧き上がった喜悦が即座に私の体を侵略した。

指先から脳天まで痺れさせ思考が停止する。

固まる私をどう解釈したのか、エンケは「じゃ、行ってくるわ」と肌を出さない型の伴侶服にテキパキと着替え天幕を出て行った。

「…………またか……」

エンケが出て行って数刻。

やっと動けるようになった私は顔を片手で覆い深い溜め息をついた。

「修行が足りないのか…？」

『利き腕に口づけされる喜び、お前達もいつかわかるといいな』

いつだったか年嵩《としかさ》の同胞が子ども達に告げていた言葉を思い出す。

当時人らしい感情を持たなかった私にとってはなんの意味もなかったが。

「まさかここまでとは……」

腹の底から溜め息を吐き出したが、そのうち指が無意識に、エンケが口づけた場所に触れていた。

それだけでも痺れが走るほどの喜悦を思い出し背筋が震える。

エンケは知らないのだろう、利き腕への口づけがギュルセ族にとってどれほど特別なことなのか。

それをエンケが行うことの意味が。

暇があれば私が書いた本をめくっている伴侶の姿を思い出す。

あれにはギュルセ族にまつわるほとんどのことを書いたがこの件は書いていない。

伴侶集会にも出ているようだがエンケは話を聞くよりもその知識を活かすことの方が多いようだ。

だから知らないのだろう。

伴侶の秘術だと信じているエンケは、おそらく私が教えない限り利き腕へ口づけする意味を知ることはない。

（教えるか…いや、）

瞼《まぶた》を閉じれば私の腕を取り口づけるエンケの姿が浮かぶ。

何かと気楽に、唇にするより多く口づけてくる伴侶の姿。

（……もう少し後で良いか）

あれが見れなくなるのは惜しい、と思う自分がいた。

エンケがいない時間は味気ない。何をしていてもエンケを思い出すせいで飢餓感だけが増す。気晴らしに修行でもするかと里の中を歩いていると、所々に履物が落ちているのが目に止まった。

子どもの頃はわからなかったが今なら理解できる。

これは伴侶の履物をギュルセ族が遠ざけたものだ。

伴侶の服や履物を取り上げることは掟《おきて》で禁止されている。

ギュルセ族は伴侶を他者に奪われることだけは全力で妨げるが、それ以外は伴侶が心身共に快適に過ごすことを優先させなくてはならない。

そのため我々は、縛りつけない限り伴侶が天幕から出ようとすることを止められない。だが合意なく縛ることもまた掟が禁じている。

ならばせめてもとギュルセ族は伴侶の履物を天幕から遠ざけるのだ。

少し裸足《はだし》で歩けば取りに行けるためなんの意味もないが、それでも何かせずにはいられない。伴侶にずっと天幕にいてほしいという気持ちをせめて形にした結果だ。

多くの伴侶はその意を汲《く》み天幕や里から積極的に出ようとはしないらしい。

だが、それでも多くのギュルセ族が伴侶から服や履物を奪いたいと考えているだろう。ギュルセ族は勇猛な戦士ばかりだが、伴侶に対してだけはどこまでも臆病で盲目だ。

――私もそうだ。

エンケは旅を望んでいた。旅を楽しんでいた。

エンケから外を取り上げることはできない。それはエンケを損なう行いだ。

だからフユと一緒なら外出を許すと言った。里の中なら自由にして構わないとも。

まさかそれをこれほど後悔することになろうとは。

(せめて、私が同伴することを条件にしておけば)

里に来て半年ほど経った今、エンケは時折フユと里の外へ出かけている。

同行しようとしてもそれとなく拒絶された。

ナキガラの森の探索をしているらしく数刻で戻ってくるが、軟弱者は疲れてそのまま眠ることも多い。

(我々はまだ蜜月ではないのか)

抱きしめて眠るだけでは満たされない欲を持て余す。

しかし楽しそうに出かけるエンケを止めることはできなかった。

惚れた弱みがわずらわしい。

何度、エンケの靴を遠ざけようとしたことか。

だがエンケが裸足で靴を取りに行こうとすれば私は自ら取ってきてしまうのだろう。足の裏が傷ついたとて旅慣れたあの男にはそう苦でもないと知っていても、いらぬ傷を増やさないために。

エンケの靴に手をかけるたびそこまでが容易く想像できてしまい、結局行動に移したことはない。

(それにしても外出が多くないか)

ナキガラの森の他にも、伴侶集会や旧知だという藍闘の家の伴侶にもエンケを取られている。

一番時間を共にしているのは私だが、あまりに蔑《ないがし》ろにされていないか。

（…私はいつからこれほど弱くなってしまったのか）

蔑ろなどと、ずいぶんと人間らしいことを考えるようになったものだ。

（これほどまでに変わった私にエンケは飽きたのか？　いや…）

伴侶からの愛情を疑ったことは一度もない。

疑おうにも利き腕へあれほど気楽に口づけられては、疑いようがなかった。

「ヒュドル、やりすぎじゃないか!?」

「……」

考え込んでいる間に無意識に、修行の洞窟へと辿り着いていたらしい。

ここの修行は、光のない洞窟の中で繰り出される仕掛けを避けながら迷路の如き道を抜け、出口の鉄扉を目指すというものだが、気がつけばすでにその鉄扉の外に立っていた。

鉄扉の隙間から差し込む光に照らされた内部では全ての仕掛けが破壊されており、私の隣で洞窟を管理している家の者が頭を抱えている。

「私がやったのか」

「流れるようにお前がやった。あーあ、修理が大変だよこりゃ」

「……すまない」

「お…おう!?　おう、いいよいいよ。……お前が謝るとはなあヒュドル。良い伴侶見つけたんだな」

「ああ」

「それに強くなった。お前用の洞窟作らねえとおっつかねえな。そうだ、新しい仕掛けにヒュドルの伴侶殿の知識を拝借できないか、俺の伴侶に聞いてもらってもいいか？」

「…………これ以上伴侶との時間を取られると、困る」

「あー、それもそうか。ま、落ち着いたらでいいよ」

「落ち着くことがあるのか？」

「そりゃお前……ないな」

「そうか」

「ああ。あー…伴侶に会いてえなあ。帰るわ、じゃあな」

「ああ」

私より何歳か上の男は壊れた洞窟をそのままに足早に立ち去った。

やつは伴侶を得て十年近く経っているはずだが、愛情が落ち着く事はないらしい。

(帰れば伴侶が天幕にいるのか)

他のギュルセ族と違い、私は戻っても空の天幕があるだけだ。

その光景を思い浮かべるだけで胸になんらかの感情が湧く。

名前のつけにくいその感情を振り払うように、剣を抜き空に向けて振った。

放たれた剣圧は遠くの雲にまで届き、ナキガラの森上空に差し掛かっていた雨雲が霧散する。

「む」

分厚い雲が消えた空から巨大な鳥が落ちてきた。

その胴に、剣で切り裂かれたような跡が見える。私の放った剣圧が当たったようだ。

「……巨鳥か」

雲の上を飛ぶため見つけにくい魔獣だが、味は良い。

エンケは肉の中では脂が少ない鳥を好む。巨鳥も、美味いと食べていた覚えがあった。

そう思い出しながら、足をナキガラの森へと向ける。


巨鳥の落ちた場所まで行くと先客がいた。

黒い髪の男と、寄り添うように立つ巨大な狼《おおかみ》。エンケとフユだ。

「エンケ」

「お、ヒュドル。これお前が？」

「ああ」

「傷跡見てそうじゃないかと思ったんだ。捌《さば》いていいか？」

「私がやろう」

丁度《ちょうど》昼食にしようと思っていたんだとエンケは言い、手慣れた仕草で火をおこす。

私は、フユがその体を支えるように立つのを横目に見ながら、巨鳥を枝の少ない高い木に吊《つ》るし、まじないで羽を毟《むし》り血抜きをして解体した。

エンケに肉を渡せば大半を枝に刺して炙《あぶ》り、少しだけスープに入れた。フユも自分の肉を確保し齧りつく。

残った肉の半分は森へ。もう半分と羽や嘴《くちばし》は持ち帰って金に換えることにする。

「ご馳走《ちそう》だな。ありがとうヒュドル」

「……エンケ」

「うん？」

スープの器を持ち離れた場所に座ろうとするエンケにとんでもないと手招きすると、一瞬考え込んだ我が伴侶は気づいた様子で顔を赤らめ眉を下げた。

それでも来ようとしないので、座れと自らの膝を叩く。

「いや、外だし…フユもいるだろ」

「フユとは寄り添っていただろう」

「ふ、フユはいいだろ…!?」

全く良くはない。

つい眼力が強くなるとエンケは「うぅ…」と怯《ひる》んだ。軟弱者め。

「フユとあれほど自然に寄り添っていたというのに私とはできないのか」

「あれはおれが散策しすぎで疲れたから支えてくれていただけで」

「……それは私の役目のはずだ」

私の同行を断ったエンケは、おそらく食事の後もまた別れようとするだろう。

それを甘んじて受けるからには、食事中くらいは許されるべきだ。

「……うぅ…誰も来ないよな…」

根負けしたエンケがおず、と手をついてにじり寄ってきた。

零《こぼ》さないようにスープの器を取り上げ、あぐらをかいた膝の上に片腕で引き寄せる。

向かい合わせに座らせると、落ちないように腰を支えながら器を返却した。

「向かい合わせはやめないか…!?　せめて後ろから…」

「やめない」

「いや、これ恥ずかしいんだが。食べ辛いし」

「やめない」

「出たよ言い出したら聞かないギュルセ族…」

遮るもののない野外で身を寄せ合うことに慣れないのか、瞼を伏せ恥ずかしげに顔を逸らしたエンケは耳まで赤くなっている。

顔を逸らしたことで私の眼前に来た、エンケの耳の後ろの柔らかなくぼみに誘われるように口づけた。

びくりと跳ねて揺れた耳たぶを食《は》むと、腕の中で体が震える。

「ヒュドル…ッ、待っ、外では止めっ……」

零しそうなスープを取り上げ、少し離れた地面に置いた。

腰を引き寄せ密着し唇を重ねる。食事前だった口の中はエンケの味だけがして心地いい。

怯《おび》え逃げようとする舌を引きずり出して絡め合う。

舌の裏を舐めればエンケは震え、奥の喉を愛せば突き放そうとしていた手がしがみつくものに変わっていった。

「ん…んむ…っ、ん……」

しがみついてくる腕に初めからなかった遠慮を捨てて貪れば、長年の行為で慣れきったエンケの体は、容易くとはいかないまでもやがて熱を持つ。

服ごしでもわかるほど熱くなった体は小刻みに震え出し、それでも離さないままひとしきり堪能してやっと口を離してやれば、潤んだ目で私を睨みながらはふ、と吐息を漏らした。

「……しないからな、外では」

熱を持て余しているのだろう、エンケは据わりが悪そうにもぞもぞと私の腕から逃れようとする。

離さないよう腕に力を籠めて顔を近づけるとぎゅうと瞼を閉ざしたので、瞳を守る薄いそこに音を立てて軽く口づけを落とした。

「……里に帰らないか？」

旅の途中のようにこのまま外で抱くこともできたが、外では一度や二度で止めなければならないし、呆れた目でこちらを見てくるフユもいる。

エンケは目を泳がせ何度か頷こうとしたが、最終的には力なく首を横に振った。

「ん……もうちょっと散策したい。駄目か？」

エンケは熱くなった頬を冷ますように私の鎖骨のあたりに擦り付ける。

甘えるような仕草は無意識なのか計算ずくなのか。どちらにせよ、私に選択権はない。

「…………仕方ない」

渋々告げればエンケの顔がぱっと明るくなる。

「いいのか!?　ありがとう」

「本当は嫌だ」

「うっ素直」

「だが貴様がそうしたいというなら尊重しよう。……意に反して閉じ込めていては精神が疲弊し寿命が縮むと聞く」

「…………」

呟けば、エンケは目を丸くして私を見た。

「なんだ？」

何にそう驚いたのだろうか。ただでさえ軟弱な伴侶の寿命を延ばそうとするのは当然のことだろう。

「あのさ、ヒュドル」

「なんだ」

「おれ、閉じこもるのは嫌いじゃないよ。待った、行動が早すぎる、待った」

ぺしぺしと肩をはたかれ気がついたが、私は反射的にエンケを抱え上げ、里に向かって跳び上がっていたらしい。

腕の中のエンケは、長い滞空時間に冷や汗をかきながらも、笑って私の頬に口づけを落とす。

先ほど私がエンケの瞼にしたような、親愛を籠めた軽いものだ。

「閉じこもるのは嫌いじゃないが、もうちょっとだけ散策させてくれ。あと少しで森全部見終わるんだ」

「森などどこも同じだろう？」

「そうかもしれないけど自分の足で見たい。もう少しだけ時間をくれないか？」

「……今でなくては駄目なのか」

「ああ…少しでも早く終わらせたい」

「…………わかった」

里に繋がる崖に辿り着いたが、そびえ立つ壁を蹴り逆方向へ引き返すように跳ぶ。

（気が弱そうに見えて頑固なこの男がそこまで言うからには今でなければならないのだろう）

元の場所に戻ると焚《た》き火の傍でフユが丸まって寝ていた。

その傍らに降り立ちエンケを解放する。

「……今夜はできるか？」

「………ヒュドル、一昨日《おととい》もその前日も散々ヤっただろ」

「足りん」

「できれば二、三日空け……」

「足りん」

「……そうか、足りないのか……」

指を絡ませて額を触れ合わせ、青い瞳を覗き込む。苦笑する伴侶の瞳は優しい光を湛えていた。

青い瞳は海の色であり空の色、この男によく似合う。

どこまでも私を包み込む、雄大なる青だ。

――こうしてエンケに触れるたび、エンケを抱きしめて眠るたび、もっと深くまで繋がりたいと欲が湧く。

抱き合っている瞬間瞬間にエンケは私しか見ておらず、私のことしか考えていない。

それが何よりも心地よく永遠に繋がっていたいほどだ。

そんな私を、本能や独占欲が入り混じったそれを、エンケは「若いな」と受け止める。「若いから」と言うこともあった。歳を取れば落ち着くだろう、と。

……私やエンケがどれほど歳を取ろうともおそらく変わらないということを今告げる気はなかった。

何かと回数を減らそうとする伴侶はしかし「若いうちだけだから」と折れやすいからだ。今のうちに体を淫紋に慣れさせ、体力をつけさせておくに限る。

——実は、ナキガラの樹液を飲み私の魔力を受けることで、エンケの寿命は多少延びる。効果は微々たるもので、人の限界を覆すほどではない。

だが旅の間にすり減った分を回復させるくらいはできるだろう。

我々龍の末裔は人より寿命が長く、伝承では二百年は生きると言われている。

だから伴侶紋には番《つがい》の寿命を少しでも延ばすべく様々なまじないが籠められており、龍の魔力と交わることで効果を発揮する。

人の寿命は六十年から八十年ほど。

今四十歳のエンケはあと二十年ほどで死ぬと言っていたが、少しでも長く共に過ごすためにも八十歳までは生きてもらわねばならない。

まだ話していないこの秘密、我々の寿命や伴侶紋の効果については、いつかエンケに告げるかもしれない。

年齢を気にするこの男は喜ぶだろうか、苦しむだろうか。

(だがどういう結果であれ、魔力を注ぐ方法は一日二回寄り添って眠るだけで良いということだけは、永久に秘密にする)

エンケはスープ、私は炙った肉で昼食を終え、エンケと別れると巨鳥の羽や肉を換金するために里へ戻った。

エンケは旅の時と変わらず驚くほどあっさり私と別れる。

「じゃあ、また夜に」ではない。多少は名残惜しそうにできないのかあの男は。

昼も過ぎた時刻の里の市場は、もうもうとした薄紫色の煙に包まれている。

店を広げるどの商人も煙管《キセル》を持ち煙を燻《くゆ》らせていた。

この里は、現在世界を支配している運命の神の監視外にある。

監視外にいることが見つかった人間は加護を失うどころか天罰が降るため、ギュルセ族や伴侶紋を持つ者以外が里に滞在する時は、この薄紫色をした神避けの煙を纏い、神の目を誤魔化す必要があるのだ。

紋も煙もない人間は一晩とかからず気が触れる。

「ああ、ヒュドルの旦那。立派な肉だねえ。羽と合わせて五千銀でどうだい？」

「それでいい。帰りの籠に積んでおこう」

「助かるよ。食い物にこの煙の臭いはあんまりねえ」

蔦《つた》で縛った巨鳥を背負い歩いていると、馴染みのポ＝ネ族の商人に声をかけられた。

同盟関係にあるポ＝ネ族の中に金を誤魔化す不届き者はいないが、その中でもエンケの見積もりに近い金額を提示するこの男は特に信用がおける。

「それにしても、あの籠はありがたいねえ。あれ考えたのヒュドルの伴侶なんだろう？　崖を登るための山羊《やぎ》は何頭か連れてきてもほとんどナキガラの森で死ぬからねえ。たくさんの山羊を連れてくる必要がなくなって大助かりだよ」

「ああ」

これまでの商人は里を囲む強大な崖を、山羊を使うかギュルセ族を呼んで登っていたが、昇降可能な籠とそれを動かすための魔法術式をエンケが考え、他の伴侶が実用化したらしい。

運命の神の加護がないこの地は魔法の発動に制限がかかるはずだが、我が伴侶がその制限を取り除く術を発見してしまい、それ以来エンケの知識は引く手数多《あまた》だ。

エンケは若い頃も故郷の村に水路や水車を導入していたことで役人に目をつけられ、それをきっかけに王都に教師として招かれたという。

(とことん人目に留まる賢者め…)

昇降機の開発以降、何かと伴侶集会に招かれるせいで私との時間が減っているのだが、エンケは「おれも知りたいことがあるから」と断りもしない。

伴侶にのみ伝わる様々な知識はエンケにとって格好の餌なのだろう。

……苦々しい。我々はまだ蜜月ではないのか。

せめて同行できれば良いが、伴侶集会にギュルセ族の立ち入りは許されていない。

「おお、嘴もあるのか、素晴らしいねえ。値がつけ辛いから物々交換でどうだい？」

ポ＝ネ族の商人は腰にぶら下げてあった巨鳥の嘴を見ると顔を輝かせ、ゴソゴソと巨大な背嚢《はいのう》を漁って大きなクッションを取り出してきた。

「この中には水鳥の羽が詰まっていて快適に…」

「貰おう」

「相変わらず決断が早いねえ、まいどありぃ。この嘴は珍味でね、好事家には高く売れるのさ」

「また狩れば持ち込む」

「そうしてくれると助かるよ」

嘴と引き換えに受け取ったクッションは非常に柔らかく、昔触れたものと変わらない上質さで満足する。

水鳥の羽が使われたクッションはいつか立ち寄ったどこかの城にあり、エンケがいたく気に入っていた様子だったのだ。

天幕には毛足の長い絨毯《じゅうたん》を敷いているが、粥《かゆ》だのスープだのを好む軟弱者は半日ほど仰向けで交わっていれば背中が痛いと言い出す。

ここ数日、できるだけ柔らかいクッションを探していたが、ようやく丁度良いものが見つかった。

エンケは無駄遣いだと喚くだろうが、これは必要経費だ。

他の店も回り、目についたいくつかの器も買い込む。

旅の間は割れない木の器ばかりだったが、エンケは陶器の触り心地を好む。

これも必要経費だ。

(軟弱者の尻は薄いから厚めの座布団も買っておくか)

座布団はすでに天幕にいくつかあったが、寝転がる時には刺繍が入っていない柔らかで厚いものの方が良いだろう。

店を探して市場を見回すと、ふと本を置いた店が目に留まった。

新作として並べられている本を何冊か手に取る。

魔王がいなくなった世界では様々な本が刊行されていた。

生活に関わるもの、物語を記したもの、国の現状を纏めたもの。

（…これをエンケは読むだろうか）

信じられないことに、あれだけ本の虫だったはずのエンケは、里に着いてからあまり新しい本を読んでいない。

里への道中で入手した本は目を通さないまま棚に詰められて部屋の隅に片付けられており、新しい本もしばらくいらないなどと言う。

速読とやらで大抵の本を一瞬で読めるはずのあの男は、乱読をやめた。

代わりに、暇さえあれば私が書いた本だけを手に取って、一ページ一ページゆっくりとめくっているのだ。

（いらないとは言っていたが――）

それでも、私が天幕にいない間の暇つぶしにはなるだろうと何冊か見繕って買い込む。

天幕には常にエンケが読んでいない本を用意しておきたい。

座布団も丁度良いものを見つけ天幕に戻り、新しいものを配置して、古いものはしまい込んだ。

掃除はエンケがしたようでゴミひとつない。

食事にはまだ早いため、やることもなくなり天幕を見回すと、私の外套《がいとう》や剣の手入れ道具が新しくなっているのが目についた。

部屋の棚には他にも私の好みに合わせた座布団やガラスの食器、銀髪に似合いそうな色の櫛《くし》や飾りなどが几帳面に片付けられているが、それらの中にもさり気なく見覚えのない新しいものが増えている。

「……無駄遣いするな、軟弱者め」

エンケがいない天幕を見ていると胸の奥がおかしくなるため、鍛錬の広場に出て他のギュルセ族と手合わせをした。

日が暮れはじめた頃、遠くから年嵩のギュルセ族に名を呼ばれる。

「ヒュドルー！」

「なんだ？」

「俺の伴侶がさ、お前呼んでこいってー！　お前の伴侶がどうかしたみたいだぞ、早く行……もういない」


伴侶紋から伝わるエンケの気配を追って里の奥にある伴侶達の集会所に辿り着くと、集会所の建物の外に藍闘の家の伴侶と、赤ら顔で壁に背を預け寝こけるエンケがいた。

「ああ、来たか。いやすまん、先生に飲ませすぎてしまった」

「ぐぅー……」

「……どれほど飲んだ？」

「つい盛り上がって皆で代わる代わる注いだから正確にはわからないが、これくらいの器に十杯以上は」

これくらい、と藍闘の家の伴侶が示したのは指先で持てるほどだが小さくはない器。

それに十杯も飲めば軟弱者には相当な量だろう。

すぐ酔うくせに酒が好きなこの男は、勧められれば断らず飲み干す悪癖があった。

「先生、迎えが来たぞ」

「ぐぅ……ん……あ、ひゅどる」

酒で顔どころか首も手も真っ赤に染めたエンケは、藍闘の家の伴侶に揺さぶられ目を覚ますと両手を伸ばしてきた。

脇に手を入れ尻を支えるように抱き上げてやれば私の首に腕を回ししがみつく。

「ヒュドル、冷たくて気持ちいい…」

「おや、素直だな先生」

「見るな」

「ははは、失礼した」

藍闘の家の伴侶から隠すべく伴侶服のフードを被《かぶ》せ抱き込む。

暑いらしいエンケが「んん」と首を振るが、無視してそのまま天幕へ走った。

「……先生、良かったな。あなたにやっと、そんな相手ができたんだなあ」


天幕にエンケを放り込み座布団に座らせる。

新鮮な水を汲んできて杯に注ぎ突き出した。

「飲め」

「……んん」

首を横に振ったエンケはぶつかるように倒れ込んできた。

貧弱な身体にぶつかられてもなんの衝撃もなかったが、私の膝に上半身を預けたエンケが赤く染まった顔で見上げてきて一瞬思考が停止する。

「飲ませろー」

「…………とどめを刺そうとするな」

十年前からエンケは酒が入るとやたらと素直になる男ではあった。

例えば道行く女を口説いたり、道行く男の筋肉を褒めたり、道にある石像の硬さを称えたり。

――だが、今のこれは。

これは甘えるというものではないだろうか？

甘えているのか、あのエンケが。

水を注いだ杯を口元に持っていく。

指先が震えていたのか中身が少し零れ、エンケの頬にかかった。

エンケはそれを指で拭い、杯を受け取る。

そしておもむろに私の口に杯を押し付け、中身を流し込んできた。

「ッ！」

杯の中身を半分ほど流し込まれたと思えば放され、直後唇に打って変わって柔らかなものが触れる。

「んっ……んくっ……ぷはっ」

「……煽《あお》るな、エンケ。私は……酔っ払いを抱く趣味はない」

私の口内から水を奪い取り嚥下《えんげ》した伴侶は満足気に口を離した。

頬を染めながら唇を舐める男に欲情しないといえば嘘になる。

だが旅の途中、同じほど酔っ払ったエンケを抱いても勃《た》たなかった上に、翌日覚えてもいなかった。

思いが通じ合った今、あのようなセックスは御免だ。

この先何度できるかわからないが、その全てをエンケの記憶に刻まなければ私は満足できない。

「――酔ってない」

「酔っ払うと貴様はいつもそう言うだろう」

「違う、本当に……あー、今お前の体液飲んだから」

しっかりした口調には確かに先ほどまでと違う理性があった。

よく見れば、今水と共に口から取り込んだ私の魔力が伴侶紋に集中している。

なるほど、酒には反応しないはずの毒消しのまじないを私の魔力で発動させたのか。

「魔法使えなくても望めばこれくらいはできるって…酔いには伴侶が特効薬だって、集会で教わった」

言っていて恥ずかしくなったのか酒気の引いた顔を再び赤らめエンケは顔を逸らした。

誤魔化すように杯から水を飲み干している。

「なあ、ヒュド……待て、早い早い」

エンケの手から空になった杯が転がった。

押し倒し首元に口づけていた私の後頭部をぺしぺしと叩いてくる。

「なんだ」

「いや、手を止めようないい子だから」

言われて、無意識のうちに伴侶服の中に差し入れた手でエンケの乳首を撫でていたことに気がついた。

渋々手を止めると、私を押しのけて身を起こしたエンケがおもむろに裾を捲《まく》る。

「？」

「これ……見たことあるか？」

指し示された、露出した足首。

そこに巻かれていたものを見て息を飲んだ。

「……っ!?」

「とりあえず、半年くらいでいいか？」

「エンケ、それは……」

エンケの足首に巻かれていたのは特殊な糸で編まれた組紐だ。

それをエンケが伴侶紋の刻まれた指でなぞり、短い言葉を唱えると、仕込まれたまじないが発動する。

組紐と同じ色の光が現れいくつもの線となり、天幕全体に施された刺繍へ繋がる。

光の線はやがて薄くなり消えていった。

――それは〈伴侶繋ぎ〉と呼ばれている、その名の通り伴侶紋を持つ者を天幕に繋ぎ止めるもの。

繋いだ者の対となる伴侶紋の持ち主しか解くことができない永遠の鎖。

エンケが発動させれば、私が解除するまでエンケはこの天幕から出ることができない。

伴侶が繋ぎ止められている間ギュルセ族は、天幕に籠る時間を定めた掟にも従わなくて良くなる。

伴侶集会でのみ製法が伝えられるというそれを、実際に見たのは初めてだった。

「…………」

「…………」

「…………」

「…………」

固まった私に焦れたのか、四つん這《ば》いで近づいてきたエンケがふに、と口づけしてきた。

「……好きにしていいよ。いっぱい愛し合おう。だっておれら蜜月だろ？」


——ヒュドルが動かない。

「……ヒュドル？」

伴侶繋ぎを見せた直後から、片手で自らの顔を覆ったヒュドルはあぐらをかいたまま微動だにせず、何度呼んでも返事をしなかった。

それだけならまあ、いつものことなんだが、なんだかよくわからない違和感がある。

まさか心臓止まってないよな、と手首を摑んでみたが脈はあった。

生きているならいいかと暇を持て余したおれは天幕の掃除をすることにした。

といっても先日したばかりでそう汚れてはいないが、ヒュドルが復活したら次いつ掃除できるかわからないからな。

巨鳥の羽根でできた箒《ほうき》で棚と床を掃き清める。

ふと、新しいクッションが増えていることに気がついた。思えばさっき座っていた座布団も新しいものだ。

（また買ったのかヒュドル）

無駄遣いはやめろと言うのに必要経費だと言って憚らない伴侶は、それでも最近では配慮したつもりか、こっそりとものを増やすようになった。

だがおれもお互い様だと、密かに買った短刀を荷物から取り出して大剣の傍に置いておく。

ヒュドルはおれの金がヒュドルのために使われることを嫌がるが、おれだって生きている間にたくさんの贈り物をしたいのだ。

この短刀は里の付近でしか採れない特殊な鉱石が使われている。

ヒュドルは旅の途中はあまり短刀を使わなかったが、里に来てからは木の実を割ったりなどにいちいち大剣を抜くのもわずらわしそうだったから、飾り気のないそれを商人に勧められた時に迷わず買ったのだ。

丈夫で希少で上等な短刀は値が張ったが、ヒュドルの大剣と同じ素材のこれならば人間離れした怪力にも耐えられるだろう。

掃除が終わるとやることがなくなった。

ヒュドルを見るがまだ微動だにしない。

仕方がないからヒュドルの背中に寄りかかり、懐から本を取り出した。

ヒュドルが書いた黒表紙の本だ。めくると、もう何度繰り返し眺めたかわからないヒュドルの筆跡に出迎えられる。

ゆっくりじっくり読んでいくと、ギュルセの里で教えられる戦闘法の中に呼吸法の項目があった。

内容はもはや全て頭に入っているが、ふと何かが引っかかる。

「呼吸法…呼吸法……呼吸……!?」

慌てて振り向きヒュドルの背中に耳を当てた。

非常にゆっくりとした心音が聞こえる。普段のヒュドルの半分以下の遅さじゃないだろうか。

そして、呼吸音が聞こえない。

おれが覚えた違和感はそれだった。

「ヒュドル…息止まってないか…!?」

「……生きているだけマシだろう」

「そのレベルなのか!?　これってそれほどのものだったのか!?」

返事はあったが長い時間呼吸をしていなかったせいで非常に掠れていた。

龍の末裔だからか、それとも鍛えられた強靭《きょうじん》的な肉体のおかげか、呼吸が長い時間止まっていても
ヒュドルは生きているどころか気を失ってもいなかったようだ。相変わらず色んなことを無視する超人である。

だが時折、特に里に来てからは超人という印象が揺らぎ心配になることがある。

ギュルセ族、伴侶に弱すぎないか？

ヒュドルだけなのかと伴侶集会で相談したところ、どこも似たような感じらしい。

〈伴侶繋ぎ〉はこのところお預けが多かったヒュドルへの詫びと、おれのしていることが気になっただろうに聞かずにいてくれたことへの感謝の気持ちだったが、早まったかもしれない。

まさかこの様々な法則を無視する、魔王まで倒した最強の男が、こんなことで死にかけるとは思わなかったのだ。

心配で顔を覗き込もうと顔を覆う手に指をかけると、力を籠めないうちに外された腕がおれの背中に回った。

加減されながらも強い力でぎゅうと抱きしめられ、膝立ちのおれの胸にヒュドルの顔が埋まる。

「貴様を残して死ぬつもりはない」

「そうか、なら良いが」

胸元で揺れるヒュドルの銀髪に指を差し入れ梳《す》いた。

手入れを何もしなくとも艶のある若い髪だ。

「ヒュドル、お前多分あと百五十年以上は寿命あるだろ？　変に縮めないよう心臓と呼吸は大事にな」

「…………エンケ、貴様はまた……」

「ん？」

「それは伴侶集会では伝えられないはずだ。どこで知った？」

「……本で」

「またか……」

おれはまたやらかしたらしい。

だがヒュドルももう慣れたもので、おれの口から言い訳が出る前に力強い腕で押し倒された。

「う……」

ちゅ、と乳首に吸いつかれて声が漏れる。

森の探索から戻った時、水浴びついでに里の中専用の伴侶紋を露出する服に着替えたが、早まったかもしれない。

里に来てからヒュドルはやたらと、紋と共に露出するそこを弄《いじ》りたがった。

乳首を舐めるヒュドルはおれに説明を促すように視線を向けてくる。

が、むず痒《がゆ》くてそれどころじゃないし、何よりおれがどこでヒュドルの寿命を知ったかは隠しておきたかった。

芋づる式に、色々バレそうだからだ。

「乳首はやめろって……言ってるだろ……」

服の中に手を入れられもう片方も弄られる。身を捩るがヒュドルの腕に捕らえられては逃げ出すことなんてできなかった。

おれは元々乳首は感じないが、開発すれば感じるようになると本で読んだことはある。

だが性器と、不本意ながら開発されきった後ろ以外で感じることは抵抗があった。

ただでさえ脇腹や喉元が性感帯だとヒュドルによって丹念に教え込まれてきたというのに、この上新しい扉は開きたくない。

前と後ろだけでも感じすぎてヘトヘトになるのだからもう十分じゃないかと言ってもヒュドルは聞き入れてくれないが、乳首を弄られ声を上げてしまうとどうしてもこれまで抱いた女性たちを思い出してしまう。

彼女たちのように柔らかくもなんともない体で、大の男の声帯で、乳首を弄られ喘ぎ声を上げると思うとぞっとする。

男の乳首は弄る場所ではない。

「……好きにしていいと言っただろう」

「言ったが……言ったな、うん。確かに言ったけど乳首は……そうだ、ヒュドル、ちょっと離せ」

「？」

「今日は元々これしてやろうと思ってたんだ。……勢いつけたくてつい飲みすぎたけど」

緩んだ腕から抜け出して身を屈める。

ヒュドルの前をくつろげるとすでに少し硬くなっているものが飛び出してきた。

年下の伴侶がおれで欲情していると思うと少し恥ずかしいが嬉しくもある。

「……相変わらずでかいなあ」

里に来てからそこそこ伸びた髪を耳にかけ、おれが完全に勃起した時よりも上向いてるくせしてまだ半勃ちである若々しいそれの先端をぺろりと舐めた。

少し塩気がある雄の味だ。初めての時はともかく今はすっかり抵抗もなくなった。

……むしろ少し好ましいとすら思ってしまうが、決して口には出せない。

「……エンケ？」

「頼むから、なるべく腰振るなよ……」

同じ男だから酷な願いだとはわかっているが、さすがに恐怖が抑えきれず上目遣いでそう告げる。

おそらく理解していないヒュドルがそれでも頷くと、おれは一息で喉のつきあたりまでヒュドルの雄を飲み込んだ。

「ッ……！」

ヒュドルの呻き声が頭上から聞こえたが、してやったりと思う余裕はない。

喉まで飲み込んでもまだヒュドルの根元は唇より遠くにあった。

ギュルセ族の規格外の一物《いちもつ》を全て口に収める術は、これまで読んできた性技にまつわる本には載っておらず、最後まで含んでやれたことはない。

しかしおれが密かに求めてやまなかった方法が、この里で伴侶達の間には伝わっていた。

集会で教わった通りに喉を開き更に奥まで咥《くわ》え込む。

カリ首が狭い穴をこじ開けていき、つるりと丸い亀頭が喉の深いところを抜け――ぐぽ、と喉の奥から音がした。

息が全くできなくなり、飲み込んだものの脈動と自分の心音だけが耳に届く。

えずきそうになると伴侶紋に意識を集中した。

すると伴侶を守るまじないのおかげで少しだけ楽になり、もごもごと更に飲み込む。

「……っ、エンケ……」

僅かずつしか飲み込めない口淫は自分がやられれば生殺しの地獄だろうと思うが、ヒュドルはおれの頭に手を添えながらも動かそうとせず健気《けなげ》に耐えていた。

生理的に込み上げる涙がとめどなく溢れ絨毯に染みを作る。

霞《かす》みはじめた視界で見上げると珍しく頰を染めたヒュドルの顔があった。

（あ、やばい。これ、なんか……）

自分の意思に反して腰がもぞもぞと動く。

前も後ろも、自分で弄りたくなるほどに神経が高まっていた。

気のせいだと思いたいが、先ほど弄られていた乳首も刺激を欲するようにジンジン疼《うず》いている。

エラの張ったカリ首でえぐられる喉も、電気を流されたようにビリビリと何かが込み上げてきた。

（う……怖《こえ》、なんだこれ。ヒュドル……ヒュドル……っ）

「エンケ……ッ」

恐怖が込み上げ、すがりつくようにヒュドルの腰に両腕を回し、一気に奥まで飲み込んだ。

ヒュドルの下生えが鼻先に当たりまともに呼吸できないが、ヒュドルの匂いを感じて心が落ち着く。

見上げれば顔をしかめたヒュドルが脂汗をこめかみに伝わせていて、可哀想《かわいそう》に、早く楽にしてやらないとと自然に思い一気に顔を引いた。

「……っ！」

「ぷは、あ、……んぐ……っ」

引きずり出して解放された口で深く呼吸をすると、また飲み込む。

勝手がわかったせいか道がすでにできたのか、二度目の挿入はスムーズだった。

パンパンに張った亀頭を飲み込みながら喉であやしてやり、舌で竿《さお》を愛撫《あいぶ》する余裕も僅かに生まれる。

といっても口の中がいっぱいで、押しつぶされた舌を微《かす》かに動かすくらいしかできなかったが。

「んぐ……ぐ……ぉ……」

喉仏の傍を先端がえぐるたび体がビクビク跳ねる。イク時の感覚に近いがこの刺激ではイケない。

尻の中にこのたくましいものが欲しいと思ってしまう。だが、喉の奥に出してほしいとも。

（正気だと羞恥で耐えきれない。だから今のおれはきっと正気じゃない）

ずぶずぶと喉を掘りえぐられるたび目の奥で電流が弾けた。

一度も全部飲み込めたことがなかったからサービスのつもりだったのに。

いつも先にへばってしまうから、先に何度か出させてやろうと思っただけなのに。

（やばい……なにか、クる……ッ）

開発されきった穴がひくつくのがわかった。欲しい欲しいと疼いている。

だがおれの手は縫い付けられたようにヒュドルの腰にしがみついたままで、これ以上どうすることもできない。

体力も何もかもが限界のおれは、無意識に腰を上下させながらヒュドルを見上げた。

——とどめを。

おれは多分、そうねだってしまったのだと思う。

そしてヒュドルは正しく受け止めた。

「……どうなっても、知らんからな……ッ」

おれの頼みを聞き鋼の意志で腰を動かさないでいたヒュドルは、額に青筋を浮かべ絞り出すように呻くと両の手のひらでおれの頭を包み——どちゅんと、腰を突き上げた。

「…………ッ！　〜〜〜〜!!」

びゅる、と喉の奥に重たい精子がぶつかるのがわかった。

粘度の高いそれはもったりと喉の奥に留まり流れていかない。

嚥下しようと反射的に喉が動くものの、その刺激で尿道内のものが更に溢れてきて逆効果だった。

零さないよう必死にんく、んく、と少しずつ飲み込み、甘えるようにヒュドルのものをしゃぶりながら、おれも僅かに射精していた。

だが物足りないと身体が疼き、生理的だけではない涙が溢れてくる。

「んむ……ぐぅ……」

ずろ、と口から萎えたものが引き出された。

おれの喉で温められたそれは湯気を立てんばかりで、去っていく熱杭《くい》に寂しさを覚えつい先端に吸い付けばびくんと跳ねる。

「う……水……」

涙で滲む視界でどうにか水差しと杯を見つけ、一気に飲み干して喉に絡みついた精子を押し流した。溢れた水や涎《よだれ》なんかで汚れた口元を袖で拭い、ようやく止まった涙の跡を消すように目元もごしごし擦る。

「なあ、どうだった……、っ」

振り返ると、獣と目が合った。

鋭い眼光。

息を荒げたヒュドルは、いつだったか森で対峙《たいじ》した肉食獣によく似ていた。

腹を空かせた獣の腕に押し倒される。

「――覚悟しろ」

「……う………」

見下ろされ、体が震えた。

それが歓喜によるものだと、おれは気づかないふりをした。

*

「ひぃっ、ひぐっ、あっ！」

奥を抉るとエンケは仰け反りビクンと痙攣した。

四つん這いだったエンケの腕にはもう力が入っておらず、ガクガク震える膝で辛うじて腰だけが上がっている。

「まっ…いってる、いま、なかで、イって、る、から…ぁ……」

振り向き懇願する涙まみれの目元を舐めてやれば中が震えた。

筋肉が薄く骨が浮かぶ腰を掴み、ゆるゆると弱い抽送を繰り返すと悲鳴のような喘ぎ声が上がる。

「ひぅっ！　あぅ、うぅ、ッーー！」

エンケは力の入らない手で口元を必死に押さえていたようだが、こらえきれず弱々しい指先で敷布にしがみつき快楽を逃すように体を丸めた。

浮いた背骨を舐め上げると中が締まる。

もはや自力で体を支えられないらしいエンケはされるがまま、膝も敷布から浮き上がり私の腕と腰だけで下半身を支えられ揺さぶられていた。

「……出すぞ」

「……ぅ、あ、なか、出て……ぅ、また…またいく……っ！」

何度目になるのか、すっかり濡れそぼったエンケの腹に埒《らち》をあける。

同時にエンケも達し、もはや色をなくした精液が力なく先端から敷布へ垂れていた。

「エンケ」

「ぅ……ん、ひゅど、る」

繋がった身体を仰向けにさせて唇を重ねると、疲労困憊《こんぱい》だろう伴侶は健気に舌を絡めてくる。

伴侶紋や樹液の効果で意識を飛ばさなくなったエンケは力の入っていない腕で私を抱きしめた。

甘やかす時の仕草だが、甘えられているようにも思え、おそらくどちらも間違ってはいないのだろう。

「……また、でかくなってる……」

「……不可抗力だ」

元気だな、と苦笑する伴侶の額に口づける。

待てとは言うが嫌だとは言わないエンケに甘えている自覚はあった。

特に今回は最初から貪るように抱いてしまい、細い体は限界だろう。

だがまだ離してやれそうになく、かといってひとりでエンケの体を使った自慰をする気もない。

薄めた樹液を口移しで飲ませ、まじないでエンケの伴侶紋を活性化させる。

そうして体力が回復するのを待つ間、体を繋げたままエンケの胸に唇を寄せた。

「……ヒュドル、だから、そこ吸っても何も……んっ、出な……て……」

「中が締まる。気持ち良いのだろう?」

「んっ、ぅ、よく、な……ッ」

舐めて、転がし、押しつぶすたび、か弱い男は肋骨《ろっこつ》を浮き立たせ小さく震える。

乳首で感じているというよりは腹の中で私を締め付ける快感の方が強いようだが、無反応だった最初に比べるとずいぶん感度が上がった。

だが、乳首を弄られて高い嬌声を上げることや、存在感のなかったそこが見た目からして変わっていくことがエンケには耐えられないらしい。

「……私は」

「う……？」

「貴様の声はどのようなものでも好ましい。それに、ここが色づき膨れていくことが恥ずかしいならば外出も減るだろう」

「………お前、そういうやつだったよ……」

行為の熱に浮かされ本音を吐露すればエンケは呆れたような声音で、だが顔を赤らめて目を逸らした。

伴侶は里の中では基本的に伴侶紋を露出するが、同時に片方の乳首も見えるため伴侶のそこを開発するギュルセ族は少なくない。

伴侶をより強く感じさせたいという思いは勿論のこと、天幕を出る回数を減らさせたいという思惑もある。

里に知識をもたらしたエンケは伴侶として以外の立場でも大歓迎された。

だがエンケは私の伴侶だ。誰にも見せたくない。里の同族にも、他の伴侶にも。

エンケが望むなら外出を止めることはしないが、本当はずっと閉じ込めておきたかった。

だから夢のような心地で、〈伴侶繋ぎ〉の巻かれた足首を掴みくるぶしを甘噛みする。

「ふ、ふふ……くく……」

「なんだ」

「いや、お前可愛いなあって……んっ」

「ッ」

笑った拍子に繋がったままの場所を締め付けたエンケがぴくりと震える。

腰を動かしたくなる衝動を息を詰め押しとどめたが、体力が僅かに回復したらしいエンケの方からゆるりと腰を回し誘われた。

「エンケ」

もういいのか、と赤らんだ伴侶の頬に手を添え問いかける。

駄目だと言われても誘われた腰はすでに無意識にエンケの奥をごりごりと削っているのだが。

「ん……っなあ、でも…おれも、歳だ、し、新しいこと、怖い、んだ…少しは手加減…っ、してくれ、よ？」

「……貴様が長生きすれば済むことだろう。これまでと同じ長さを生きれば、今はたかが人生の半分だ。まだ若い」

「んッ、……ふは、そ、か……そ、だな……っ」

乳首に口づけてもエンケはもう止めなかった。

色づきはじめたそこで感じることを覚えさせるよう、抽送と同時に弄ってやれば押し殺した喘ぎ声が聞こえる。

そのうち、ここを弄られただけであられもなく泣き叫び射精する体にしてやろう。

乳首だけじゃなく、尿道も、尻の奥深くも、開発しきっていない場所が山ほどある。

快感で泣き叫び歳だの、世間体だの、常識だの、余計なことを全て忘れてしまえば良い。

何も考えられず私だけを見るようになれば、そうすれば。

――エンケは私の唯一の望みを許してくれるだろうか。

＊

〈伴侶繋ぎ〉のある日々は夢のような心地で、二人きりの生活に飽きなど来るはずもなく瞬く間に時が過ぎていった。

ぺら、とページを手繰る音で目を覚ます。

「ヒュドル、起きたのか？」

私に膝を貸し、クッションにもたれて本を読んでいたエンケが気づいて微笑んだ。

身を起こし天幕の天井を見上げる。

日の傾きと体内時計からして一刻ほど寝ていたようだ。

「ああ。痛くないか？」

頭を乗せていた膝に指を這わせる。

服をめくると案の定、やや赤くなった肌が覗いた。

「……ヒュドルくん、おれも一応普通の男だからな？」

人ひとり乗せたところでどうってことないとエンケは笑う。

しかし念のため撫でさすりながら癒しのまじないをかけると、くすぐったいと身を捩った。

昼寝だと私の膝で眠るエンケがあまりに心地良さそうだったため「おれもたまには膝を貸そうか」という提案につい頷いてしまったが、私より何周りも細い肉の薄い足に私の頭は重かったはずだ。

だがエンケは嬉しげに破顔し頬をかく。

「寝心地は悪かっただろうけど、おれは嬉しかったな。布団でもないのにお前があんなに気を抜いて眠ってるの新鮮で」

「……寝心地は悪くなかった」

「そうか？　次は腕枕してやろうか」

「それはいい」

エンケを後ろから抱きしめあぐらをかいた膝に乗せる。

以前は座り悪げにもぞもぞと動き抜け出そうとしていたが、今はすっかり慣れて丁度良い場所に自ら収まってきた。

「……またその本を見ていたのか？」

エンケの肩ごしに読んでいた本を覗き込めば、私の拙い筆跡がページを埋め尽くしていた。

今も整っているとは言い難いが、文字を知ったばかりの頃は特にひどいなと顔をしかめた。

エンケはなぜこればかり読むのか。

「この本は特別だからな」

「それにしても、もう半年以上そればかりだろう」

〈伴侶繋ぎ〉で天幕に籠りはじめる前――あるいはもっと以前からずっと同じ本を読んでいるように思う。

里に来たばかりの頃や〈伴侶繋ぎ〉で天幕に籠った当初は体を交えてばかりだったから読む余裕がなかったとはいえ、それ以外の時間はほとんど読んでいるのだからさすがに異常だろう。

一度読んだ本の内容を忘れないエンケはとっくに全て記憶しているはずだ。

そもそも、里にいるのだからわざわざ読まずとも見るなり聞くなりするだけでギュルセ族の情報は如何様《いかよう》にも手に入る。

「まだ読み足りないんだよ。——ヒュドル？　んっ」

本に嫉妬したわけではないと思いたいが、言い知れぬ不快感を覚え抱き込んだ男の乾いた唇に口づけていた。

舌を絡ませ引き寄せて吸い上げると、困ったように眉を下げたエンケは本を膝に置き背中と頭に腕を回してくる。

「いきなりどうしたんだよヒュドル、ん……んむ……ふっ……ぅ……」

背中にすがりつく腕が心地よく、頭に回された手が私の髪に指を埋《うず》め引き寄せようとする感触に陶酔する。

しばらく夢中になって貪っていると、ふいにぼたりと音がした。

「……あ！」

見れば膝にあった本の表紙に互いの顎から滴ったものが落ちており、慌てた様子で体を離された。

だがエンケが思わず上げた声は本が汚れたことへの焦りというよりはもっと深刻な——隠し事が露呈した時のようで。

かつて娼館に行こうとしたところを私に見られた時と同じ声音に、エンケが咄嗟《とっさ》に隠そうとした本を掴み上げていた。

「……？」

私が自ら装丁した、黒イノシシの革の表紙。

耐久性が高い代わりに汚れはつきやすいはずのそれに、今の唾液の染みが見当たらない。

いや、それどころか――汚れひとつ見当たらない。

「やめっ……返し……」

取り返そうとするエンケを片手でいなし本をめくる。

中の紙も丈夫なものを選びはしたが、あれだけ繰り返しめくっていれば傷んでくることは十年がかりで書いた本人がよく知っている。

だが本は中身もほとんど、エンケに渡す前、最後に自分で開いた時と変わりなかった。

新しい汚れも傷みも存在しない。

――まるで時を止められたように。

「……エンケ」

「…………うぅ……」

「時空干渉は喪われた世界魔法のはずだが……？」

「うぐぅ……っ」

世界魔法は時空、次元という世界の法則に関わるものであり、〝文明の間引き〟と異なり『神自ら完全に消滅させた魔法である』――と。私にそれを教えた教師は否定せずに身をすくめ小さくなっていた。

「話したくない」だの「言ったらさすがに幻滅される」だのと言い募るにつれ私の機嫌が悪くなっていくことに、縮こまって目を泳がせていたエンケも気がついたらしい。

焦った様子で必死に言葉を重ねる。

「い、いいだろ、おれにも秘密にしたいことくらい……」

「貴様が魔法を使えない以上、別の者が魔法をかけたはずだ。私に話せず他の者が事情を知っているのが気に食わん」

「………ヒュドル、もしかしてお前結構おれのこと束縛したい……のか？　里に来てからかなり自由にさせてくれたから放任主義なのかと思ってたわ」

「……」

基本的に天幕に閉じ込められているというのに私を放任主義と評すとは、里に馴染んだエンケらしい言葉だった。

旅の間に立ち寄った町や国でもそうだ。この男は気がつけばその土地に馴染んでいる。知識欲から風習などを吸収しやすいようだ。

そのせいか敵ができにくく、見知らぬ土地に滞在する助けになったことも一度や二度ではない。

確かに私はギュルセ族としては珍しいほど伴侶を自由にさせていた。

元来、伴侶が天幕から出る場合はどこに行くにも共にあるのが里での通常だ。

例外は伴侶集会くらいのもので、エンケのようにギュルセ族の同伴なしで里を降り森を散策することなどほぼない。

そもそもエンケが籠を開発するまで常人は自力では崖の登り降りができなかったという点も大きいだろうが。

「エンケ、私は貴様の全てが知りたい」

「……おれはそんなに綺麗な人間じゃない。知られたくないことだってある」

「――貴様がどれだけ卑怯《ひきょう》だろうとも、卑劣で下劣で手の施しようがないほど醜悪な行いをしようとも」

エンケの腕を引き絨毯に押し倒した。

覆いかぶさり、逃げようとする顔を顎を摑んで押さえ、こっちを見ろと耳に吹き込む。

私から取り返した本に縋る手を解かせて指を絡め、足を膝で押さえ逃げ出せないようにした。

見下ろしたエンケが目を閉じようとすれば瞼を舐めて開かせ、抗わせないうちに言葉を紡ぐ。

「――禁忌に手を出すほどのそれは私のためだろう？」

「……‼　おま、な、おま……っ」

エンケは私の愛が重いと言い全幅の信頼を置いているが、私とてエンケからの愛情は強く感じている。

そうでもなければ約束したとはいえ、エンケを損なわないためだとはいえ、ひとりで天幕から出ることを許せなかっただろう。

エンケの愛情はギュルセ族ほど直接的でも衝動的でもなかったが、沁《し》み入るように、土地の風習に馴染むエンケそのもののようにいつの間にか私の中に根付いていた。

エンケの視線が、言葉の端々が、行動が、とろりとした甘さを帯びて愛情を与えてくる。

教え子や旅の仲間として向けられてきたものとは明らかに異なる色を孕《はら》んだそれに、私は満たされてきた。

だから確信を持って言えるのだ。

俗世から切り離されたこの里で、我が伴侶がこれほどまでに心動かし心を砕き心を乱すのは私についてのみである、と。

エンケの愛は様々な形を持って世界中の教え子とやらに配られているが、常識を破ることを恐れるこの軟弱者が禁忌とされる世界魔法にまで手を出すのは私に関わること以外あり得ない。

この約一年の蜜月でそれだけの愛情を受け取ってきた。

「お前、何をどこまで知ってるんだよ……」

「ただ、貴様からの愛情のみを。――幻滅などするものか」

薄い肩に額を擦り付ける。

胸の内から溢れる喜びが言葉にならない。

長い人生で様々な経験を積んできたこの男は常識の枠に捕らわれ自らを強く律してきた。

それが初めて知識を存分に奮い、禁忌にまで手を伸ばした。

――エンケ自身の欲望のため。

そしてその欲望は全て、私に繋がっている。

「愛が重いな、エンケ」

「……そうだよ、滅茶苦茶重いよ」

「貴様からの愛情を疑ったことはないが、淡白だとは思っていた」

「鎖でも用意してやろうか。おれからの愛情が薄いと思ったら、いつでも繋いでいい」

「魅力的な提案だが、今これ以上の刺激を得ると心臓が止まるからやめろ。……今はそれより欲しいものがある」

顔を上げ耳の下や首筋に口づけを落とす。

額に、瞼に、頬に、そして唇に。

「言葉を紡げ、エンケ。このよく回る口でいつものように解説し、重い愛を見せてくれ」

＊

半年という期間はまだ少し残っているが、外に出ていいかと問われ私は頷いた。

エンケを縛る〈伴侶繋ぎ〉をまじないを籠めた口づけで解き、どちらからともなく手を繋いで天幕を出る。

その際、エンケは例の本を台の上に置いていった。

いつも肌身離さず持っていたのに珍しいものだと思う。

エンケに誘われた先はナキガラの森。

天幕にいる間に季節は移り変わっており、手を繋いだままサクサクと柔らかな落ち葉を踏みしめて進む。

「……これ、デートだな、ヒュドル」

「不意打ちで言うな」

エンケの何気ない呟きに体が強張りかけた。

変に力が入って手を握りつぶしたらどうするつもりだ軟弱者め。

デートなどという言葉で動揺する私も私だが。

デートなど互いに初めてではないし、我々は十年以上共に旅をしてきた。里に来てから二人だけで出かけたことも何度もある。

今更特別なことは何もないはずだがなぜか面映ゆい。

繋いだ手から伝わる鼓動で、エンケも同じ心境だとわかった。

ここだとエンケが足を止める。

目の前には森に古くからある大樹のひとつがそびえていた。

「――簡単に言うとな、この本には」

「……それは……」

エンケが懐から黒の革表紙の本を取り出し、不覚にも驚く。

エンケは困ったように眉を下げ、本を開いて見せてきた。間違いなく天幕に置いてきたはずの、私が書いた本だ。

「こうして一定距離離れたらおれの手元に来る空間魔法、貰った直後の状態に巻き戻し固定する時間魔法。おれとお前以外は中身を読めない認識阻害と、転写や複写の禁止と、あとは――まあ色々とかけてある。ヒュドル」

エンケは本を頭上高くに放り投げた。

「斬ってみな」

即座に大剣を抜き斬りつける。

落下する本など簡単な獲物で、間違いなく両断するはずだった。

だが剣は何も断たない。

手応えすらなく空を斬っただけだった。

「次元をずらしてあるからこの本は『ここにあるがここにない』。読んだり触ったりすることはできるが本が本以外の形状になることはこの次元では起こり得ない。だから破ったり燃やしたりすることで喪われることはない」

「手が込んでいるな」

「まあな。……きっかけは、難しいがそうだな、この森でヴォオギトと会った時になるのかな。ってなんだよヒュドルそのなんとも言えない顔」

「………………貴様、森で他の者と会っていたのか」

エンケからの愛情は疑っていない。

だから浮気などとは思わないが、フユと散策に行くという場所がナキガラの森であったことがことのほか私の平穏に繋がっていたらしい。

獣道を知り尽くした同盟族や里の者以外は魔獣に食われるか妖精に惑わされ、抜けることすら難しいこの森に立ち入ろうとする人間はほとんどいないからだ。いてもすぐに死ぬため出会うことはほぼない。

フユという有能な護衛がいなければエンケとて半日も保たずに命を落とすだろう。

「ヴォオギトは昔の教え子で――うおっ!?　なんだ!?」

突如、バキバキバキと枝を折りながらエンケの背後に落下してきた巨体に軟弱者は腰を抜かした。

気配と音でわかっていたため動じなかった私は、足にすがりつき震えている伴侶を腕に抱き上げ落ちてきたものを見せてやる。

「巨鳥だ」

「ヒュドルお前…また落としたのか」

「この時期は脂が乗っていて美味い」

「おれササミのところがいいな」

先ほど本を斬った際に放たれた剣風が雲の上を飛んでいた巨鳥に当たったらしい。

嘴は珍味だと聞いたがエンケは好むだろうか。

「……帰るか、エンケ」

「もう帰るのか？」

「時間はある。今は二人きりになりたい」

「素直……」

結局この日は話を切り上げて鳥を捌き、里に帰った。

天幕で蕩けるように抱き合い、疲れ切って横たわるエンケに口づける。

「……次からは森へは私も共に行く」

「ふはっ……いいよ」

微笑む伴侶から返された口づけに、私は芽生えた嫉妬心が消えて行くのを感じた。

翌日、仕切り直した私達は例の大樹の前にいた。

「なあヒュドル、そろそろ降ろし……」

「駄目だ」

「過保護か……お前がかけてくれた治癒のまじないのおかげでもうすっかり痛みはないよ」

今朝方、久々に長く歩いたせいか膝が痛いと言い出した軟弱者は今私に抱きかかえられている。

軟弱者が軟弱者であることを忘れてはいなかったが想像を超える軟弱者だったらしい。里唯一の医者に診せたところ、長く歩いたことの他に半年近く気温の変化がない天幕に籠っていたせいで外の気温に体が慣れていないのだろうと言われた。

医者に診せたその足で羽織と肩掛けと膝掛けを新調し手足ごと纏めて簀《す》巻《ま》きにしたからか、エンケは芋虫のようにもぞもぞと身を捩りながら腕の中で居心地悪げにしている。

「軟弱者め……」

「心配させて悪かったって」

「心配などしていない。……だからこれからも痛みがあればすぐに言え」

「……ああ、了解」

私を見てなぜか柔らかく笑ったエンケは「しょうがないなーもう少し過保護な伴侶に抱えてもらうか」と逃れようとする動きをやめた。

力を抜き体を預けられる重みに口元が緩む。

「じゃあ、もう少し大樹に近寄ってくれるか？　……そうそう、ここくらいでいい。ちょっと腕を出させてくれ」

「寒くないか」

「むしろ暑いくらいだ。お前とくっついてたらあったかいしな」

今日は昨日より気温が低い。

冷えで関節を傷める軟弱者の腕を出させることに躊躇《ちゅうちょ》するが、暑いという言葉に嘘はないらしくこめかみにうっすらと汗が滲んでいるのを見て肩掛けを解き腕を解放してやる。

「これを使え」

「手袋？　どうしたこんな高級品…ふはっ、ふっ、ふふ……っ、お前ほんとに過保護だな……！」

エンケを片腕に抱え直し腰の物入れから革手袋を取り出して渡した。肩掛け等と一緒に買ったものだ。

それを見てエンケは口元を押さえ愉快そうに笑う。

「大丈夫だよ、おれこれでもまだそこまでは老いてないつもりだぜ？　でも気持ちは嬉しい、ありがとうな」

エンケは手袋をはめると両腕を私の首に回し軽く口づけた。

笑われるのは不本意だがエンケが楽しそうにしているのは悪くない。

悪い、こらえ切れない、とそれからもエンケはひとしきり声を上げて笑っていた。

謝られるがむしろ、出会ってから今までずっと年上の男としての顔しか見せてこなかったエンケの自然体の姿に、心臓が歓喜して不規則に跳ねる。

もっと見せろ、と口づけしながら告げればエンケはなんのことだよ、と首を傾《かし》げながら口づけを返してきた。

「……？」

しばらく口づけを交わし合っていると、ふいに大樹から小さな光の粒が舞うように落ちてエンケの肩や頭で止まる。

妖精かと思ったが光は小さく、本体である妖精の姿も見えない。

「あ、まだ呼んでないのに来てくれたのか」

「なんだそれは？」

「妖精の…なんて呼べばいいんだろうな、指先…みたいなものだな。〝隣〟にいる妖精がこっちに干渉する時の使い魔って言う方がわかりやすいか」

「なるほど。……そんなものが出てきたということは貴様の知人とやらが今我々を見ているのか？」

「見てはいないと思う。こちらの五感の概念は〝隣〟とは違うしな。おれの声と気配に反応して出てきてくれたようだが」

手袋をはめたエンケが綿毛のように舞う光に手を差し伸べると、手のひらにふわりと集まっていく。

全ての粒が集まると徐々に光が薄まり、それが消える頃エンケの手には先ほどまで無かったはずの不思議な光沢を持つ薄い石片のようなものが残されていた。

「初めてこの森を散策していた時にさ、おれの元教え子――妖精で、今は〝隣〟に住んでいるヴゥオギトという子が妖精の巣を経由して会いに来てくれて、『先生が興味持ちそうな本があったよ』ってこれを見せてくれたんだ」

「それが本…？」

薄い石片にしか見えなかったそれは、言われてみれば細かな傷のようなものが無数に刻まれている。

文字、に見えないこともない。どことなくギュルセ族の文様に似ていると感じる。

「これは千年くらい前まで使われていたミナケシー文字。すごいぞ、これはな――龍の鱗《うろこ》に彫られた、お前の先祖達の手記だ」

「龍の手記か」

「ああ」

　エンケは鱗だという石片の縁をすり、と撫でる。

「おれはこれで知ったんだ、世界魔法と……お前の寿命のこと」

「この鱗に書かれているのは恋文だな。他の樹《き》にも日記とか、記録とか、色々あったよ。生え変わりで取れた鱗に書くのが流行したらしい」

「他の樹？」

「これらの鱗は龍の亡骸《なきがら》と共にあり、樹の一部となった。でも内部で形を留めたまま成長と共に押し上げられて露出し、それを樹に住む妖精が時折見つけるんだと。妖精達の寝床になっているからヴォオギトの口利きで少しの間借りて読ませてもらってたんだ」

　触ってみな、と渡される。

　千年以上前のものであるはずなのに欠けのひとつも見当たらない鱗は硬さの他に柔らかさとしなやかさも感じる奇妙な手触りをしていた。

「森中を散策してこれを読んだのか」

「ああ。つい夢中になってな」

　読むか？　と聞かれ頷くとエンケは音読する。

『二つ足の同胞よ我が愛しい伴侶よ』

そんな一文から始まり、他愛ない恋文が続く鱗。

ひとつひとつには僅《わず》かな情報しかないが森中の鱗とこれまで蓄えてきた知識から、喪われた世界魔法の発動式や人となったギュルセ族の寿命、ついでにギュルセ族にも詳細は伝わっていない龍が人間になった歴史的背景などをエンケは読み解いたという。

「第二神代と呼ばれる時代の終わり頃に『神話の終焉《しゅうえん》』という歴史的転機があって、とある日を境に世界からゆるやかに神話が消えていったらしい。その中で最後の龍族の半数は人に変わり子孫を残しながら短い寿命で暮らすことを選んだ。だが人になっても龍族の寿命は普通の人間より千年近く長く、伴侶が龍ならまだいいが人間の伴侶を見つけた者は孤独に狂い、伴侶を喪う嘆きで世界が壊滅しかけたこともあったという。その際に関わった『旅の王』という二人組の魔導士が、龍としての力が特に集まる利き腕にまじないを彫り力と寿命を抑えた——そんな感じだな。刺青の詳細が書かれた鱗もあったがその後長い時間をかけて改良されたようだから、昔は抑えて五百年ほどだったらしいけど今の寿命は長くて二百年くらいか？」

この文様がよくわからんと思ってたら寿命を抑えるまじないだったんだな、とエンケは私の二の腕にある刺青をなぞった。

ついでのようにちゅ、と口づけされる。

「あれ、今震えたか？」

「震えてない」

そこまで読み解いているなら利き腕に口づける意味もわかっているのかと思ったがどうやら気づいていないらしい。

文献を結びつけ解き明かすことは得意だが想像で補完するのは苦手なエンケは、どこかに書かれていない限りは利き腕への口づけを『伴侶紋が何かしら作用している秘術』だと信じ続けるのだろう。あるがままを受け入れるのはエンケの長所ではあるが。

「……それでよく世界魔法を復活させたな。危険はなかったのか」

「な、なんで呆れてるんだよヒュドル。いや世界魔法はおれひとりじゃどうしようもなくて、伴侶集会で助けてもらった」

「集会で？」

「何きょとんとしてるんだ？　ギュルセ族の伴侶は…ああ、そうか。ギュルセ族にとって他人の伴侶のことを知ろうとするのはマナー違反だったたな。実際に会ってびっくりしたけどさ、伴侶の中にしれっと大魔法使いや伝説の錬金術師がいたんだよ。それにおれ以外の伴侶は皆魔法が使えるから集会で知恵を貸してくれてな。ああでもないこうでもないと全員で試行錯誤を繰り返したおかげで実用化できた。打ち上げでめちゃくちゃお祝いしてもらってさ、飲みすぎてただろおれ、半年前に」

「あの時か…」

読み終わった鱗をエンケが掲げると、再び降ってきた光の粒が表面に集まり鱗ごと消えていった。

手袋を外したエンケはごそごそと肩掛けの中に腕を戻し私に体を預ける。

「……だが、なぜその本にそこまで執着する？」

「ん？」

「里に来てから、いや来る前から貴様は私の書いた本ばかり読んでいた。だが他の本が読めないわけではないのだろう」

この広い森の中全てを散策し鱗に書かれた文書を読むという執念じみた行為は、エンケが本への興味を失っていない証だった。

――ふと引っかかる。

エンケはいつから私の本しか読まなくなったのだったか？

少なくともヒューを連れ旅に出たばかりの頃はそれまでと変わらずに幅広く読んでいたはずだ。

エンケは包まれた布の下でもぞりと動き、本があるらしい胸元を撫でる。

「おれがこれしか読まない理由か。他の本が読めない…じゃなくて、そうだな、『他の本が全部読めるから』だな」

謎かけのようなことを呟いたエンケはふと遠くを見た。

遠い過去を振り返るような眼差《まなざ》し。

「なあヒュドル、『心に持つ一冊の本』の話、知ってるか？」

知らんと返せばそうだよな、とエンケは苦笑した。

ギュルセ族と戦闘にまつわること以外の知識はほとんどエンケから得ているのをこの男は誰より知っている。

「『人は誰しも心に一冊の本を持つ』という昔の哲学者の言葉があるんだ。この本というのには比喩的な意味合いも含まれていて、心の支えや指針になる言葉や人間なんかも含まれる。お前の場合はギュルセ族の掟がそれに当たるんじゃないかな」

「ふむ」

指針というなら私にとっての掟は確かにそうだろう。

なければ今頃、私に限らず多くのギュルセ族が不幸になっている。龍の末裔がこの世界で幸福を得るには伴侶と掟が必須だ。

「おれはこの言葉が大好きだった。でも色々あって――おれの胸にあった一冊の本は失われた。それからのおれは抜け殻同然で、辛くて辛くて、お前達と旅した十年で大分楽になったけど、胸にぽっかり空いた穴は埋まらないままだった。でもな」

エンケは目を伏せ、布の下で胸を撫でたようだった。

ここ一年で見慣れた仕草だ。

エンケはいつもそこに――私の本をしまっている。

「ヒュドルに本を貰った時その穴が埋まったんだ。気がついたのはヒューを連れて里に向かう途中、出版されたばかりの本を偶然手に取った時だった。『勇者達の物語』という本で、王都の元宰相が書いた、これまで魔王に挑んだ数々の勇者達の記録だったんだが、おれはそれが読めないはずだった。それなのに全て読むことができて、同時にこれまで読んだ本の内容も思い出せることに気がついた」

「…貴様に読めない本があったのか？」

「ああ。昔心にあった一冊が勇者にまつわるもので、それが失われた時以来勇者の名前が認識できなくなってたんだ。普通はそこまでの影響はないはずなんだがよっぽど依存してたんだろうなあ。当時は滅茶苦茶辛い環境だったし」

辛さの倍は幸せも貰ったけど、と独りごちたエンケは遠くを眺める。

その蕩けるような眼差しに、誰のことを考えているとと悋気が湧き上がりかけたが、ふいにエンケが寄り添ってきたことでかき消えた。

私の腕に抱えられているとはいえ、全身の力を抜き全てを預けるような仕草は悋気など湧く隙を与えない。

――不幸を幸福で相殺してきたこの男が、他ならぬ私の腕の中で今はただ幸福のみを甘受している。

無意識のうちに喉がごくりと動いていた。強い渇きを覚える。

エンケ・ロープスという男が私に抱く全ての感情を暴き立て喰《く》らい尽くしてやりたいと臓腑《ぞうふ》が疼いた。

もしかするとこの男の腹の奥深くに――私の唯一の望みを叶えるものがあるかもしれないと期待してしまう。

最愛の伴侶を得て、愛を返された私がこれ以上望むことがあるとすればたったひとつ。

しかしこの男がそれを許すことはないだろうと長い付き合いで知っていた。

それでも捨てられない期待が胸の内で燻っている。

「失われた一冊の本は心に戻ってきたが、そこにはすでに違う本が収まっていた。お前のくれた本だよ、ヒュドル」

エンケは本を撫でる。

離れても手元に戻る本。エンケと私以外は読めない、禁忌の魔法により時すらも止められた本。

私に対しては見せようとしないエンケの独占欲がそこにあった。

「……あのさ、ヒュドル」

エンケが目を泳がせる。躊躇いがちに、言いにくそうに体を強張らせた。

「なんだ」

頬に口づけ視線を引き戻す。

エンケの言葉で全てが語られるまで逃す気はなかった。

どのような内容でも暴き立てる。

エンケの向ける独占欲や執着は私にとって喜びにしかならないと、この男は知らなさすぎだ。

「その…さ、この本にかけた魔法で実はおれ、元々……」

だが、続いた言葉はエンケを知る者にとって意外なもので。

「不老不死になろうとしてたんだ」

意表を突かれた私は目を見開いた。

「さ…さすがに引いたか？」

怯えを孕んだ声で尋ねられ、目を見開いたまま首を横に振ればほっとしたように腕の中の体が弛緩《しかん》した。

——不老不死は禁忌中の禁忌。

運命の神自ら世界魔法を消し去ったのもそれが理由だと言われている。

運命の神に従わないギュルセ族ですら、不老不死を求めることは禁じられていた。

不老不死は生命の法則を崩す災厄の芽。この世界そのものを壊しかねない規格外の魔法。

何より、人より長い寿命を持ちながら人の伴侶を得る我々ギュルセ族は寿命の違いにより引き起こされる哀《かな》しみをよく知っていた。

この男がその哀しみを知らないはずがない。

寿命の差をモチーフにした悲哀物語が星の数ほどあることを他ならぬエンケが旅の中で語ったのだ

から。

「ん…あのさ、ちょっと降ろしてくれ」

「しかし…」

「過保護め。大丈夫だって、ずっとこうしている方が足が弱りそうだな？　と微笑まれ渋々エンケの足を地につける。

ほ、と小さく息を吐いた姿にやはりこの男は大地と旅を好むのだと感じた。

私からすると細すぎる二本の足でもしっかりと地面を踏みしめるエンケはいつでも遠くを、広い世界を見つめている。

「まあなんだ、おれの大事な人はほとんどおれより若いから、大体おれが先に死ぬだろ。でもおれが死ぬと後を追いそうな教え子が何人かいて、そんなことさせるくらいならおれが不老不死になって見送るのもいいなと」

「禁忌に手を出す理由が教え子か」

エンケが教え子共を溺愛しているのは知っていた。

旅の途中で再会した教え子と嬉しそうに会話するエンケに、当時は自覚がなかったが独占欲を発揮していささかしつこく抱いたことは一度や二度ではない。

「勿論お前も入ってるからそんな顔するなって」

「……私はどのような顔をしている」

「んー…おれを丸ごと食いそうな顔」

ちゅっと軽い口づけが唇に落とされ離れていった。

それだけで胸に湧いていた澱みが霧散するのだから私も弱くなったものだ。

「……やめたのか、不老不死は」

エンケは私が着せた膝掛けや上着を脱ぐと丁寧に畳んで落ち葉の上に置いていく。

下から現れたのは見慣れた伴侶服だが、森の魔力のせいかかつてどこかの絵画にあった聖人のように静謐《せいひつ》な空気を纏っているように見えた。

「ああ。教え子達には悪いけど、やっぱりおれは人間としての生を手離せない。昔から様々な物語で描かれてきた不老不死というものに興味がないといえば嘘になるが、もっと大事なものができた」

エンケがふいに膝をついた。よろめいたのではなく、自分の意思で。

片膝をついたエンケはまっすぐに私を見上げている。

「おれはお前を見送りたくも、お前に見送られたくもない。なあ、ヒュドル。おれの伴侶」

エンケの乾いた温かい両手が私の左腕を取った。

恭しく持ち上げて額につけ、口元に運び刺青に覆われた手の甲に口づけを落とす。

その仕草は古《いにしえ》に滅んだという国の壁画で見たことがあるもので。

運命の神が現れる以前の時代の求婚の仕草だと、解説したのは目の前の賢者だ。

手の甲に口づけながら、エンケの青い瞳は私を射抜いていた。

「おれと同じ時に死んでくれ、ヒュドル」

はっきりと告げられた言葉にどくり、と心臓が跳ねた。

その音が耳に届く前に身体が動く。

「――――ッ！」

エンケの襟首を掴み上げ唇に噛み付くように口づけた。

片手で頭を、もう片方の手を腰に回し密着する。

それでもまだ足りず、落ち葉の上に横たわらせ可能な限り体を重ね唇を貪った。

「んんっ、ん…っ、は、ヒュドル……？」

エンケも私の背に強く腕を回していたが、ふいに離れ私の頬を撫でた。

その手が雫に濡れている。

「泣いてるのか……？」

頬を伝う不快感。

涙。

そうか、エンケの手を濡らすのは私の涙なのか。

「……」

とめどなく溢れるそれを拭うエンケの手に頬を擦り寄せる。

生まれて初めての涙は不快だったが、それ以上に体の変化が問題だった。

何かを言おうとしても声が出ない。

唇がわななき、喉の奥で我先に溢れ出そうとする言葉がそのあまりの数に詰まっている。

エンケもそれがわかったのか、小刻みに震えている私を抱きしめ根気強く背を撫でた。

溢れ出す涙がエンケの服の肩から滴らんばかりになる頃、ようやく喉から一言絞り出される。

「それは、私の――」

「うん」

「唯一の望みだ……ッ!!」

エンケは笑った。太陽のように、輝かんばかりの笑顔で。

涙に滲む視界でもそこに曇りひとつないことがわかる。

嗚咽とおぼしきものが込み上げそうになるのを押しとどめ、発した言葉は情けなくも震えていた。

「貴様は、決して許さないと思っていた……」

二十年先に死ぬ如きで悩んでいたエンケのことだ。

更に百年も寿命があると知られれば、全うし最悪の場合新たな伴侶を見つけろとまで言うだろうと考えていた。だから今はまだ寿命のことを告げる気はなかったのだ。

結局エンケは自分で寿命の知識を得たが、その上で私の望みを許すどころかエンケの望みとして提示する。まるで奇跡だった。

「……ずっと気になってたんだ。里にはさ、独り身のギュルセ族がいない。老いたギュルセ族もいない」

エンケは私の前髪をかき上げ、涙を吸い取るように眦に口づけた。

「龍達の鱗を読んで確信したよ。複数の龍族が一定の時期に遺書をしたためていた。時代的に、寿命が短い側の伴侶の寿命が尽きる頃だ」

つまり、とエンケはひと呼吸置き視線を僅かに泳がせてから、再び私を見つめた。

「――伴侶が死ぬとギュルセ族は死ぬ。狂うか、自殺か…方法は様々だろうな。里に、地質的に不自然な形の洞窟があったから、あれはギュルセ族か祖先の龍が暴れた痕跡ではないかと考えている」

「……正解だ」

固く巨大な岩山を貫通している修行の洞窟は、伴侶を失い狂ったかつてのギュルセ族が死ぬまで体を打ち付けた末にできたものだ。そのギュルセ族は洞窟を貫通させた場所で事切れていたと伝わっている。

「それを知ったからお前を看取れる不老不死になりたくなった。お前を悲しませたくない、狂わせたくない。だけど、お前のいない世界で永遠に生きることはおれには無理だ」

「…貴様も岩山に穴を穿《うが》つか？」

「さあな。…そうだな世界を滅ぼそうとする魔王にでもなるかな。お前なら生まれ変わっても戦闘馬鹿だろうし、魔王になっておけば会いにきてくれるだろ」

「……私は貴様に剣を向けることはできない」

「奇遇だな、おれもだよ」

向かい合わせに抱き合い、軽い口づけを重ねながら戯れの会話を交わす。

涙はいつしか止まっていた。

非常に穏やかな心地で、今が永遠に続けばいいなどといつか街で見かけた詩人の詩が頭をよぎる。

「二人で不老不死になろうとは思わなかったのか？」

「……不老不死の魔法っていうのは、簡単に言うと人間と別物になるんだ。生き物ですらなくなる。どれほど後悔しても戻ることはできず、世界が滅んでも消滅することは不可能。他にも五感の一部を失ったり感情や記憶が欠落したりと、副作用が多い。お前に使うのは嫌だなあ」

「貴様そんなものを自分で行おうとするな」

そこまで知りながらまだ不老不死への興味を失っていないらしいエンケの知識欲は底無しがすぎる。

オリヴィエやエリーが時折頭を抱えていた理由がわかった。

「ん…やらないさ。お前と一緒に死にたい」

「…私もだ。最後まで、人として貴様と共に」

龍の末裔であり龍性を強くして生まれた私を人間にしたのはエンケだ。

この身を別物に変える気はさらさらない。

「……本にさ、実はもうひとつ重要な魔法を施していて」

「なんだ？」

「おれが死んだらこの本も一緒に消滅する。どれだけ離れていても、世界の端と端にいても」

「——……」

「お前にもかけていいか？」

私は溜め息をついた。

「最初に私にかけるべきだろう」

無論それほどまでに離れる気はないが、と抱きしめた時、エンケの胸にある本にぶつかった。

これまでは気にならなかったのに苦々しく思い取り出して放り投げる。

「あっ投げるなよ」

「戻ってくるならばいいだろう——私の望みを先に本ごときが叶えたなど腹立たしい」

「……悪かったよ、ヒュドル。いや、……」

エンケが私の胸ぐらを摑み、嚙み付くように口づけた。

「愛してる、ヒュドル」

「…私もだ、エンケ」

愛しく臆病な軟弱者め。


少しは歩きたいというエンケの希望で帰路は徒歩になった。

どちらからともなく手を繋ぎ並んで歩く。互いに刺青の彫られた指を絡め、時折その指を組み替えて伝わる温《ぬく》もりを味わった。

エンケは天幕に戻ったら藍闘の家の伴侶に向けて手紙を書くという。

「おれじゃ魔法を使えないから本にかける時はオルドパルドに頼んだんだ。お前もそれでいいだろ？」

「構わない」

藍闘の家の長男——今はセツと名乗っているのだったか。あいつの利き腕に口づけることができるのなら相当な手練れだろう。

何より、エンケが信頼しているのならば誰でも良かった。

エンケの見る目を信用しているのは元より、己に魔法が使えればと一番悔やんでいる男に躊躇など微塵《みじん》も見せる気はない。

(口づけ……)

繋がった腕をふと意識する。

私の刺青とエンケの紋は元々二つでひとつ。今は溶け合うように重なっていた。

手を繋ぐ程度であれば簡単だ。

だが『紋を持つエンケが私の紋に口づけること』は本来ひどく困難であるはずだった。

伴侶紋を持つ者がギュルセ族の利き腕に口づける意味を、そろそろ教えても良いだろう。

今のエンケに隠す必要はもはやない。

「エンケ」

「うん？」

「私には、貴様に隠していることがあと二つある。全てを話そう」


天幕の前に着くと、入ろうとするエンケを止める。

「待て。秘密の一つ目はここで見せる」

「…なあ、ヒュドル」

「なんだ？」

「あのさ、無理しなくていいからな。言いたくないことなら――」

「いや」

確かに二つの、いやエンケに隠してきた全ての秘密は私にとって知られたくないことだった。

その理由は全て同じ。

――ようやく手に入れた伴侶を逃さないためだ。

龍の末裔であり純粋な人間ではないこと、寿命が長いこと…ギュルセ族には他にも細かな秘密はあるが、おそらくこの男であれば自力で知るだろう。あるいはすでに知っているかもしれない。

ならばせめてこの二つばかりは自ら開示しようと思ったのだ。

私のために禁忌にまで手を伸ばした愚かな賢者の愛は、疑いようもなく私に届いた。

エンケが私を捨て逃げようとすることはこの先何があっても、何を知ろうともあり得ない。

それだけの愛情をエンケは私に示した。

秘密も秘匿ももはや必要ない。

「貴様の求婚に応えたい、ただそれだけだ」

「求婚……改めて言われると照れるな。まさかおれが誰かに求婚する日が来るとは思ってもみなかった」

「……旅の途中、酔っ払って野うさぎに求婚していたことは忘れてやろう」

「えっおれが!?　覚えてないんだが…すまん」

「……構わん」

さんざ抱き潰して泣かせ最後にはごめんなさいとまで言わせたからな。

無理をさせすぎて反省したのはむしろ私の方だった。

「お前が寛容ってことは、おれそれなりにひどいことされたんだな…野うさぎがいたということはあれだな、お前が十四歳の頃、雪山の傍の街で度数の高い酒を飲んだ日か？　翌日滅茶苦茶目が腫れて腰が痛くて出発が遅れたあの時」

「少ない情報から当てにくるな賢者め」

「ふは……そうか、お前あの頃からおれのこと好きでいてくれたのか」

「……そうだ。といっても、当時は自覚がなかったが」

「奇遇だな、おれもだよ」

「……どういうことだ」

「おれもあれくらいからお前に惚れてた。といっても叶える気はなかったからさ、酒飲んだ勢いで夢の中でなら一度だけって自分に許してお前に求婚した覚えがある。現実での相手が野うさぎだったたってことまでは覚えてなかったけどな」

「…………………」

「なんだよ無表情で睨んでくるのやめてくれよ。お前美人だから迫力あるんだよ」

この男、軟弱で体力がないくせに私を容易く煽るとは忍耐を試されているのだろうか。

紋の力を超える抱き方をして寿命を縮めでもしたらどうするつもりだ軟弱者め。

今までさえ危なかったというのに、禁忌の魔法という隠し事を明かしたエンケは無防備がすぎた。

ふわふわと、いやふにゃふにゃと、地に足がついていない甘やかな気配を遠慮なくこれでもかと私に飛ばしてくる。

エンケの寿命を私が削ってどうする、と顔を背け天幕に両手をついた。

長く息を吐き出し呼吸と心音を落ち着かせる。

エンケの気を逸らさなければこの場で抱き潰してしまいそうだった。

「ヒュドル？」

「…よく見ておけよ、軟弱者め」

天幕が見える範囲にギュルセ族以外がいないか感覚を研ぎ澄ませて探り、問題ないことを確認してから口の中でまじないを唱える。

手をついた天幕がパタン、パタンと音を立てて畳まれはじめた。

「おお…！」

エンケが感嘆の声を漏らす。

というのも、途中から明らかに内部のものも骨組みも物理法則を無視して畳まれてゆくからだ。

やがて手のひらほどの大きさで天幕と同じ色をした布の塊になる。

重さは見た目の割にはひどく重いが、天幕ひとつ分ではあり得ない軽さだ。

「次元移軸——世界魔法だな……!?」

「そうだ。といっても、古くからやり方が伝わっているこれのみしか扱えないが」

天幕の刺繍に籠められた陣を発動するためのまじないは教わったが、これが世界魔法であることやその原理すら、エンケの授業で世界魔法について学ぶまでは知らなかった。

異なる次元に内部のものを移動させているらしいが詳細は未だにわからない。

「なるほどな、禁忌のまじないだから秘密だったのか」

「……いや」

小さくなった天幕を拾い、腰につけた物入れに入れた。

「エンケ、旅に出るか」

「——え？」

驚いたエンケの目が見開かれる。

私がこのまじないを隠してきた理由。

それは世界魔法だからでもなんでもなく『天幕を畳めばいつでも旅に出られるから』に他ならない。

この地が合わない伴侶はいる。故郷に帰りたがる伴侶も。

天幕は対応する伴侶紋を持つ者を守るようにできているため、ギュルセ族は伴侶を得ると天幕も入手し、伴侶と移動する時は天幕も共に移動させるのだ。

天幕と共に世界を移動するギュルセ族とその伴侶は少なからずいる。

といっても独占欲から人目を避けるため探さない限り見つけることは困難だが。

「旅に出よう、エンケ」

「いい…のか？」

「ああ」

半年近く閉じこもっただけでひどく衰えたエンケに私は怯えを抱いた。

この軟弱者は外に出さなければ簡単に衰える。

ならば旅をさせて少しでも体を鍛え、それでも歩けなくなってから閉じ込めればいいのだ。

寿命を延ばすだけなら一生腕の中に囲うだけでもいいだろう。

だが、広い世界の中でこそ溌剌《はつらつ》と輝くこの男を私はもっと見ていたかった。

——その姿に愛を知ったのだから。

「お前に…そう言ってもらえると思わなかった」

エンケが私の前に立ち、胸に額を擦り付けた。

「ありがとう、ヒュドル。おれの最初で最後の伴侶がお前で良かった」

＊

「おお、寝台がでかい」

ギュルセの里にも宿はある。

渉外に長《た》けた家の者が管理しており、主な客は天候等で帰れなくなった商人だ。

だが空いていれば里の者でも使うことができる。

天幕を畳んだ後また広げては私の気が変わりかねなかったため、宿を利用することにした。

宿といっても二階建ての小さな一軒家だが、二階のほとんどを占める巨大な寝台にエンケは感動したようだ。

刺繍の施された上掛けを捲り早速潜り込む。

「ああ～布団柔らかい…。普段は硬いほうがいいけどこの柔らかさもたまらないんだよなあ」

私が宿の手続きをしている間に藍闘の家へ手紙を出したエンケは今日やることは終わったとばかりに寝入りそうな声音だった。

だがまだ日は明るく、そしてこの宿も天幕と同じく防音性に優れている。

「寝るな、エンケ」

「んー…？　ヒュドルも寝てみろって、ふわふわ……、ッ！　おま、急には止め…っ」

覆いかぶさり服の隙間から手を差し入れ乳首をつまんでやると身体が跳ねた。

半年近く丁寧に弄ってきたためエンケのそこは見違えるほどに膨れ感度も高い。

「ふっ……ぅ、く……」

服をはだけさせ舌を這わせれば口元に手を当て声を抑えようとする。

引き剝がした両手を片手でひと纏めに捕らえれば何するんだよと言いたげに涙の浮いた目で睨まれた。

「何するんだよ、離せって」

口でも言った。

「…何笑ってるんだ？　ヒュドル」

「いや…」

エンケの両手を解放しないまま空いた手で脇腹を撫でれば「ひっ！」と怯えたような声が上がる。

「快感に弱くなったな、エンケ」

「誰がそんな風にしたと…」

「私だな」

「嬉しそうにしやがって…なあ、あれあるんだろ」

眠気が飛んだのか付き合う気になったらしいエンケが何かを探すように身を起こす。

両手を解放してやれば寝台の隣に備え付けられた引き出しに手をかけた。

「やっぱりあっ……他にも色々あるな……」

引き出しからナキガラの樹液が入った小瓶を取り出したエンケがそのまま固まる。

後ろから覗き込むと、そこには様々な形の張り型が詰め込まれていた。

「部屋にあるものは好きに使っていいと言われたな」

「……念のため聞くがお前こういうの使いたいか？」

「まさか」

瓶を持ったまま呆然《ぼうぜん》としているエンケを抱きしめ、首筋に顔を埋める。

鼻孔をくすぐるエンケの匂い。樹液や紋がなくとも私にとって一番の媚薬《びやく》だ。

「私以外をエンケに入れるものか」

「だろうな。これ全部新品みたいだし」

大方宿代のおまけに商人が置いていったのだろう。

だが里でそのようなものを使うのは極少《ごく》数だ。

エンケは引き出しを戻し、水差しに樹液を入れる。

割った樹液を飲み私にも杯を差し出した。

「積極的だな」

「今日はおれがたっぷり奉仕してやるよ」

エンケから口づけられる。

自ら服をはだけて微笑むエンケにごくり、と喉が鳴った。

「珍しい」

「――だっておれ達、まだ蜜月だろ？」


エンケから愛撫された経験はあまりない。

旅の途中も蜜月の間も、エンケが手を出すより先に私が貪り軟弱な体力を奪い尽くしてきたからだ。

ちゅ、と首筋に吸い付かれる感覚は新鮮だ。

エンケの促すまま寝台に横たわり服を脱がされる。

軽い口づけと共に体を触られる心地はもどかしいが、エンケがやっていると思えば悪くなかった。

――胸をまさぐろうと伸びてきたエンケの手が一瞬固まるまでは。

「エンケ」

「……ッ、悪ぃ」

身を起こし体勢を逆転させる。

組み敷かれたエンケは自らの過ちに気づいたのだろう、顔をしかめ謝った。

――エンケの愛撫は女にするものだった。

エンケは元々女を抱く男だ。だから無意識だったのだろうが私の胸に膨らみを探し、ないことに驚き固まった。

他のやり方を知らなかったとはいえ、一瞬とはいえ、寝台で別の人間を思われては腹が立つ。

しかしエンケにその気はなかったと理性ではわかっていて、素直に謝られてはこれ以上責めるわけにもいかない。

「怒ってるか…？　本当に悪かった」

「……貴様の」

エンケの右手を取り口づける。魔力を注ぎ込み体力増強のまじないを活性化させた。

「な、なんだ？」

まじないを感じ取ったエンケが怯えた表情で縋るように見上げてくるが、この場合にその顔は逆効果だと知らないのだろうか。

これほど頼りになる男が私に怯えながら私に縋る――ぞくりと背筋に灼熱《しゃくねつ》の愉悦が走る。

「貴様の閨《ねや》の記憶を全て私で塗り替えていいか？」

ひっと喉の奥で悲鳴を上げたエンケに私はうっそりと笑っていた。

「ひぅ…っ、ヒ…、ぐぅう……」

複数の性感帯を同時に責められた経験の少ないエンケは、始めて一刻も経たないうちに体を小刻みに震わせ目に涙を浮かべるようになった。

エンケが最も感じる後ろと前は一度も触らなかったが、それ以外は全身を愛撫し触れていない場所がない。

脇腹と乳首を弄りながら首筋に吸い付けば肩まで真っ赤に染まりビクビクと痙攣する。

私からエンケに長く愛撫することも、実のところあまりなかったことだ。

軟弱者は紋や樹液の力をもってしても射精した後に体力が戻りきるまでに時間がかかるため、必要以上に体が高まる愛撫は互いに避けてきた。

伴侶集会に行きにくくなるかと乳首の開発には勤《いそ》しんだが、そういった場合は他の場所への愛撫を減らすなどの調整をしている。

「…大丈夫か？」

限界を感じ取って手を止め、汗で額に張り付く黒髪をかき上げてやり口づけた。

決して怒っているわけではないことは伝えてある。

律しきれずに湧き上がる嫉妬をエンケが受け入れ、私はそれに甘えた。

その結果濃密な愛撫になったがまだ前戯だ。エンケの閨の記憶を全て塗り替えるまで、体力と気力を奪い尽くすわけにはいかない。

「ん……ぅ、平気、だ」

「少し休め」

「ん……」

エンケは汗みずくで横たわったままぼうっと己の下腹部を見た。

腹に刻まれた淫紋が僅かに発光し、エンケの勃起していない男性器の根元を魔法陣が覆っている。

射精と絶頂を禁じ、勃起すら制限する淫紋のまじないは、出す方が辛いからとエンケが望んだ。

「はぁ…ふ、ぅ……」

押し殺した荒い呼吸と共に、肉が薄く腹筋が浮き出た腹が上下に動く。

全身から汗を噴き出すエンケに樹液入りの水を飲ませ、落ち着くまで傍らに腰掛け髪を撫でた。

「お前の手気持ちいいな…」

「……どうした？」

ふとエンケと視線が交わり、何かが気になった。

「ん…？」

聞き返すように視線を向けたエンケに確信する。

「私に何か言いたいことがあるようだな」

「……お前、最近おれの思考ちょっと先読みするよな」

「付き合いが長いからな」

――それに、エンケが私に心を許すようになったからだろう。

などと、私が口に出さずともエンケは自ら気づいたようだ。赤らめた顔を背け、上掛けを手繰り寄せ顔を隠そうとする。

向けられた背中を浮いた骨に沿って舐め上げれば「……ッ！」と布で籠った声が聞こえ、前に回した手で乳首を弄れば軟弱な身体が力なく跳ねた。

「う、ぅ…っ、いたずら、するな、よ」

「何か言いたいのだろう？　言え」

「……いい。続きヤろう」

「なぜだ、言えばいいだろう」

「……その、おれみたいなのが言うのはちょっとな……」

エンケの瞳が揺れる。くだらない事を考えている時の目だ。年齢や、性別のことを。

(貴様がそのつもりなら考えがある)

敷布に手をつき体を下にずらす。上掛けに再び顔を突っ込んだエンケには私が何をしようとしているか見えないだろう。

「………ッ!?」

魔法陣に抑えられ力なく横たわる性器の先端に唇で触れた途端、エンケは上掛けを撥《は》ね除《の》けたがもう遅い。

「ひ…やめ、ぅあああああ…ッ!!　あ、ぐ、あああぁっ、ひ…っ」

根元まで全て口に収め舌で先端を愛撫してやると、エンケは私の頭を引き離そうと両手で必死に押さえ付けながらもつま先を天に向け仰け反った。

片腕で腰を押さえ付けもう片方の手で後孔を撫でるとびくんと震える。

「あぐっ、そ、こ、むり、今むり……っ！　まえも、やめ…！」

「……言うか？」

「咥えたまま喋るな…っ!!　言う、言うから…!!」

顔を真っ赤にし涙を零しながらエンケは必死に首を縦に振った。

全ての拘束から解放してやると怯えたように広い寝台の上を逃げ、上掛けの中に逃げ込む。

布を引っ張れば僅かな抵抗があったが構わず引き剝がし、口移しで水を飲ませた。

「強情を張るな。なんでもいい、言え」

「体で言うこと聞かそうとするのは卑怯だろエロ特化部族め…！」

「伴侶は体から落とせと掟にある我々に何を今更」

長い時間燻るような愛撫に晒されたエンケに口淫は強すぎたようで、今も小刻みに震えていた。

刺激を与えすぎない方が良いかと少し離れようとすると、引き止めるように手首を摑まれる。

「エンケ？」

「……笑うなよ。その、こんなの初めてで」

「なんだ」

言い辛そうに視線を泳がせ、言葉を途切れさせながらエンケは続ける。

「正直今普通に触られるだけでも相当辛いんだが、なんだかすげー体が切なくて、ずっとお前に愛撫されてたのに寂しい、とかもなんか思っちゃって、だから、」

聞き終わる前に体が動いていた。

「……抱きしめて、くれないか？」

肉の薄い腕を引き寄せれば男は怯えと期待の入り混じった表情を浮かべる。

全身を使い敷布に押し付けるように抱きしめると腕の中の体がビクビクと痙攣した。

「うう〜…っ！　ぐ、ぅ、んん……ッ」

エンケの目の焦点がぼやけ頭を仰け反らし喉を晒す。食いしばった歯の奥から呻くような嬌声が押し出された。

「…抱擁で達したのか、エンケ」

「ひぅ……ひ、ふ……」

延々と続けた愛撫で溜まった性感が爆発したらしい。

性器は何も出さずくったりと横たわったままだが、蕩けた表情はエンケが達した時の見慣れたものより甘かった。

「大丈夫か？」

「ひっ……！」

ぼうっとしたまま戻ってこれないらしいエンケの首を甘噛みする。

するとビクンと体が跳ねようとし、押さえ付けられているせいで逃がせなかった刺激で再び絶頂に襲われたようだった。

「ひぐ……っ、うぅ、ひゅ、どる…？」

「ああ」

意識が飛んでいるせいか幼い口調で視線が縋るように絡みついてくる。

「……ヒュドル」

「ああ」

徐々にエンケの瞳に人格が戻ってきた。額が触れ合うほど間近で眺めていると、ふいにエンケがふにゃりと笑った。

「ヒュドルだ…」

「……ッ！」

「ヒュドルとくっついてる…きもちいいな…」

「――エンケ」

「うん？」

無防備に頬を擦り付け抱き返してくるエンケに私の理性は崩壊する。

「すまん」

「う？　お前が謝るってなんか怖――」

僅かに落ち着いたとはいえ長時間せき止められた絶頂を放出しないままに迎え、何倍も敏感になったエンケの体は未だに小刻みな痙攣を続けていた。

後孔はほとんどほぐしていなかったが長い時間施した全身への愛撫で緩み僅かに口を開けている。

そこに私は、焼けた鉄杭だとエンケが評す剛直を一息にねじ込んだ。

「～～～～ッ!?」

あまりに強く叩きつけた腰がエンケの尻にぶつかりズパンと破裂音を立てる。

エンケの足がまっすぐに伸び私の腹の横で痙攣するが、体が少しでも離れていることが許せず一度抜いてうつ伏せにさせた。

足の上に乗り、全身で押さえ付けながら身動きが取れないエンケの尻に再び挿入する。

「うぐっ、おっ！　あぐ…ぐぁ…っ！」

ドスドスと腰を打ち付けるたび、呻き声と化した嬌声がエンケの喉から絞り出される。

無理矢理こちらに顔を向かせ口づけながらも腰を止めずにいると、快感の一切を逃がすことができないエンケは目を見開いたまま痙攣していた。

「……解放するぞ」

「ま…、やべ…いまは……っ」

まじないを唱えるとエンケの根元を押さえ付けていた淫紋の魔法陣が消える。

途端に中がうねるように締め付けてきた。

「～～～～…!!」

「…っ、出す、ぞ…！」

声にならない悲鳴を上げ仰け反ったエンケの先端からどろりと白濁が漏れる。

うねり絞り取ろうと締め付けてくる中の動きに逆らい無理矢理どちゅんと突き込むと、最奥で放出した。

ドクドクといくら注ぎ込んでも終わりが見えない。敷布との間に手を差し込みエンケの腹を撫でるとうっすらと膨らんでいた。

薄い腹は中に私がいることまで浮き出ていて、わかる。

「……すまん」

体の下で震える男の項《うなじ》に口づけ謝罪する。

エンケはしばらくヒューヒューとか細い呼吸をしていたが、背筋を震わせ再びどろりと射精するとやがて収まっていった。

「……まだ、でてる…若すぎだろお前…」

敷布から顔を上げる気力もないエンケだったが、布に籠った声は思いのほかしっかりしていて安心した。

私がエンケの寿命を縮めるほどの無理をさせてどうすると自戒する。

だが、今回ばかりは仕方がないだろう。なぜなら——。

「——おれが愛おしすぎたか？」

「……！」

内心を言い当てられ目を見開いた。

力なく上半身を起こしたエンケは余韻の抜けない上気したままの疲れきった顔でしかし、いたずらっぽく笑っている。

「お前の琴線はよくわからないけど、考えてることならおれだって少しはわかる」

力なく伸びてきた腕に導かれるまま唇を重ねた。

「付き合いが長いからな」

「——貴様には敵《かな》わんな」


足腰が立たなくなった男を湯を張ったタライに浸《つ》からせ、肩から湯をかける。

ちゃぷ、と湯を手に掬《すく》ったエンケは呆れ混じりに呟いた。

「水で良かったのに、過保護すぎやしないかヒュドル」

「無理をさせたからな」

「別にあれくらい…大体、その、なんだ」

エンケは余韻の残る色づいた肌を、無防備に私の腕に擦り寄せる。

「お前に触れられているならなんだって、おれは嬉しい…」

顔を伏せ極々小声で囁かれた言葉を聞き取れるギュルセ族の耳に感謝し、同時に恨んだ。

目の前が真っ白になったと思えば、手に触れる湯がかなり冷めている。

「だ…大丈夫か!?　今心臓止まってなかったかヒュドル!?」

「——エンケ、あまり不用意に煽るな。死ぬぞ」

「それっておれがか、お前がか!?　ギュルセ族弱すぎないか、龍ちょろすぎないか」

心配そうに触れてくる手のひらに頬を擦り付けた。意識を飛ばしている間にすっかり冷めた湯から軟弱者を引き上げ布で手早く拭う。

寝台に横たわらせ上掛けを三枚被せた。

「いや暑い、さすがに暑いわヒュドル」

文句を言うエンケから上掛けを二枚剝ぎ取り、代わりに隣に潜り込んで抱きしめる。

裸で触れ合ったエンケの肌は少しひやりとしていた。軟弱者は熱が戻るのも遅い。旅先でも湯を沸かした方がいいだろう。

もぞり、と腕の中で体勢を変えたエンケは向かい合うと、私の左腕に頭を乗せた。

「…ヒュドル」

「なんだ？」

「――……なんで今勃った？」

エンケが視線だけを私の股間に向ける。

左腕に重みを感じた時勢い良く勃ち上がったそれは密着するエンケのふとももに重みを押し付けていた。

まさかもう一回するのか、と怯えながら利き腕にすがりついてくるエンケに溜め息が漏れる。

「それは、貴様が……」

「おれ？」

「……丁度いい、話すから聞け。秘密の二つ目――貴様が〝伴侶の秘術〟と呼ぶ、私の刺青に口づけする行為のことだ」


「オルドパルドー!!」

「やあ、先生。どうしたんだ？　そんなに顔を赤くして」

ヒュドルと小屋で寝ていたら夕方頃にオルドパルドから手紙の返事が届いた。

翌日朝、待ち合わせの小屋に駆け込むと椅子に座っていたオルドパルドが手を振り朗らかに微笑む。

子どもの頃から変わらない笑顔だが昔からこの子はいたずらが成功するとこのように笑うのだ。

伴侶しか入ることができない小屋には今おれ達以外の姿はない。

それでも内容から思わず声を抑えていた。

「ヒュドルの紋に口づけるというあれ、〝秘術〟だって教えてくれたよな」

「ああ。実際てきめんに効いただろう？」

「――ヒュドルから聞いた。あれは、〝愛撫《あいぶ》〟だってな…」

「なんだ、聞いてしまったのか」

悪びれずにっこり笑うオルドパルドに二の句が継げなくなる。元から責める気もなかったがあまりにあっけらかんとした様子に抱いていた羞恥も消えた。

――〝秘術〟の正体。それは、ギュルセ族の〝翼〟に行われる愛撫だった。

かつて龍が人になった時、最も特別な部位である『翼』は一番近い部位『利き腕』へと変わった。

ゆえにギュルセ族の『利き腕』は人のものとは少し違う。

空を飛ぶ力を神から与えられた龍の翼は時として命を上回るほど重要なものであり、魔力の源でもあった。

ギュルセ族の龍としての魔力は全て利き腕から生まれている。

人の形をしているが最も龍に近い場所、それがギュルセ族の『利き腕』なのだそうだ。

龍は翼を伴侶にしか触れさせなかったというのは昔読んだ本で知っていた。

ギュルセ族の利き腕が龍の翼であったことも見当がついていた。

だが。

「性感帯ってなんだよ…！　翼で感じてたら空飛べないだろ!?」

「いやあ、どうもな、セツ曰く性感帯といっても人のそれとは違って、触れると体の快感ではなく心の快感が湧き上がるんだそうだ」

「――なるほど、龍は大陸を横断するほどの超長距離を飛んでいたらしいから、そのストレスを和らげる役割があったのか…？」

「ははは、目がキラキラしだしたな先生。というか、ヒュドルからそのあたりは聞かなかったのか？」

「……珍しく恥ずかしがって口が重くなってな。利き腕が退化した翼であることと、性感帯であり心臓並みに重要な部位であることくらいしか聞けていない」

「ああ、やっぱり恥ずかしいことなのか。セツも口を割るまでかなり強情でなあ。あの時のセツは先生に見せたかった」

「おれは遠慮しておくよ」

「…なあ、先生？」

オルドパルドが席を立ち、座らずに会話していたおれの右側に来る。

互いに紋を露出する伴侶服を着ているため、紋が彫られたおれの右半身とオルドパルドの左半身が並んだ。

「伴侶集会で伝わっている〝秘術〟——というのは半分嘘じゃない。ただな、逆なんだ。先生は伴侶集会で聞くより話す方が多いから知らないようだが」

「逆？」

「『伴侶紋を持つ者はギュルセ族の利き腕に口づけることができない』…伴侶紋にはそういった〝秘術〟がかけられているのさ、先生」

「え…？」

二種類並んだ伴侶紋を見る。『賢き者』『優しい子』『心強き者』『真理を得る子』——書いてあることは異なるがおれの文様もオルドパルドの文様も同じギュルセ式だ。

「ああ、大丈夫だ先生。これはどちらも正しく伴侶紋だとも。だから誇らしい、俺は先生が誇らしいんだ」

「誇らしい？　なんでだ、オルドパルド？」

「先生がすごいことをやってのけたからさ。──先生は、魔力を一切使わないままに伴侶紋の強制的なまじないに逆らった、と言えば伝わる？」

「──っ」

魔力はどんな生き物も持っているが、存在を感じ取ることすらほとんどできないおれは自分の意志で魔法を使えない。

ギュルセ族のまじないは一般的な魔法とはやや異なる形態だが魔力を使うことに変わりはなく、仕様や制限も魔法とほぼ同一。

おれの伴侶紋にギュルセ族の利き腕への口づけを制限するまじないがかかっているのなら、体内の魔力を動かしそれに反発するなり打ち消すなりしない限り口づけることはできないはずで──つまり、おれにはできないはずだ。

「先生も紋に口づけたならわかると思うが、あれはギュルセ族を非常に煽る。なにせ伴侶にしか許されない翼への愛撫だ、なんでもものすごく龍性に訴えるものがあるらしい」

『滅茶苦茶可愛い、愛おしい、閉じ込めたい、食べてしまいたい』

伴侶に翼や利き腕へ口づけられ愛撫されると、龍の血を引く者にはそんな感情が爆発的に湧き上がるのだという。

「そして過去、実際に人の伴侶を…食べてしまった龍族がいたそうだ。龍同士であれば戯れで済んでも人相手ではそうはいかなかった。ギュルセ族もまた、愛おしさのあまり伴侶を閉じ込め衰弱させたり壊れるほど抱き潰したりと、悲劇が起きた。その結果ギュルセ族の紋と伴侶紋にまじないが追加された。ギュルセ族は龍性を封じ込めるように。伴侶紋は龍性に対し本能的な抗い難い恐怖を抱くように。だから伴侶は頭部という最大の急所を、龍性の強い利き腕に自ら差し出す『口づけ』をすることができない。――二つの例外を除いて」

オルドパルドは指を二本立てておれに見せた。一本を折り畳む。

「ひとつ。まじないに魔力で抵抗する。伴侶紋を刻まれた時、俺達人間の魔力は少し変質した。龍という古代の生き物に少し近くなりその気配を感じ取れるようになった。だからセツの利き腕に宿る強い龍性とその恐ろしさを俺は魔力で感じていたし、本能的な恐怖を強く抱いていた――だけど」

オルドパルドはニヤリと笑う。上級生を怯えさせる少し凶悪に見える笑い方は、照れている時のものだ。

「可愛いセツが喜ぶ愛撫だというならやってやりたい――そんな思いで恐怖心をねじ伏せた。ある程度自分で魔力を動かすことができればあとは気力でどうにかなる。恐怖を押さえ付け、相手を喜ばせたいという思いが上回れば伴侶紋のまじないを無効化することができる」

「なるほど…」

「ほとんどの伴侶が最初のうちはこの方法だな。少し時間はかかるがギュルセ族の魔力に馴染み存在に慣れ愛情を育んでいけばそこまで難しくはない。二つ目。先生の場合がこれだ。こっちは生涯不可能な伴侶もいる」

ごくり、と息を飲む。というのも、オルドパルドが朗らかに笑うからだ。

いたずらが成功した時のように、隠していた驚きの種を明かす時のように。

「その方法とは――愛で恐怖を包み無効化すること」

「あ…愛!?」

「伴侶紋の呪縛はそのままに、僅かな恐怖も介入する隙のない愛情を抱けばいい。といっても生半可なことじゃない。例えるなら腹を極限まで空かせた狼の口の中にその狼を愛するうさぎが頭を突っ込んで、腹を晒したまま熟睡するほどの無防備な愛情で本能的恐怖を制さなくてはならない。まじないに手を加えないままだから愛情に少しでも翳《かげ》りが出れば口づけはできなくなる。つまり、魔力を扱えない先生からの利き腕への口づけは究極の愛情表現というわけだ」

「な――…!!」

猛烈な羞恥が襲いかかり自らの胸のあたりを汗まみれの手で押さえる。

この感覚には覚えがあった。伴侶紋がおれの気持ちにより進行すると聞いた時の、自分の知らないままに感情がダダ漏れだったと知った気恥ずかしさ――!!

「俺も今では魔力なしでセツに口づけできるが、かなり手こずったからなあ。一発でこなすとはさすが先生」

「もうやめてくれ…勘弁してくれ…」

いたたまれなすぎて部屋の角で身を縮こませる。

この歳でできた最愛の伴侶に浮かれ舞い上がっているという自覚はあったが、ヒュドルはおろかオルドパルドにまで知られていたとはあまりにみっともなくて泣きそうだ。

「まあまあ、そう落ち込むな先生。ちなみになんだが、口づけするとヒュドルが固まるだろう。あれはな、俺達が思う一億倍くらいは喜んでいるらしい。とにかくものすごく舞い上がっていて、しかし彼らギュルセの戦士はストイックで感情を表へ出すのは恥としていて、逃しきれない衝撃からああなっているらしいぞ。つまり――」

笑いながらおれの肩を抱いたオルドパルドは、さまになる仕草でパチンと片目を瞑った。

「お互いさまってことさ」

エンケが藍闘の家の伴侶に会いに行っている間、旅に必要なものを調達すべく市場に向かう。

その道中、木が生い茂り人気《ひとけ》が特に少ない小道を通っていると聞き覚えのある声に呼び止められた。

「その気配はヒュドルだろう、久しぶり」

声を聞くのすらあまりにも久しく一瞬誰の声だかわからなかった、その相手は。

「――裏親か」

黒い力の家を取り仕切る親の片割れ――私の裏親は、ギュルセの里のこのような端の端で表親が用意した天幕に閉じ込められている。

宿から市場へ向かう途中の誰も通らない小道だ。なんの気なしに近いからと選んだが、里の者すらここには近寄らない。

「声がずいぶん成長している。立派になったね、ヒュドル」

「ああ。…表親は今いないのか？」

「うん。いずれ戻ってくるけどね」

裏親は天幕から出ることはないが、時折防音のまじないを弱めて幼い私に話しかけてきた。

その頃と変わらず、声に混じって時折重苦しい鎖の音が中から響いてくる。

昔天幕の隙間から僅かに見えた裏親は無数の〈伴侶繋ぎ〉と太い鎖により身動きができないほど拘束されていた。視界すら刺繍の入った布で奪われていたことを思い出す。

黒い力の家の両親はどちらもギュルセ族だ。何年前から里にいるのか誰も知らない。

歳を重ね人としてのふるまいを覚えた表親は一見すると平凡なギュルセ族だったが、裏親への執着だけはすさまじく家の子である私にさえ接触を許すことはなかった。

「声をかけてくるとは珍しい。私と話しても良いのか」

「許可は貰っているよ」

「珍しいな」

驚いた。表親の執着を裏親は受け入れ外部と接触を絶っている。

どうしてもせざるを得ない時は必ず許可を取るが、表親が許すことはほとんどないはずだ。

「世界で私だけが知っているのもなんだから、お前にも伝えた方がいいんじゃないかと思ってね。ヒュドル、お前の伴侶のことさ」

「…なんだ？」

「お前の伴侶は――　〝欠け人〟だね」

裏親は『星詠《よ》み』という力があると昔聞いたことがある。予言者、千里眼――人の世ではそんな名称がついているものだ。

少し変わった形で龍の力を受け継いだ先祖返りである裏親は、利き腕ではなく眼球に全ての力が集っている。

裏親の目は私達に見えないものを見通す。災害を予言したり人の考えを当てたり内容は様々だ。

その裏親がエンケについて言及したということは。

「エンケに会ったのか？」

「ああ。あいつが連れてきた」

「表親が…!?」

思わず声が乱れる。子にすら裏親を見せたがらない表親が自ら会わせたとは流石《さすが》に予想できなかった。

「といっても天幕ごしだったが、目隠しは外していいと言われてね。柔らかい光を放つ人だった。ヒュドルが家に来た時からあいつと約束していたんだ、この子に伴侶ができたらひと目見たいと」

「そうだったのか」

裏親は先祖返りのギュルセ族としては非常に珍しいことに、幅広い相手への愛情深さを持っている。

表親は閉じ込めながらもそれを損なわないようにしているのだろう。

裏親の望みを許したことは意外ではあったが、私がエンケを旅に連れ出すように、損ないたくないという気持ちは理解できた。

「それで…欠け人とはなんだ、どういうことだ」

「うん、まあ大したことじゃないんだけど、ヒュドルの伴侶は神に嫌われているね」

「大したことに聞こえるが」

「本人が気にしていないなら大したことじゃないさ。昔がどうかは知らないが今はヒュドルがいるからね」

「私か？」

「ああ。欠け人――神に背き罰として大切なものを奪われ〝欠けた〟人。ヒュドルの伴侶はおそらく何か神の逆鱗《げきりん》に触れることをしたのだろうね。例えば――命名法則を無視した名前をつけるだとか」

「…聞いた覚えがある」

エンケは最初に受け持った十四人の教え子達に名前をやったのだと聞いた。

本の一部が読めなくなったとも言っていたが、それが罰だというのか。

「あの男をひどく重く、長い間苛んだあれが罰だというのなら、命名法則に背くということはそれほどまでの重罪なのか？」

「――人の子は運命の神の支配下にある。名前は運命と密接な繋がりがあるが、それ以上に『運命の神が定めた法に背いた』ことが大きいのさ。神の支配下にある人間がそんなこと普通はやれるはずがないんだけどね。法に背いた人の子は支配から逃れる。名という呪縛から解放された者はもしかすると、神を超える力を得るかもしれない。例えばそう、神が隠したものを見つけたりね」

「……神抗十四天……」

「私は〝見えた〟だけだから詳細はわからない。ただね、ヒュドルの伴侶の欠けた穴にヒュドルの色がきっちりはまっているのが見えたんだ。私は嬉しくなったよ、ヒュドルが誰かの大切な者になれたことが。ヒュドルが誰かを大切にできるようになったことが」

「――今のエンケはもう、罰を受けていないか？」

「ああ。まあ、罰を受けていてもヒュドルの伴侶はきっともう気になんてしないよ。だって、ねえ。

「ふふふ」

「なんだ？」

「考えてごらん、いくら私との約束だとはいえあいつがおいそれと誰かを私に会わせると思うかい？ヒュドルの伴侶は今ヒュドルしか見ていないのさ。なんなら他のことは大体どうでも良いのさ。ヒュドルの伴侶が私になんの含みも持たないと、確信したからあいつはヒュドルの伴侶を私に会わせた。愛しているね、愛されてるね、ヒュドル。ヒュドルが幸せで私も嬉しいよ」

「……」

「――話は終わったか？」

ふいに鬱蒼《うっそう》と茂る木々の暗がりから鋭く険のある声が発せられた。

音も立てずゆらりと現れたのは表親だ。

人らしい面《つら》を脱ぎ捨て、弱い生き物であればそれだけで昏倒するほどの殺気を放っている。

「ああ、おかえり。許可をありがとう。おかげで久しぶりにヒュドルと――」

表親が天幕に触れた瞬間、防音のまじないが何重にも施され裏親の声が消える。

「帰れ、消えろ」

「表親」

「なんだ」

「……伴侶は良いものだな」

「……」

今にも剣を突きつけられそうなほどの殺気がふいをつかれたように緩む。

それでも表親の険は取れないままだったが、

「ああ」

と答えたのを聞きながら、私は背を向け立ち去った。


必要なものを揃え宿に戻るとエンケが扉に背を向けた状態で寝台に横たわっていた。

眠っているのかと足音を殺して近づけばごろりと寝返りを打ったエンケに迎えられる。

「おかえり、ヒュドル」

「ああ…、ッ！」

引き寄せられ利き腕に軽く口づけられる。真実を知ってもなお施される愛撫に眩暈《めまい》がした。

「エンケ、貴様…」

「一億倍…」

「？　なんだ」

「いや、お前可愛いよなあって」

「なんだ急に」

珍しく素直に抱きつき寄りかかってくる伴侶を受け止め、抱き上げる。

痩せすぎというほどではないが枯れた細い体で、よく表親と共に裏親に会いに行けたものだ。

少しでも表親の悋気を煽れば軟弱者は殺気に中《あ》てられ三日三晩は食事も喉を通らなくなっていただろう。

『ヒュドルの伴侶は今ヒュドルしか見ていないのさ』

裏親が言うならそれは真実だ。この男は多くの人間に愛情を振りまき尽力してきたが、二つの目は今私しか見ていない。

旅に出ればそうもいかないだろうが、今この男は私だけのものだと、改めて実感すると自然と頬が緩んだ。

「…エンケ」

「ん…」

愛おしいのは貴様の方だと、唇を合わせる。

腕に抱いた体を寝台に押し倒し、角度を変え何度かついばむようなキスをしながら囁くように会話をした。

「旅の荷は揃った。そちらはどうだ？」

「ん、なんかな、一週間後にしてほしいと」

「わかった」

一週間後、藍闘の家の伴侶が私に世界魔法をかける。

その日を旅立ちの時と定め、私達は里での残り短い蜜月を堪能した。

＊

「やあ、先生」

「オルドパルド！　セツさんも、待たせたかな」

「いやなに、先生は時間に正確だとも」

旅立ちの日。荷物を纏めたおれ達はオルドパルドに指定された場所に来ていた。

そこはなぜか里から少し離れた荒地で、着いた頃にはオルドパルドとセツは座って茶を飲んでいたから待たせたかと思ったがそうでもないらしい。

「今日は天気も良く絶好の日和だな、先生」

「ああ、そうだな」

時刻は昼過ぎ。

太陽は真上にあるが暑すぎず心地よい日だ。旅に出るにはまたとない好条件だろう。

「さて、先生の伴侶。ひとつお願いがあるのだが」

「なんだ」

「約束しよう、先生に危害は全くない。だから――」

オルドパルドはおれの後ろに立つヒュドルに向かい、ニヤリと笑う。

「――絶対に抵抗しないでくれ」

その言葉が終わると同時に突如足元の地面が発光した。まぶしさに目が眩《くら》む。

「……ッ!?」

「――この魔力は、なるほどな」

「もう準備は整っている。後は二人だけだ」

おれを挟んでヒュドルとオルドパルドが喋っているが周囲に渦巻く魔力に邪魔されて聞き取れない。

ヒュドルはおれを守るように肩を抱いていたが、足元を眺め何かに納得した様子だった。

「ヒュドル、なに――」

何が起きているんだと言い終わる前に視界が真っ白に埋め尽くされ、音も、風の流れも、何もかもが消える。

強烈な浮遊感に包まれ、引き寄せられるように意識が遠ざかっていくのがわかった。


「――……」

「……目を開けろ、軟弱者」

「ん……ん？　あれ、あ、あ……!?」

揺さぶられ意識が戻る。ヒュドルの腕の中で立ったまま一瞬気を失っていたらしい。

驚いたが、覚えのある感覚でもあった。

そう、あれは魔王討伐の旅の途中にオリヴィエが使ってみせた――。

――移動魔法。

「オリヴィエ……!?」

「エンケ、お久しぶりです！」

眼前にいた人物に目を見張る。

相変わらず屈託のない笑みを浮かべる青年、オリヴィエがそこにいた。

心なしか顔つきがたくましくなり立ち居振る舞いにも精悍《せいかん》さが出ている。

「大人っぽくなったな…背も伸びた。いや、え、なんでいるんだ？　ここ、どこだ？」

周囲を見回せば白い石で作られた神殿か何かの広間のようだった。

だが建築様式が独特で、おれの知るどの神殿にも当てはまらない。

「エンケ様」

「その声はエリー……と、……え……？」

聞き慣れた声に、オリヴィエがいるからにはやはり彼女もいるだろうと振り向く。

そこには確かにエリーがいた。

そして――。

「エンケ」

「エンケ～～～!!」

「先生」

「せんせい」

「久しぶりだの」

「お久しぶりです！」

――そこにはたくさんの人がいた。

神抗十四天と呼ばれている最初の教え子達は全員揃っているし、今や世界中に散らばっているはずのかつての生徒達もほとんどいる。

育ての親である村長の横には、全身を隠す伴侶服を着た里から出ないはずの人々も何人か。勿論伴侶のギュルセ族も一緒だ。

ぶんぶんと手を振っているのは翠風《すいふう》の家の子で、腕に赤ん坊を抱いている。

その隣には赤ん坊の親である商人夫婦もいた。

「なん…で」

「決まっているでしょう、エンケ・ロープス！」

「レリアユス…！」

神抗十四天の中でも一番年上のしっかり者、レリアユスが何やら大荷物を抱えて歩み出た。

おれの後ろにいるヒュドルを穴が空くほどじぃっと眺めたと思えば、流れるように美しい所作で頭を下げる。

「我が師、エンケ・ロープスとその伴侶、ヒュドル・ピュートーン殿。本日は――」

頭を上げたレリアユスは、広間に通る凛《りん》とした声で高らかに宣言した。

「お二人の結婚式を執り行わせていただきます」


エンケと引き離された別室で、髪を結われこれを着ろと婚礼装束を着せられた。

黒布に銀糸で刺繍が施された装束はギュルセ族が祝いの場で着る見慣れたものに似ていたが、形が少し変えられており豪奢な分複雑になっている。

着付けに時間と人手が必要だったが着心地は相当に良く、腕の確かな者が作ったことはわかった。

エンケの方はまだ少しかかるからとそのまま部屋で待たされることになった。

備え付けの長椅子に並んで座ったのは私の髪を整えたエリーと装束の着付けをしたオリヴィエだ。

部屋の隅には何やら打ち合わせらしい会話をしている藍闘の家の伴侶と、その兄弟らしい男が何人かいる。

「よくお似合いですよ、ヒュドル。エンケ様の方も楽しみにしててくださいね」

「……なぜ急に結婚式などと」

「元々さ、エンケの教え子達の中で決めてたんだよ。エンケが幸せになったら、僕らが結婚式を開こうって」

「知っていたのか、エリー、オリヴィエ」

「うん。ヒュドルには言うなって言われてたんだ。ほら、旅の途中でオルドパルドさんの国に行っただろう？　あの時に」

「当時はなぜヒュドルにだけ隠すのかわかりませんでしたけど、あの方はあの頃から気づかれていたんですね」

横目で藍闘の家の伴侶を見る。彼の国へ行った時、私はまだ恋心を自覚してすらいなかった。

後から私の習性についてギュルセ族のセツから知ったとしても、オリヴィエとエリーに口止めをした時はまだ知らなかったはずだ。

ならばエンケの恋心に気づいたのだろう。

それからずっと準備していたというのか。

本人すら諦めようとしていた恋が、叶った時のための準備を。

「エリーと僕の結婚式の後、すぐ旅立っちゃっただろ？　あれから半年以上連絡もなかったし、結婚式はしばらく無理かなと思ってたけど、一週間前に旅に出るって連絡があって」

「オリヴィエと私で連絡や移動の橋渡しをして、なんとか皆様予定を合わせてくださったんです」

「なぜだ？」

「なぜというと？」

「どういうことですか、ヒュドル？」

「なぜ結婚式に拘《こだわ》る。集まった者は皆、暇な身ではなかろうに――いや、待て」

昔の私では聞いたところで理解はできなかっただろう。

しかし今は、今なら、何かがわかる気がした。

口元に手を当てしばし考え込む。

「……ふふっ」

「ヒュドルったら」

オリヴィエとエリーがほぼ同時に声を上げた。

「なんだ」

「考え込む顔が、エンケそっくり！」

「考え込む顔が、エンケ様そっくり！」

同じ顔で笑い声を揃える夫婦に、無意識に頬が緩んだ。

「――お前達に言われたくないな」

なぜ無理を押してまで結婚式をするのか、まだ理解はしきれないが。

この夫婦の結婚式を見た時、感動で泣き喚くエンケの隣で私の胸にも去来した何かの感情が、おそらく答えなのだろう。

「なんでお前達が着付けてくれるんだよ～！」

四方八方から伸びてくる腕に服を掴まれ、脱がされまいと必死に押さえる。

だが老いたおれとまだ若い彼女達では人数の差もあって押し負け、ずるずると伴侶服を脱がされてしまった。

おれの服を容赦なく剝ぎ取るのは最初の教え子十四人の中の四人で、なぜか全員女性だ。

かつては共に暮らし裸など見飽きた仲とはいえ、妙齢の女性に肌を晒すのはやはり抵抗がある。

「いいからさっさと脱ぎなさい私達も暇じゃないんです」

「先生の裸など今更見てもどうとも思いません」

「アタシが暮らしてる部族、基本いっつも裸だぜ～気にすんな気にすんな」

「これリリリリムが作った服だから早く着てくれなきゃ嫌！」

「勘弁してくれレリアユス、ルゥゴイン、ワッカトニト、リリリリム……！　自分で、自分で着るから……！」

「でもこれ着るのすっごく難しいよ？　凝りすぎちゃった！」

「リリリリムが作ったのか!?　すごいなあ！」

「うん。ヒュドルの方はギエス＝ラヒが作ったよ。二人で縫い方をギルレリスから教わったの」

「ギエスが!?」

兄弟姉妹の発見した知識や技術を受け取り、惜しみなく発表する機関を設立したギルレリスは非常に物知りだ。あの子なら二人に裁縫を教えることもできるだろう。

だが、兄弟姉妹とおれしか愛せないギエス＝ラヒがヒュドルの婚礼装束を縫ったというのは意外だった。

「エンケ、アタシ達それほどまでに、この日を楽しみにしてたんだぜ」

「……っ！」

いつも感情を余さず大きな声で伝えてくる野生児のワッカトニトが、あえてぽつりと漏らした言葉が胸にずんと突き刺さる。

「全くです。漁色王と呼ばれた先生がひとりの相手と寄り添うのをどれだけ待ったことか」

「ぎ、漁色王はお前の仕えてる王だろ、ルゥゴイン!?」

「冗談です」

「……冗談、言うようになったんだな」

思わず破顔する。少し照れくさそうなルゥゴインはしかし、微笑みながら頷いた。

真面目すぎるほど真面目だったルゥゴインは冗談をあまり言わない子で笑うことも少なかった。

漁色王とのことは詳しく知らないが、どうやら良い影響があったようだ。

「ねえ、エンケ・ロープス」

「……なんだい？　レリアユス」

「私達は立派な大人になれました。あなたが身を削り尽くしてくれたおかげです。だから――」

レリアユスは剝ぎ取ったおれの服を丁寧に畳み、備え付けられた長椅子の上に置いた。

「私達に、あなたが幸せになった姿を見せてほしい。私達は、不幸のドン底で私達だけでも自由に羽ばたかせようと、苛まれているのにそれを見せず笑っていたあなたの姿しか知らない」

おれより少しだけ背の低いレリアユスは正面に立つと自然とおれを見上げる形になる。

大きくなっても子どもの頃と変わらないまっすぐな眼差しでおれを見つめていた。

だからおれには、彼女の双眸《そうぼう》から涙が静かに溢れ頬を伝ってゆくのがよく見え、なんの抵抗もできなくなる。

レリアユスはおれの手を取り、尊いもののようにそうっと頬を擦り寄せた。

「今のあなたが自分のために笑えること、私達はあなたとあなたの伴侶に深く感謝しているのです」

＊

エンケの準備ができたと言われ先ほどの神殿に繋がる扉が開かれる。

向かいの扉が同時に開くと、そこにいたエンケの姿に呼吸が止まった。

真っ青な布に金糸で装飾が施されたローブ。

私の装束と対をなすように布がたっぷりと使われたそれは、エンケが動くたびにしゃらしゃらと涼やかな衣擦《きぬず》れの音を立てた。

国王の隣に並んでいておかしくないほど品格のある装束はしかしエンケを埋もれさせることはなく、むしろ見事に引き立てている。

瞳と同じ色の青に包まれたエンケはどこか年齢を感じさせない神秘的な気配があり、『賢者』の名にふさわしい佇まいを見せていた。

普段のエンケは誰からも好かれるが、このエンケにおいそれと近づこうとする者はいないだろう。

エンケは私を見て息を飲みしばし停止していたが、背後の女に促され足を進めた。私も同じ速さで歩き出す。

神殿の前方中央に設《しつら》えられた壇上で私とエンケは向かい合った。

「似合ってるな、ヒュドル。すごくその――あー、なんだその、かっこ、いい。すごく」

段々と消え入りそうな声になりつつ頬を赤くし顔を伏せるエンケの、顎を掴んで上を向かせた。

「――素晴らしく似合っている」

「そ、そうか？　嬉しいよ。向こうの部屋鏡なくてさ…こんな良い服を着るのは初めてだ」

私の装束もそうだが、柔らかくも光沢がある布はエリーの好む妖精のローブにも劣らない着心地だ。価値はわからないが非常に高価であることは間違いない。

「デザインもすごくいいよな。お前に本当によく似合ってる。おれのもお前のも、教え子達が考えて作ってくれたそうなんだ」

「そうか」

「……先生、そこで教え子の話を出しますか。あなたらしいと言うか…」

「!!」

割り込んできた女の声にエンケはここが人前であることに気がついたらしい。青ざめ、恐る恐るといった様子で声の主を窺い見る。

私から見て右手に参列者、左手に神殿の前方があるが、左手側には白装束の男女が並び立っていた。

「ミエシェ、エリサント…」

エンケが呟いた名で思い出す。どこかで顔を合わせたことがある二人だ。

「式といっても私達は運命の神を信仰してませんからね。オリジナルの形式でやらせていただきます」

「ミエシェ、今も運命の神の教会で聖女やってるんだろ？　そんなことして大丈夫なのか？」

「問題ありません！」

満面の笑みで頷く女が確かエンケ曰く、神を信じていないがいただいた称号が『信仰』である信仰のミエシェ。

「ここは師の神殿として我が建立したから気兼ねなくくつろいでほしい」

「エリサント、神殿はもう作るなって言っただろう……!?」

「問題ない」

重々しく頷くのは邪眼を持ち近い未来を見通すという正義のエリサント。

二人にエンケはまだ何か言いたげだったが、控えの間から出てきて参列者に加わった女達をちらりと見、自分の手の甲を見つめてそれを飲み込んだようだった。

「そうか……ありがとうな、二人とも。それに——」

振り向いたエンケは、居並ぶ参列者達に向かって深々と頭を下げた。

普段あまり大声を出さない男だが、かつて邪教の村の中央で演説をした時のように、決して荒げないがよく通る大きな声を響かせる。

「今日のために尽力してくださった皆様に、心からの感謝を。おれはたくさんの本を読み、言葉を知ってきたつもりでしたが、この感動を全て表現できる言葉を持ちません。そして……」

エンケは頭を上げ、私に向き直った。

私の右手を取り頬に当てる。

目を合わせ、幸福に満ち足りた表情で蕩けるように笑んだ。

「おれに愛され、おれを愛してくれる伴侶に、この先も尽きることのない永遠の感謝を」

「——」

誰も口を開かなかった。だが時折すすり泣く声が聞こえてきた。

私は事前に何を考えていたわけでもない。結婚式だと聞いても感慨も実感もなかった。

しかし青い婚礼装束に包まれたエンケを――私の伴侶を見つめていると、自然と口が動いていた。

「私の愛を許し、私を愛する伴侶に心からの感謝とこの命を捧ぐ。そして――この男を形作り、支えてきた全てにも、空と花の祝福があらんことを」

大剣はさすがにオリヴィエに取り上げられたため、今の私は腰にエンケから贈られた短刀のみを佩《は》いていた。

それを鞘《さや》から抜き、加減した力で参列者達に向かい三度空を斬って戻す。

略式だがギュルセ族の儀式における最大級の礼のひとつだ。

「――ここに」

両手を掲げたミエシェの弾んだ声が神殿に響く。

「ヒュドル・ピュートーンとその伴侶エンケ・ロープス。エンケ・ロープスとその伴侶ヒュドル・ピュートーンによる――永遠の結びを宣言する！」

パチパチパチ、と小さな拍手がさざ波のように広がり瞬く間に神殿を割らんばかりの音に変わった。

私ですら耳が痛くなるほどで、隣に立つ男の耳に音を緩めるまじないをかける。

「ふふ、もう式は十分そうですね」

「ん、ごめんなミエシェ。感極まっちゃって…進行とかあっただろうに」

「いいえ、形式なんていいのです。結婚式は結婚するものであって、形式をなぞるものではないのだから」

「此度《こたび》用意したエンケ教の形式は我が世界に広める。安心されたし」

「エリサントはちょっと待ってくれ、後でゆっくり話そうな」

拍手が弱まるまでエンケは照れながらも心から嬉しげに破顔していた。

我が伴侶がこれだけ大勢の前に晒されていることは龍の本能としては受け入れ難いが、この顔を見られたのならば帳消しにして釣りが来る。今日この時ばかりは許すことができそうだ。

ふと、左手に絡みつく温かな感触を覚えた。

刺青が彫られたエンケの指が私の手を握っている。

エンケの指の間に自らの指を差し入れ、手のひらを合わせるように握り返した。

「ヒュドル」

「ああ」

「愛してるよ」

「ああ――私もだ、エンケ・ロープス」


「続いては――」

拍手が止んだ頃、タイミングよく藍闘の伴侶が声を上げる。

おそらくこの流れで私に世界魔法をかけるのだろう。

「――『賢者』エンケ・ロープスによる世界魔法の実演です」

「え？」

「何？」

エンケと私の驚愕の声が重なった。

固まるエンケの前に、オリヴィエが布で巻かれた細長い何かを持って歩み出る。

「エンケ、杖《つえ》を」

あたかも『賢者』が持つべきだという風に自然に渡された布の中の白い杖に、私もエンケも意図に気がついた。

——なんでも願いを叶える杖。

旅の途中で手に入れたそれは願い事をなんでもひとつ叶えるという性質を持っている。確か魔王城の防壁を破るために回り道をして手に入れて……ああ、そういえば。

(使ったんじゃなかったのか!?)

エンケが小声で必死に問いかけてくる。

(もったいないからと…)

(へ?)

(もったいないからとオリヴィエが言い出し、これを使わずに突破できないか試してみたら、できた)

(できたのか…)

(ああ)

エリーが考えた増幅魔法をオリヴィエが私にかけ全力で両断したら杖は不要になりなんでも入る袋にしまい込んだが、魔王を倒してからは存在すら忘れていた。おそらくオリヴィエもエリーも忘れていたのだろう。

杖の価値がわかるエンケは受け取ることを躊躇していた。しかしこの場で出された意味を、籠められた思いを正しく受け止めたのだろう。ややあって、受け取る。

「賢者様、格好良いなあ」

「ええ、本当に…」

翠風の家の子の隣にいる商人らしき夫婦が呟くのが聞こえた。確かに今のエンケは人の口に上る『賢者』のイメージそのままだろう。

神秘的な雰囲気を持つ真っ白な杖は不思議とそこにあるのが当然のようにエンケによく馴染んでいた。

エンケは今や『賢者』として知られている。この先世界魔法という禁忌の魔法が復活したことが有名になっても、『賢者』のみが使える特別なものとすることは争いを抑える効果がある。

夫婦はその見届け人だろう。商人の情報網にこの噂を乗せさせるのだ。

そして何よりオリヴィエは、エリーは、教え子達は、エンケの功績を後世に残したいのだ。だからエンケが自分で私に世界魔法をかけることに意味がある。

独占欲が強い龍の末裔としては不本意だが、エンケの教え子としてはわからんでもない考えだ。

「ヒュドル」

杖を持ったエンケが私に向かいそれを掲げる。私は自然とその前に跪き頭《こうべ》を垂れていた。

使い方は祈るだけで良いはずだ。ああ、そういえば杖を守っていた精霊が譲渡する際に『祈る相手を間違えるな』と言っていたか。

エンケは杖を握り締め、目を閉じた。

「――祝福を」

杖が輝く。その光の中で――エンケの姿が瞬いた。

「エンケ！」

視界が白で埋め尽くされる中、咄嗟にエンケの腕を摑んだ。一瞬遅れてそれが転移の魔法だと気がつく。だが抗いようのない、話に聞く神話の時代のような非常に強くうねる魔力だった。

エンケの体を確かに抱きしめる。

（誰にも奪わせるものか、この男は私のものだ）


あまりに一瞬の出来事で、おれは声を出すことすらできなかった。ただ世界で一番安心できる腕がおれを摑んで抱きしめたから、ひどく安堵したことを覚えている。

神殿にいたはずのおれは気がつけば真っ白な花園にいた。暖かな風が吹き小さな白い花が一面に可愛らしく揺れている。

花以外に何もなく、地平まで白で埋め尽くされていた。

「…ヒュドル？」

周囲を見回しても見慣れた男の姿がない。それどころか、誰もいない。

青い空と白い花しかない、ただそれだけの世界。

「ヒュドル！」

バクバク跳ねる心臓の上を右手で押さえ、声を上げる。大声なんて長いこと出していないから語尾が掠れ空中に溶けた。

「ヒュドル!!」

「エンケ」

背後から突然聞こえた声に反射的に振り向く。そこに見慣れた銀髪があり、気づかなかったがいつの間にか左腕を摑まれていたことに安堵した。

しかし、その目を見て背筋が凍る。

「どうした？」

ヒュドルだ。ヒュドルの外見に間違いなく、声もヒュドルのものだ。伴侶紋もそれがヒュドルであると教えてくる。

でも、〝それ〟は違った。おれの知る、おれのヒュドルではなかった。

「違う…ヒュドルじゃ、ない」

「……わかるのか」

震えながら首を振れば、戸惑うようにヒュドルの腕が離れていこうとする。咄嗟に手を伸ばし、前のめりにすがりついた。

「待ってくれ、許してくれ」

「許す？　何をだ」

「あなたの花園に龍の子孫を連れてきてしまった。でも、どうか連れて行かないでくれ。ヒュドルはあなたの生んだものの末裔であり、あなたの愛し子かもしれないが、彼はおれの唯一なんだ」

「――ッ」

ヒュドルの中にいるものは驚いた様子だった。一瞬動きが止まった後、密着するおれの体も一緒に揺れるほど哄笑《こうしょう》する。

「はははははは……！　すごいな、気がついていたのか!?」

「……？」

「わからないといった様子だな。これは面白い。加護なき者が、これほどの知恵を持つに至ったか」

ヒュドルの姿をしたものは笑っているがおれはただ震えていた。

ヒュドルの中にいるものはおれの考えが正しければ人ではない。ここも、おれの知る世界ではない。

そして目の前のものはおれの考えを否定しなかった。ならば間違いはないのだろう。

――ここは愛の女神の園。神話に語られる、白い花で創られた楽園。龍を生んだ神の住まうところ。

女神の園は女神と天の花しか受け入れず、愛の女神に造られた龍がここに来ることを許されるのは死んだ時のみだという。

おれは自分がなぜここにいるかという疑問すら浮かばないほどに、ヒュドルがこのまま連れて行かれてしまうのではないかと畏《おそ》れ震えていた。

本当はもっと態度や言葉遣いを取り繕うべきだろうに、ここでは不思議とありのまましか曝《さら》け出せない。恐怖を隠すことができない。

「そこまで畏れずともよい。母様――愛の女神は今眠っている。私は代理のようなものだ」

「代理…」

「だが、眠っているとはいえ支配力は健在だ。龍とその末裔は生きたままこの園に来れるはずはないが――ふふふ、伴侶を愛するあまり共に来てしまったか。それを成し遂げた龍は三千年ぶりだ」

神の代理を名乗るものはヒュドルの顔で笑う。

人ならざるもののはずなのに、ずいぶん人間臭く思えた。ここ最近のヒュドルと同じかそれ以上に表情がある。

思わず見つめていると、おもむろにぐいっと顔を近づけてきた。鼻先が触れそうな距離に、ヒュドルと同じ顔でヒュドルと違うものがいる。

それはヒュドルの声で、囁いた。

「持たざるものよ。ここに残らないか？」

「え…!?」

「母様を目覚めさせたいのだ。そのために知恵を貸せ、人間」

神の代理を名乗るものは微笑んでおれの返事を待っている。断られることなんて考えてもいない顔だ。

実際、賢者と呼ばれてはいても小心者の人間でしかないおれが上位存在の頼みを断るなんて無理な話で、震えながら頷こうとしてしまう。

だが直前に下唇を血が滲むほど噛んで、震える体に力を籠め花咲き乱れる地面に足を踏ん張りこらえた。

「……お断りします」

「……？　なぜだ？　ここにいれば年は取らない、死も苦しみもない。この龍も、特別にいることを許す。私にはわかる、この龍と共にあるのがお前の望みなのだろう？」

「──いいえ、いいえ」

「違うというのか？」

首を横に振れば膨れ上がる威圧感。

相手は人ならざるもの、ほんの少し気分を害しただけで呼吸ができないほどの気配に押しつぶされそうだ。

「……おれは、たくさんのことを諦めてきたけど」

耐え切れず俯《うつむ》いて、それでも必死に言葉を紡ぐ。こめかみから脂汗が滴った。

「ヒュドルのおかげで強欲になったのです。ヒュドルと添い遂げるのがおれの唯一の望み。だけど、」

声が震えないように、激しく跳ねる心臓を押さえるように服の胸元を握り締め、無理矢理に笑顔を形作る。

顔を上げ、ヒュドルの姿をしたヒュドルでないものをまっすぐに見つめ、はっきりと告げた。

「旅に出ると約束した。ヒュドルがおれと旅してくれると、言ってくれたことが心から嬉しかったのです。だから、ここに留まるわけにはいきません。おれ達は、旅に出るから」

「……ひとつ聞こう」

「は、い」

「なぜ私が貴様の伴侶でないとわかった？　最初私は、この龍そのものとして接したはずだ」

「それは――」

それはおれにもわからないことだった。確かに目の前の男はヒュドルそのもので、どこで気づいたかと問われても答えられない。

しかしひとつだけ心当たりがあった。胸元に感じる、馴染んだ硬い感触を服の上から撫でる。

「…おれは、本を読むことだけが得意で」

「本？」

「たくさん、読んできたから…ヒュドルを、ヒュドルの本を。だから、わかったんだと思います」

おれはこの本を繰り返し読んできた。耐久性のない本は世界魔法をかけていなければとっくに朽ち果てていただろうくらいに。

ヒュドルの手蹟は書かれた内容以上のことをおれに教えてくれた。

文字の揺れや現地調達したインクから、ダンジョンの中で何があっただとか、その時の感情だとか。

この文字を書くのが苦手だったがある時期に克服しただとか、焦りだとか苛立ちだとか、ヒュドルが普段表に出さなかったり自覚していないような感情も筆には表れていた。

読むたびに新しい発見があった。読むたびに新しいヒュドルを知った。

まだまだ読み尽くしてはいないけど、十年の旅とこの本がおれにヒュドルをより深く教えてくれた。

目の前のヒュドルは本に書かれたヒュドルではなかった。おれの読み込んだヒュドルではなかった。

その違和感は言葉にしようがなく、しかし確信を持っておれは目の前のものがヒュドルでないと知ったのだ。

「――持たざる者が加護なくして愛を得たか」

神の代理は咲き乱れる花の上にドサリと座った。あぐらをかいて頬杖をつき、遠くを見つめる。

放たれていた威圧感が消えてホッとした。膝が震えるが、花を潰すことが恐ろしく膝をつくこともできない。

「私に愛はわからない。ゆえに母様は目を覚ましてくださらないのだろう。ならば愛を知る者がいればあるいは、と思ったが。しかし、愛の女神の眷属《けんぞく》として、愛持つ者に苦痛を強いることも、私にはできない」

褐色の、刺青が彫られた指がおれに向けられる。

「帰してやろう、人の子らよ。それは謁見の杖。神と問答し、認められた者の望みを叶えるもの。貴様は資格を手に入れた」

言われてハッと気がつく。先ほどまで持っていなかったはずの白い杖が手の中にあった。なんの変哲もなかったはずの杖が今は白銀色に輝いている。

同時に意識が、景色が遠のいていく。世界から引き離されるように花園が急激に遠ざかる。揺れる視界の中でヒュドルの中から何かが抜けるのが見え、ヒュドルの体はいつの間にかおれを抱きしめていた。

杖を握り締めたままおれもしっかりと抱き返す。

——遠ざかる意識の中で声が聞こえた気がする。いやそれは声だったのだろうか。もっと原始的に、頭の中に直接沁みこんできた。

『感謝しよう、愛持つ者。愛を持たざるはずの貴様が見せた愛は、停滞の花園に変化を起こすだろう。貴様は偉業を成し遂げた。人の身には理解できぬだろう、ここでの記憶も失うだろう。しかし私は記憶する。エンケ・ロープス——貴様は英雄だ』

『——祝福を』

杖が輝く。エンケの言葉が私に沁みこんだ。

白銀の杖から現れた光が花びらの如き形を取って私とエンケを包み込む。

「あれが世界魔法——……」

誰かが陶然と呟く声が聞こえる。

花びらによって運ばれ初めて感じた能動的なエンケの魔力は柔らかく暖かかった。春の日の室内のような、この男らしい魔力だ。

ふいに跪く私の頭に雫が落ちてきた。

顔を上げると唇を噛み声を殺して泣く男がいる。

抱きしめるために腕を伸ばしたが、その前にエンケの方からぶつかるように私の頭を抱いてきた。

震えている男の背に腕を回す。

世界魔法は続いており、速い鼓動と共にエンケの魔力が流れ込み私達を作り変えていく。

目を瞑れば心地よい世界に私とエンケしか存在しないように思えた。

周囲の音が耳に入らなくなり、エンケの声と息遣いのみが聞こえる。

「ヒュドル」

震える声で、エンケは私を呼ぶ。

「エンケ・ロープスは棄《す》てられた者の名前。この世界で要らないとされ、誰にでも与えられるはずの加護すら持たない者がつけられる名前。だけど、おれはきっとこの日のために生きてきて、そして」

ぎゅう、と強く抱きしめられる。

「明日からもお前と生きるために、生まれてきたんだと思う」

私は顔を上げ、雨のように降り注ぐ涙を逃さぬように頰を包み、無二の伴侶に深く口づけた。

「その通りだ、エンケ・ロープス。我が全ては貴様のために、貴様の愛は私のために」

エンケの魔力と嬉し涙は同じ熱を持っていた。全てを受け止め、私からも与える。

「最期まで共に――いや、」

言ったのはどちらだったか、答えたのはどちらだったか。

どちらでも構わない、同じ思いなのだから。

「――最期を終えても共にあろう」

魔力が混じり合い私達は完成する。

尽きない万雷の拍手の中、私達は互いの鼓動だけを聞いていた。


結婚式の締めくくりは宴席が設けられた。

世界各地から集った教え子達による料理や飲み物の数々は多国籍で、旅を思い出すななんてヒュドルと話していたらオリヴィエとエリーがやってくる。

「エンケ～！」

「エンケ様！」

腕を広げて飛びついてくる二人を迎えようとおれも同じようにするが、背後からヒュドルに抱きすくめられ阻止された。

「触るな」

「えっ僕らも駄目!?」

「駄目だ」

「どうしても駄目？」

「駄目だ」

ヒュドルが切り捨て、オリヴィエがめげずに言い募る。

終わりそうにない会話に割り込んだのはエリーだ。

「嫌です」

「なんだと？」

「ヒュドルと結婚してもエンケ様は私の父なので、お話ししたいことはたくさん。ねえ、エンケ様？」

「う、うーん、そうだな」

毅然《きぜん》と返すエリーに、思えば言い出したら聞かないヒュドルや時としてオリヴィエに、否と言えるのはいつもこの子だけだったなと感慨深くなる。

ギュルセの里で暮らしてヒュドルのおれへの独占欲はよく理解した。なんせ里ぐるみで伴侶を閉じ込める種族だ。

だから折衷案として、旅の間も何度かあったことだが、両腕を精一杯広げて三人まとめて抱きしめてみた。

おれの腕で、日々成長する彼らを纏めて抱くことができるのもこれが最後かもしれない。

「お前達が三人で良かった、こうして抱きしめられる」

「……エンケ、様…」

エリーの声が一瞬震える。

この強い子がずっと、自分のために仲間を増やせなかったと気にしていたことは知っていた。

旅の間もフォローはしてきたが、旅が終わった今やっと彼女は自分を許せるのだろう。

細い腕がおれにしがみつき小刻みに揺れるのを感じながらエリーと、彼女を支えるように背に手を回すオリヴィエの額に口づけた。

不満そうだが何も言わずにいてくれた伴侶には唇へ。

「……なあヒュドル、ちょっとだけ、挨拶回りしてきてもいいか？」

「…………………………仕方あるまい」

「ものすごく悩んだな。ありがとう、ヒュドル」

渋々ながらも独占欲を抑えてくれた伴侶へもう一度口づけ、オリヴィエとエリーに微笑んでからその場を離れようとする。

しかし、腕を摑まれ引き止められた。

「ヒュドル？」

「――ひとつだけ。オリヴィエ、エリー、お前たちにも聞きたいことがある」

「なに？」

「なんですか、ヒュドル？」

ヒュドルはおれをじっと見ていた。おれの中に何かを見つけようとするような眼差しに首を傾《かし》げる。

銀の剣士は一度瞼を伏せると、自分の髪とよく似た色のおれが持つ白銀の杖を指差した。

「その杖――手に入れた時の色を覚えているか？」

結婚式の後、エンケと並んで旅に出た。

神殿が建てられていた場所は何もない塩でできた砂原の一角で、一刻ほど歩いても植物も生き物もほとんど見かけない。

我々の旅は会話が続くこともずっと黙ったままのこともある。

十年の旅の中でどちらも心地よい時間であり、その心地よさは久しぶりの旅であっても変わりなかった。

エンケも同じ気持ちだろうと、塩砂原の地平を見つめる私より低くなった男の横顔を見ながら思う。

「――それにしても」

「なんだ」

「商人夫妻には驚いたな。まさか旦那さんの方が妊娠しているとは…」

「ああ」

商人夫妻とは翠風の家の長女といた男女か。確かに男の腹が大きかった。

そういえば、珍しく見返りも不要の完全な合意の上で卵を植えられた人間がいると、里で話題になっていたな。

伴侶の親とギュルセ族は対立しやすいが、あそこは円満な関係を築けているという。

そうなれたのはあなたの伴侶がきっかけなのですと、挨拶に来た翠風の家の長女が言っていた。

「出産に苦しむ奥さんが可哀相で理解してやりたいって思っていたら、ギュルセ族を産むことを打診されたらしい。全部説明を受けて葛藤もあったそうだけど、幸せですって。良かったよ」

「……そうか」

塩でできた大地の上を、エンケは静かな足音を立てながら進む。

時折塩の中に棲《す》む蜥蜴《とかげ》が顔を出し、ギュルセの里からそう離れていない場所であるにも関わらずあの蜥蜴の生態や名などを知ったのもエンケからだな、などと考えていた。

ふいに、数歩先を歩いていたエンケの足が止まる。

「ヒュドル」

「なんだ？」

「——おれに何か話したいことでもあるんじゃないか？」

振り向かないままエンケは言った。エンケに追いつこうとしていた私の足も止まる。

表に出したつもりはない。なぜわかったのか不思議に思うが尋ねることはしなかった。

この男はいつだって私が思っている以上に長く深く私やオリヴィエやエリーを見ていたのだから今更驚きはしない。

自らに向けられる感情にはかなり鈍いが、我々の変化には誰よりも敏感なのがエンケという人間だった。

「……聞きたいことがある」

「うん？」

結婚式では誰もがエンケを英雄だと言っていた。勇者一行の一員なのだから当然だが、それ以外にも。

育てられた教え子達。

結び付けられた翠風の家の長女達。

伴侶と共に逝《い》く術を知りたがったギュルセ族と、伴侶が人ならざるものの末裔であることを受け入れた人間達。

あの場にいた者達が得るはずだった不幸の芽をエンケは未然に摘み取った。

エンケは関わった者達にとっての英雄だ。

そして。

『感謝しよう、愛持つ者。エンケ・ロープス——貴様は英雄だ』

——神の代理を名乗るものすらも、そう言った。

天の花園での記憶をエンケは失っている。

私がなぜ覚えているのかはわからない。あれが私の中にいたせいだろうが、記憶を故意に残したのか偶然なのかは知る由もない。

エンケもオリヴィエも、魔力耐性が非常に高いエリーですら、〝手に入れた時は白かったはずの杖を〝初めから白銀だった〟と認識していた。

世界中の認識が書き換えられたか、それとも私の気が狂い妄想に捕らわれているのか。

瑣末《さまつ》なことだ。どのみち真実を知る術は存在しない。あったとしても、興味がない。

「エンケよ、貴様」

「なんだよ」

「——英雄でありたいか？」

こちらに背を向けたままのエンケの肩がぴくりと震えた。困ったように空を見て、考えるように俯く。

「参ったな、気づいていたのか。いや、お前なら、多分お前だけは、気づくんだろうな」

「……」

「おれの、望みは」

エンケは遥《はる》か遠く、日が沈みゆく塩砂原の地平を眺めながら詠《うた》うように言葉を紡いだ。

「勇者と旅をする魔法使いになること、教え子達が健やかに成長すること、お前達が生きて旅を終えること、生まれてくる子ども達が魔王討伐なんて考えなくて済むこと――それに、」

エンケが振り向く。

「お前とずっと一緒で、また旅をすること」

最愛の伴侶は茜の空を背負い、生まれた影の中で柔らかく微笑んだ。

「全部、叶っちゃったな」

「そうだな」

歩み寄り、私より小柄になった体をかき抱く。

十年前からほとんど変わらない身長。変わらない思考。

何も変わっていないエンケというひとりの人間。

変化を恐れるこの男に、英雄という称号は重すぎた。

「貴様は私の伴侶だ、エンケ・ロープス」

「――ああ」


この日を境に、勇者一行の賢者エンケ・ロープスは人前から姿を消す。

以降も表舞台に現れることはほとんどなく、後世において勇者一行の会計士、及び賢者の存在は実在を疑われるまでになった。

勇者一行の剣士ヒュドル・ピューートーンは溺愛する伴侶と共に隠居したと後世に残るが伴侶の詳細

は伝わらず、文献には『ヒュドル・ピュートーンとその伴侶』とのみ記されることとなる。

【五周年記念武闘会に向かう道中のオルドパルドとセツ】

それは悪夢のような光景だった。

行方不明となっていた賢王『節制のオルドパルド』が目撃されたという情報が裏で流れるなり数多くの暗殺者が差し向けられた。

毒を扱う者、弓の名手、はたまた閨《ねや》で殺すことを得意とする者まで。

個別にオルドパルドの元へ向かう者もいたが、やがて暗殺としては珍しく大規模なチームが編成されことに当たることとなる。

オルドパルドの暗殺に向かい生きて戻った者がいなかったせいだ。

何人護衛がいるのか、どのような者かといった情報が何もないまま、死体だけが見つかる。

今回のチームでは、失敗を悟れば他の者を見捨てすぐに戻り情報を持ち帰ることが依頼内容に含まれていた。

——結論から言うと、暗殺は失敗した。

手練れでチームを組むことにも慣れていた暗殺者集団だったが、その悉《ことごと》くがただひとりの護衛に全滅させられたのだ。

最後のひとりとなった暗殺者は無様に地を這い森の中を敗走する。

「なんだ、なんだあれは…化物……ッ！」

暗殺対象であるオルドパルドは拓《ひら》けた湖のほとりで長椅子に体を預け本を読んでいた。

あまりの無防備さに手慣れた暗殺者達は罠《わな》を疑ったが、周囲に人の影も気配もなかったため決行することになる。

それでも十分に警戒した上で襲いかかったはずだった。

何もなかったはずの場所で最初のひとりの首が飛んだ時、あまりの現実味のなさから警戒するのが遅れた。

その一瞬で次々に首が飛び、隠れていた者まで呻き声と共に絶命していく。

つむじ風のように動く何者かが目にも留まらぬ速さで暗殺者達を屠《ほふ》っていると気づいたのは、首と胴が離れた四人目の体が血飛沫《しぶき》を上げながら倒れた時だった。

「……ッ!!」

暗殺者達は現実を認識した瞬間から敗走を始める。情報を持ち帰るためだ。

だが逃げることを何より優先させてもなお、風の如き死の影は悠々と追いつき命を刈り取ってゆく。

「ヒィ……ヒィ……ッ」

いつの間にか最後のひとりとなっていた暗殺者はそのことも知らないままに、ざしゅりという音を聞き自らの胴を逆さまに正面から見ることになった。

ぼとりと何かが落ちる音が、自分の首が地面に当たったものだと気づくことなく、最後のひとりは絶命した。


「おかえり、セツ」

「…………」

黒装束を身に纏い口元を面で覆った銀髪の伴侶をオルドパルドは長椅子から腕を広げて迎えた。

「良い子良い子」

「……っ、……、……！」

ぽすりと腕の中に招かれたセツは頭を撫でられるたびに体を小刻みに跳ねさせた。

フー、フーと息を荒げその褐色の頬は朱に染まっている。

「鮮やかだったなあ、セツ。これはご褒美を弾まないとな」

「……！」

ご褒美、という言葉にセツは顔を上げてオルドパルドを見た。何かを期待するように伴侶を見つめる。

「何がいい？　後ろの玩具《おもちゃ》を抜いてほしいか？　十日ぶりに射精したいか？」

「～～～ッ」

「それとも淫乱なセツは、全ての玩具の出力を最大にしたまま俺の抱き枕になりたいかな……ああ、言葉だけでメスイキしたか？　本当に淫乱だな、セツは。でも今日は頑張ったから見逃してやろう。さて、どうしてほしいか言ってごらん？」

「……ぅ、うぅー……！」

精悍な眦をとろんと溶かし涙を浮かべたセツは、必死に首を横に振った。何かを訴えるかのように呻き声を上げる。

「……ああ！　忘れていた。飲み込んでいいぞ、セツ」

「！」

許しが出たセツは喜色を浮かべると口元を覆う面を外し、ごく、ごく、と少しずつ口の中にあったものを飲み干した。

口を大きく開きオルドパルドに中を見せる。

「うん、上手に全部飲み込めたなあ。俺の精液美味かったか？」

「んっ……オルド、パルド……」

良い子良い子、と頭を撫でるのと同じ調子で股間を撫でられセツはぶるりと体を震わせた。

長椅子に座るオルドパルドに体重をかけないよう必死に踏ん張りながら、涙目で見上げる。

「褒美……ッ」

「うん？　何が良い？」

「オルドパルドの、好きに……して、ほしい」

「……」

一瞬虚をつかれた顔をしたオルドパルドは、ふわりと花が綻ぶように微笑んだ。

「そうかそうか。じゃあまずは口づけだな」

「!?　今、飲んだばかりで……」

「構わないさ、セツの口ならな」

有無を言わさぬ力でセツを引き寄せオルドパルドは唇を重ねる。

多少の味は残っていたが構わずに隅々を舐め、喉の奥まで犯してやった。

「……これだけで何回メスイキした？　セツ」

「ぁ……あ……っ」

「ははは、目の焦点が合ってないな。ご褒美はまだ始まったばかりだぞ。今日は楽しもうな、セツ」

頭を、首を、背中の筋を性的に撫でるたびにビクビクと痙攣する伴侶に、オルドパルドはうっそりと笑みを浮かべるのだった。

【オルドパルドとセツの出会い】

ガタガタと馬車がひどく揺れるのは何も道のせいだけではないだろうと、枠しか存在しない窓に頬杖をつき流れる景色を眺めながらオルドパルドは思う。

安普請の馬車は国にとっての彼の価値を表していた。

オルドパルドの帰国は建前上のものであって、体良くお払い箱にしたはずの末子の帰還を皇帝である父や兄達は望んでいない。

大方野盗にでも襲われて落命すれば良いと思われているのだろう。

最低限の護衛兼監視はやる気すら見せず昼間から酒を飲んでいる。

だが、いかに酔っ払い相手とはいえまだ少年であるオルドパルドは力では敵わない。

だからオルドパルドはじっと待っていた。護衛の目を逃れ、周囲に広がる森へ逃げ出す機会を。綻《ほころ》びを。

国へ帰れば良くて奴隷化か悪くて死が待っている。

しかしエンケや血の繋がらない兄弟姉妹にそのような醜態を晒すわけにはいかない。

オルドパルドという名前を貰った時、兄弟姉妹達と再会を誓った。

どこであっても必ず生き抜き再会を果たすと。

何より、自分が死ねばエンケは泣くだろう。

何十年も前に死んだ見ず知らずの勇者達のために、夜中に魘《うな》されながら泣くような人だから。

自分達十四人は自惚《うぬぼ》れじゃないほど愛されていた自覚がある。

だからもし死んでしまえば、エンケは目が溶けるほど泣いてしまうだろう。

本が大好きなあの青い目が自分のために喪《うしな》われれば、他の兄弟姉妹から死んでも恨まれる。

そんなのは御免だった。

だからオルドパルドは機会を待つ。

隙さえあれば逃げ出して森で生き抜く。そのための知識はあった。

——そして、待ち望んだそれは風と共にやって来る。

「ぐぇっ」

御者台で酒盛りをしていた護衛二人が呻き声を上げ、見れば白目を剝《む》いて馬車に倒れかかっていた。

「なん……ぐぅ！」

続いて馬車の後ろを守っていた護衛も同じ目に遭う。

異変を感じた馬が暴れ出し、岩にでも躓《つまず》いたのか馬車が大きく傾いた。

「……ッ」

咄嗟に受け身を取る。

野生児の姉からコツは聞いていた。練習もした。

幼い体とはいえ致命傷は避けてみせると覚悟を強く決める。

だが枠しかない窓の外から伸びてきた褐色の腕がオルドパルドを引きずり出したことでその覚悟は不要となった。

「……誰だ、お前は」

「…………」

褐色の左腕いっぱいに奇妙な文様を彫り込んだ銀髪の男は、すっぽりと抱きかかえたオルドパルドの顔を覗き込み固まっていた。

そして、夏の空のように晴れやかに笑う。

「ああ……やっと見つけた！　怪我はありませんか、我が伴侶」

「誰がお前の伴侶だ」

「あなたです。ああ、どうかお名前を」

男は片手で馬車から座席を引きずり出し、刺繍の入った布を敷いてオルドパルドを座らせた。

大人の男は身の丈が半分しかない少年の前に跪き、片手を取って見上げる。

「人に名前を聞くならまず名乗れ」

「失礼しました。拙《せつ》の名は――」

「待った」

名乗れと言っておきながらオルドパルドは摑まれていない方の手を翳《かざ》して止めた。

きょとんとする銀髪の男を頭からつま先までまじまじと眺める。

筋肉のついた引き締まった大人の体。

酔っ払いとはいえ護衛を次々に倒したらしい戦闘能力。

どちらも今のオルドパルドが喉から手が出るほど欲するものだった。

「伴侶と言ったな。俺は今のところ伴侶はいらない」

「そんな……っ!?」

「だが力は欲しい。お前、俺のものになるか？」

「それは……あなたの傍にいられるということでしょうか」

一瞬絶望した男の目が輝く。

オルドパルドはいいなこいつ、と思った。持って帰って先生に見せたい。

「今から行くところは地獄だ。そこでお前は地獄を作る側になれるか？　俺の手足となり人を殺せるか？」

「ああ……」

オルドパルドは自分の小さな手を握る大人の手が小刻みに震えるのを見てやはり駄目か、と諦める。

（力が欲しいところに力が降ってくるなど、おとぎ話でもそう都合良くはいかないなあ）

しかし、続いて聞こえた言葉に目を見開き、そして笑った。

「――そんなことで良いのですね」

男は手を離し、正座して拳《こぶし》にした両手を膝の前についた。

古い時代の戦士の最上礼だ。

「拙をこれよりあなたの〝影〟として仕えさせてください。この力はあなたの力。この命はあなたのために」

「俺はオルドパルド。お前の主人だが、呼び捨てにすることを許す。お前のことはそうだな、セツと呼ぼう」

「……セツ、ですか？」

「ああ。だってお前の一人称が拙だろう？　大の大人が自分を名前で呼んでいるようで――すごく可愛い」

オルドパルドは最上礼を崩さない男の頬に指を滑らせ、銀髪をくしゃりと撫でてやった。

座席から降り、最上礼をしてやっと自分と同じ高さにある頭を抱きしめる。

「もう俺のものだ。離さないからな。どこにも行くなよ」

「はい。我が主《あるじ》、オルドパルド」

オルドパルドは冷たい地獄への供を手に入れた。

セツは何年も前から本能で焦がれた相手を手に入れた。

温度は違《たが》えど互いを無二として手に入れた二人は、何があっても手放さないと心に誓う。

この時はまだそこに恋愛感情はなかったが、二人は自然と唇を合わせていた。

【オルドパルドが無意識に嫉妬する話】

セツは普段姿を消している。

父と兄達を追い落とし皇帝となったオルドパルドが呼べばどこからともなく即座に現れるが、広い城にはセツの希望で私室はなく呼ばない限りは出てもこない。

食事や睡眠は十分に取っているというがオルドパルドはその様子を見たことがなかった。

そもそも、オルドパルドが見たことがあるセツは自分に向かってうっとりと跪く姿と無慈悲に敵を斬り捨てる背中くらいだ。

しかし今日、聞き捨てならない噂を聞いた。

『皇帝陛下の〝影〟、すっごい美丈夫よね』

リネンを運んでいた侍女がそんな話をしていたのだ。

思わず呼び止めて聞けば、なんでも干していたリネンが風に舞い上がってしまった際屋根から降りてきた人間が汚れひとつないままのそれを返してくれたのだという。

礼を言おうと名を聞けば『自分は皇帝の〝影〟であるから覚えてもらう必要はない』と去ったらしい。

褐色の肌に銀髪で腕に刺青があったというから間違いなくセツだ。

よくよく聞けば、似たような事例が頻繁にあるらしい。

厨房《ちゅうぼう》で何十枚と重なった皿が倒れそうになったのをどこからともなく現れた男が止めただとか、厩《うまや》で馬が暴れた時に宥めただとか。

些細なそれは皇帝にまでは伝わっていなかったが城ではすでに誰もが知っていて、城を守る妖精だとすら言われているらしい。

「……セツ」

公務を終え自室に戻ったオルドパルドは、窓辺に生けられたみずみずしい花を愛《め》でながらごく小さな声音で囁いた。

広い皇帝用の寝台の、端と端の距離ですら聞き取れないであろう声をしかしセツは聞き取り姿を現わす。

「ここに、我が主」

背後に現れ片膝をつく男の髪はいつ誰が切っているのか常に同じ長さで。

そこにオルドパルドは花瓶から抜いた花を一本戯れに飾った。

桃色で大ぶりだが華奢な花弁は、筋肉質で無骨な戦士には似合わない。

だがオルドパルドは「可愛いな」と告げた。本心からだ。

「光栄です」

「聞いたぞ、セツ。城の者をずいぶんと助けているらしいな」

「はい。オルドパルドの過ごす城なので」

「そうか」

オルドパルドは犬にするようにセツの銀髪を撫でていたが、ふいにぐしゃりとその頭を飾っていた花を握りつぶした。

「寝台に上がれ、セツ」

「は……しかし……？」

「上がれ」

ただならぬ様子に視線だけ上げたセツが見たのは、普段は穏やかに微笑んでいるオルドパルドが無表情で見下ろす姿だった。

「――はい」

セツは深く頭を垂れる。

主が己に感情を向けているということは、セツにとって何にも勝る幸福で。

床につくほど下げられた顔には恍惚《こうこつ》が浮かんでいた。


「……それで、お前は普段どこで寝ているんだ？」

「あの、オルドパルド？　これは、その……どういう状況で……？」

言われるがまま寝台に上がったセツは、オルドパルドが服を脱ぎながら隣に身を横たえた時、ついに後ろを許し抱かせてもらえるのかと一瞬期待した。

だがオルドパルドはセツに絹と羽毛でできた上等な布団をかけてやるとその上からポンポンと一定の間隔で叩くのだ。

「オルドパルドが風邪を引いてしまう……」

期待につい股間を膨らませてしまったがオルドパルドは眠る時裸になるのだったと思い出したセツは布団を返そうとする。

だがその前にオルドパルドが隣へ潜り込んできた。

広い寝台と大きな布団は体の大きな男二人を問題なく受け止め包み込む。

「これでいいだろう。ほら、吐け」

布団から出した腕で変わらずポンポンと叩かれながら促されるがセツは口ごもった。

「拙の寝所は…その……どこにあるかと言いますと……」

主の命とあらば余すことなくこなしてきたが、この質問だけはセツにとっていささか都合が悪かった。

出身地であるギュルセの里の掟に反するのだ。

「嘘は禁止だからな」

「うぅ…っ！　い、言えません」

「……その部屋は快適か？」

「は、とても」

「寝台は広いか？」

「そう、ですね…かなり……」

「……城の侍女と同衾《どうきん》でもしているのか？」

「は……は!?　じ、侍女ですか!?　なぜ!?」

「ずいぶん優しくしてるようだからな。お前の部屋がないのに寝台で寝ているなら誰かの部屋だろう。大きいなら城だ、睡眠の質を上げるために大きいものを用意させたからな。客室で眠るくらいなら私室を受け取るだろうしな。それとも相手は男か？　まさか城の外の貴族か？」

「せ、拙は！　そのようなことは……！」

「じゃあ誰の寝台で寝ているんだ、早く言え」

聞き分けのない口め、と頬を摑む。出会った時よりずいぶん育った青年の手はセツの顔を容易く覆った。

頬に食い込む指の強さに、なぜかはわからないが伴侶（将来的希望）が怒っているのを感じ取ったセツは、ふいに自分が守ろうとしていた掟に添えられた言葉を思い出した。

『――伴侶と拗れる場合には、この掟に反しても良い』

「こ、ここです……」

「何？」

「この部屋の……この寝台の下で、眠っております……」

『伴侶の常識に反する行いをした場合は秘匿すべし』

セツの口を固くしていたのはそのような掟だった。

セツとて、夜な夜な眠った主の寝台下に滑り込みあまつさえそこを寝室にすることが常識外であることは知っている。

だが止められなかった。伴侶（になりたい）の一番近くで寝息を聞きながら同じ空気を吸って眠りたかったのだ。

「寝……台……の……下…………？」

オルドパルドはどれほど信頼している〝影〟の言葉であってもさすがに信じられなかった。

だから全裸のままいそいそと寝台を降り、寝台と床の間を隠す布をめくり上げた。

そこにはセツの数少ない私物である面と、庶民のひと財産ほどの給金が入った布袋がころんと置かれていた。

「……枕すらないが」

「枕を使うと鼻が寝台の裏に擦れるので……」

「……こんな場所、誰かが掃除に来ればバレるだろう」

「この部屋の手入れは全て拙が行なっておりますので……」

「なんだと？　部屋の掃除は割り当てられた役目の者がいるだろう」

「オルドパルドの暗殺を企む者だったので処分し、以降は拙が変装して成り代わっておりました……」

掃除夫としての給金は全てこの部屋の環境を整えるために使っていた。

オルドパルドは自らのために一銀たりと使わないから。

香を焚き、花瓶を飾り、毎日新しい花を生けていました、と。

そんなことを吐露しながらセツは顔を覆っていた。

もうお終《しま》いだ、嫌われる。里に攫《さら》って帰るしかない。だがそれをすると五十年以上は拗れるらしいから悩ましい、などと様々な感情が脳内を渦巻く。

しかしオルドパルドは呆然としながらも寝台に戻り、再び平然とセツの隣に収まった。

「オルド、パルド？」

「……それで、食事はいつどこでとっているんだ」

「しょ、食事、ですか？　食事は…毒味を兼ねて、オルドパルドと同じものを同じ皿から」

「やたら大きい皿の真ん中にしか料理が乗っていなかったのはそういうことか…よくバレなかったな」

「料理長が毒殺を企てていたので処分し、以降は拙が変装して料理しておりましたので……」

「それでは毒味いらなくないか？」

ああまた引かれた、とセツはもはや顔をオルドパルドに向けられなかった。

合わせる顔がない。

どのような感情も、長年焦がれようやく探し出した伴侶がセツを認識しているから生まれていると思えば幸福の極みではあるが、やはり嫌われるとなると堪《こた》える。

寝台からオルドパルドが降りる音にセツはびくりと体を震わせた。

「オルドパルド、待っ……！」

「ほら」

顔を上げ追い縋ろうとしたセツの眼前に何かが突きつけられる。

それは寝台の下というセツの私室に転がしておいたはずの面と財布だった。

「適当に箪笥《たんす》でも金庫でもなんでもこの部屋に置いてしまっておけ。それから明日夜までに枕をもうひとつ用意しろ。布団はこれでいいだろう」

もぞもぞと布団に潜ったオルドパルドは話は終わったとばかりに目を瞑った。

だがセツは『明日夜までに枕ひとつ』と頭に刻みつつも混乱の極みから寝台を降りられずにいる。

「お、オルドパルド」

「……なんだ。明日も早いんだがなあ」

「す、すまない。だけどその、拙はどうすれば」

「早く寝ろ。……二度とここの床でなんて寝るな。二人だと狭いと思うなら新しい寝台を調達しておけ」

「拙を…許して、くれるのか？　お咎めは…」

「お咎め？　俺の〝影〟が傍にいて何が悪い。……だけど、そうだなあ。その喋り方の方が可愛いからそのままにしろ」

「喋り方？　あっ……！」

いつの間にか自分の口調から丁寧さが失《う》せていたことにセツはその時初めて気がついた。

動揺しすぎだと戒めるが、命令とあっては戻すことはできない。

「それから」

「なん、だ？」

「二度と俺の知らないお前を他人に見せるな。お前は俺のものだろう？　セツ」

「……ああ。ああ、そうだ。そうだとも、オルドパルド。拙の全ては我が主のために」

二人は向かい合って横たわると、唇を重ねてから目を閉じた。

セツはそれから五日間に渡り、眠ったふりをしてオルドパルドの寝顔を眺め続けた。

多少寝なくても平気な龍の子孫で良かったと幸福を嚙み締めながら。

オルドパルドは自分を見つめるセツの視線に内心で満足げに微笑んでいた。

このようなだらしないセツを知るのは自分だけだと。

オルドパルドは自分のものへの独占欲。

セツは本能から来る執着心。

未だ恋愛を自覚していない二人だったが、その距離は恋人よりも近かった。

【ヒュドルとセツが料理をする話】

今日は伴侶集会でエンケがいない。

それならばと考えていたことを実行すべく里の中を探せば、目的の男はすぐに見つかった。

「…藍闘の」

「おお、ヒュドル。拙のことはどうぞセツと。我が伴侶がくれた名ですゆえ」

里の端である切り立った崖の縁に手をかけ、足に身の丈の何倍もある鉄の重りをつけ懸垂していたセツは息ひとつ乱さず笑顔で言う。

頷くと本題を告げた。この男に余計な言葉は不要だ。

「料理を教えてくれ」

「――は、い？」

「長生きのコツ？」

私の髪を塗りの櫛で梳いていたエンケは、驚きで手を止めた。

「……貴様を長生きさせねばなるまい」

「その方法をおれに聞くのか」

「賢者だろう。里の中で貴様が最も知識がある」

ギュルセ族の秘儀は概《おおむ》ね両親から聞いた。

しかし軟弱者の寿命を延ばす方法は多ければ多いほど良い。

ふむ、とエンケは腕を組み考え込んだ。

「といっても知ってることは全部試してるからな…」

「そうなのか？」

「ああ。……おれだって、お前と一緒に長生きしたいからな」

「そうか」

「でも眉唾なものも多いんだよな。黒イモリの踊り呑みとか」

「なんだそれは」

「喉で滅茶苦茶暴れられて寿命縮みそうだったからやめたし逃したよ」

「実行するな。…そんなことがあったなら、言え」

もう大丈夫なのかと喉を撫でるとエンケは嬉しげに相貌を崩した。

私のことを過保護だというが、嬉しそうにする軟弱者も軟弱者だ。本人は無意識らしいからタチが悪い。

愛しさに口づければ甘く返され、自然と抱き合った。


数日後、市場で興味深いものを見つけた。

「これはなんだ？」

「そりゃ一般向けの雑誌だよぉ。平和になったからねぇ、こういうのが出るようになったのさぁ」

「……」

それを思わず手に取ったのは、表紙にこうあったからだ。

『魔王がいなくなった世界で安心して長生きするコツ　一挙公開！』

「――それがこの雑誌だ」

「なるほど」

全身に鉛の鎖を巻き、二人並んで片手の指で腕立て伏せをしながら説明する。

投げ渡した雑誌をセツは片手で器用に開きざっと目を通した。

「読めるのか」

「オルドパルドの補佐もしてましたゆえ。…なるほど、『恋人の手作り料理が寿命を延ばすコツ』、ですか」

「ああ」

「しかし、なぜ拙に？　確かに拙は料理もしますが、得意な者ならば他にもおりましょう」

「……貴様の伴侶とエンケは、味の好みが似ているらしい」

「なるほど」

セツの体が蜃気楼《しんきろう》のように揺らめく。

一瞬のうちにかき消えたと思えばいたはずの場所に支えを失った鎖だけが重い音を立てて落ち、胸に手を当て礼をする姿が私の目の前にあった。

「そういうことならば協力しましょう。ヒュドルの伴侶が好む料理も教えてください」

「ちなみに、料理の腕はいかほどで？」

天幕に籠り続ける伴侶達のために、里には巨大な野外厨房がある。

里と同盟関係にある部族の者に金を払い定期的に料理を作ってもらうのだ。里には籠り続けるだけの仕組みが揃っており私達もよく利用している。

その端に私とセツは二人で大量の食材を買い込み立っていた。

我々の様子を野次馬が遠巻きに眺めている。

ギュルセ族の中でも戦闘に秀でた藍闘の家の長男と、先祖返りである黒い力の家の私が鍛錬や手合わせ以外を行なっているのは相当に珍しいのだろう。

「基本は身についている。だが、栄養を取れれば良いと考えてきたからな、凝ったものは作ろうと思ったことすらない」

「なるほど。ではまずは簡単な料理からいきましょう」

「ああ」

「ヒュドルも文字が読めるようなのでレシピを持ってきました。この通り作れば簡単にできますよ」

「――これは」

「どうかしましたか？」

「薄いが、本一冊分に見える」

背幅が小指ほどの、厚みはないが本の形をしたそれの表紙にはこうあった。

『アカクロイユシのアギ＝パッツ～レンミソースと香味野菜を添えて～』

「はい、それ一冊で一品の料理ができます。オルドパルドの好物なのですよ」

工程は単純なものばかりですよ、と微笑むセツを見て思い出した。

——この男とその伴侶は、王城で暮らしていたのだと。


「……終わりだ」

「さすがヒュドル、見事な手際です」

魔王軍数千を殲滅《せんめつ》した時より余程疲弊したが、私の前には無事に『アカクロイユシのアギ＝パッツ～レンミソースと香味野菜を添えて～』が完成していた。

魚を不可思議な手順で捌いたり無数の野菜や香辛料を下拵《したごしら》えすることは難しかったが、以前エンケから贈られた小刀の切れ味がよく、手に馴染み私の腕力にも耐えたため、壊れたのは厨房のみで済んだ。

刻むたびに聞くものを麻痺《まひ》させる大声を上げるマンダラギの下拵えだけは手間取ったが、落ちた鳥は野次馬をしていた連中が嬉々《きき》として持ち帰ったから今日あたりの夕飯になるのだろう。

セツのサポートもあり見た目はまともだ。厨房の破片も全て取り除いた。

自分で作ったと思えないほど繊細な料理は、彩りに溢れ見た目にも美しい。

「感謝する」

「拙も久しぶりにこの料理を作る機会をいただけました。……しかし、そちらの伴侶が好む料理を教わる時間がありませんな」

「なぜだ？」

セツと共に空を見るが、明るいながらも夜になろうとしている空は紅《あか》い。

「伴侶集会がもうじき終わるはずです」

「半刻はあるだろう」

「しかし拙はまだレシピも知らず…道具も揃えておりませんし」

言い募るセツは私が取り出したものを見て言葉を止めた。

「鍋？」

「まず鍋で小さく切った肉を焼く。臭みが少しあるものを好むが基本的になんの肉でもいい」

「ふむ。火加減と時間は？」

「適当だ」

「は、適当ですか？」

「焦がさなければそれでいい。焦がしそうになれば鍋を遠ざける。中まで火が通れば皿に避け」

「避け」

「塩、胡椒《こしょう》、野草」

「野草!?」

「脂の残る鍋に米と水を入れて煮る」

「煮る…」

「米が柔らかくなれば塩、野草」

「また野草!?」

「完成だ」

「…………」

「…………」

並んだ手間も素材も正反対の料理を眺め、我々は同時に考えた。

（本当に二人の味の好みは似ているのか？）


「美味いな、セツ。懐かしい味だ」

「懐かしい？」

「ああ。兄弟姉妹と先生と…十五人で暮らしていた時、肉も米もご馳走だった。これは先生が特別な日に作ってくれる特別な料理だったんだ。俺達は皆これが大好きさ」

「な…！　なぜ言わなかった、オルドパルド!?」

「それはお前、愛しい伴侶が手間のかかる料理を一生懸命に覚えて作ってくれ、それが美味いとくれば不満なんてあるはずがないだろう」


「美味い！　これ見たことあるな。『アカクロイユシのアギ＝パッツ～レンミソースと香味野菜を添えて～』だっけ？」

「貴様、レシピ本も読んでいたのか」

「ああ。このレシピは確かオルドパルドの城に立ち寄った時書庫にあったたな。繰り返し読まれたみたいにボロボロだったからよく覚えてる。そうか、あんなに難しい料理をおれのために作ってくれたんだな。すごく美味いよ、ありがとう、ヒュドル。あ、でもこれレシピになかった隠し味があるな。酸味に近い刺激が味に更に深みを生み出してて…もしかしてマンダラギかな」

「……貴様、味がわからないわけではないはずだが」

「うん？」
「なぜ好物があのような大雑把な料理なのだ」
「……そりゃお前……」
「なんだ？」
「出会った当初ろくに喋らなかったのに、おれがこれ好きな料理だって言ったら無言で連日作ってくれた可愛いやつがいたからな」

「それにな、セツ」

「それにな、ヒュドル」

――お前と一緒に食べたら、なんだってご馳走なんだ。

以降、里では時折厨房で料理をするヒュドルやセツ、その伴侶達の姿が見られたという。

【愛する者から愛する者へ】

これは、おれがギュルセの里に来て少したった頃の話。


森の中をフユと一緒に散策しているとフユの毛が茂みに絡まった。

引っ張って抜け出そうとするがピィ、と鳴き声が聞こえフユの脚が止まる。

声のした方を覗き込めば茂みの隙間から蛇鳥《へびどり》の雛《ひな》が数匹見えた。茂みだと思ったものは似せて作られた蛇鳥の巣だったらしい。

厄介なことになったな、とフユと顔を見合わせる。

というのも、蛇鳥は賢い上に執念深い。引っ張っただけで上手く毛が解ければいいが、その拍子にうっかり巣を破壊しようものなら森中から親とその仲間が現れおれ達に襲いかかってくるだろう。

フユは小さな相手が苦手だし、よしんば逃げられても森の探索は今後危険なものになる。

普段なら持ち歩いている小刀で毛を切るのだが、よりによって先ほどフユが獲った魔獣を解体していた時に折れてしまっていたのだ。

石を研いで小刀を作ろうにも時間がかかる。

その間に巣を離れているらしい親が戻ってきてもややこしいことになるだろう。

「……仕方ない、これを使うか」

腰に差した短刀を抜く。高価な宝石があしらわれたそれは鞘から抜き去れば驚くほど手に馴染んだ。

斬れ味の良い鋼でフユの毛を切り茂みから解放する。二人してそろそろとその場から離れことなきを得た。

「いやー親が近くにいなくて良かったなフユ。……ん、この短刀か？　これは……」

短刀を独特の文様が彫られた鞘に戻す。

ギュルセ族の文様は鞘の中身をこのように表していた――『殺すもの』。

「これはヒュドルがくれたもの。ヒュドルを殺すための刃だよ」

――私は愛の言葉を囁かない。言葉は嘘も紡げるからだ。

――だがもし私の愛を貴様が疑うことがあれば、

――その時は殺していい。伴侶の――貴様の刃のみ私は受け入れよう。

「重いよなあ……」

フユに里まで送ってもらい、天幕に向かう道を歩きながらもおれは初めて使った短刀の重みが忘れられずにいた。

ヒュドルがくれたものだからと肌身離さず持っていたが、今までは鞘から抜いたことすらない。

おれがヒュドルを殺すために鍛えられた鋼だと思えばその輝きを見るのも躊躇われたからだ。

しかし同時に勿体無《もったいな》いなとも思っていた。

旅が長かったからだろう、おれは使わないものを身の回りに置くことはあまりない。荷物は最小限でなければ落ち着かない。

おれがヒュドルを殺す日なんてこの先訪れないと思う。思うが命と共に差し出された短刀を軽んじるわけにもいかず、使うことも捨てることもできないまま今に至ってしまった。

「……どうするかな」

しかし、フユの毛を切ったことで――ヒュドルを殺すという目的以外に使ったことで、おれの中で何かが変わった。踏ん切りがついたと言うべきか。

「よし」

考えを決めて天幕を開くと中で愛しい銀髪の伴侶がおれの帰りを待っていた。

剣の手入れをしていた背中が勢いよく振り向く。

「ただいま、ヒュドル」

「エンケ。外は楽しかったか？」

「ああ。……なあ、相談したいことがあるんだけど」

「……なんだ？」

おれが相談なんて言い出したからだろう、ヒュドルは不思議そうな顔をする。

引き寄せられるまま腕の中に収まり、向かい合わせに抱き合ってキスをしてから短刀を取り出し話を切り出した。

「この短刀の鞘を誂《あつら》え直したい」

「鞘を？」

短刀を差し出すとヒュドルは続きを促すように視線を向ける。

「お前を『殺すもの』はおれには必要ない。使わない刃は重いし、正直邪魔だ」

「だが」

「……万一、おれがお前を殺すとしたら、その時は」

短刀を床に置いてヒュドルの首に両腕を回した。

「おれ自身の腕で殺す。その時におれの腕がどれだけ衰えていようが、人体の急所を押さえれば殺すことはできる。その知識はある。ぶっつけ本番だからかなり苦しいとは思うが……それじゃ駄目か？」

勿論それで殺すにはお前が無抵抗であることが前提だが、と付け足す。そもそも刃だろうがおれの腕だろうがヒュドルが無抵抗でなければできるわけがないんだから変わらないだろう。

そしてそもそも無抵抗で殺されようとする相手の愛を疑うことが難しいのだから、短刀は益々《ますます》不要なものだとわかっているのだろうか、この不器用なギュルセ族は。

「……エンケ」

ちゅ、と額に口づけられる。おれを呼ぶヒュドルの声には僅かな戸惑いと、大きな喜色を含まれていた。

「貴様は変化を好まないと思っていたが」

「……確かにそういう時期もあったな」

ヒュドルの言うことは当たっている。

この歳になると自分に大きな変化は辛い、避けたいとずっと考えていた——ヒュドルと共に暮らしはじめるまでは。

おれはヒュドルと共にあって変わったのだろう。昔のおれであれば短刀が邪魔なら天幕にしまい込んで終わっていた。なんでも入る袋だってある、持ち歩く必要はない。

邪魔だと思いながら持ち歩き、あまつさえヒュドルの覚悟が籠められた鞘を誂え直したいなどとは考えもしなかっただろう。

変えたのはヒュドルだ。若い伴侶との生活が、おれが止めようとしていた時間を進めた。

『もうおれには何もできない。失意のまま故郷に帰り、事故や寿命でいつか誰にも看取られることなく死ぬのだろう』

いつかそんなことを思ったことがある。おれは変化を恐れていた。

輝いていたものが奪われた時から、自分から何かしたいと思うことがなくなった。

失意にまみれたおれが長い時間止めた時計を、動かしたのはヒュドルの存在だ。

大きな変化は恐ろしいが、些細な変化であるなら受け入れられるようになった。

「それは貴様にやったものだ。好きにして構わない」

「ああ。ありがとう、ヒュドル」

「……エンケ」

「うん？」

感謝を籠めて抱きしめたヒュドルの首筋に顔を埋めていると、俺の頬を褐色の両手が包み込む。

上を向かされて視線が絡み合った。

「愛している。我が伴侶、エンケ・ロープス」

「――ッ！」

『私は愛の言葉を囁かない。言葉は嘘も紡げるからだ』

――ヒュドルはかつてそう言っていた。言葉通り頑《かたく》なに愛を口に乗せなかったし、今後もないだろうと思っていた。

初めてのヒュドルの言葉が、低く甘い声音が、熱を持っておれの心臓に沁み入る。

「……お前も、どういう心境の変化だよ、ヒュドル」

「貴様の言葉は心地よい。……一欠片《かけら》の嘘もないと確信できる愛の言葉がこの世界に存在するのだと、貴様の言葉で知ることができた」

愛している、ともう一度口に乗せたヒュドルの顔は蕩けるような笑みで、あまりにも幸せそうで。

「愛してるよ、ヒュドル」

おれも何度も囁き返した。

『愛する者から愛する者へ』

短刀の鞘はそんな文様に誂え直され、出かける時は常に、ヒュドルの分身のようにおれと共にある。

元勇者一行の会計士　書き下ろし

「ん…何の音だ…？」

賑《にぎ》やかな楽器の音で目を覚ます。笛《ふえ》と太鼓《たいこ》と鈴《すず》。微《わず》かだが人の笑い声も聞こえてきた。

「祭りかな…」

寝起きで霞《かす》む目を擦《こす》りながら見上げると、天井の刺繍《ししゅう》越しに薄っすらと朝陽が差し込んでいる。ギユルセ族の天幕は音も光も完全に遮ることができるが、旅の間はある程度通すようにしてあった。

身を起こそうとするが、背後から抱きしめるヒュドルの腕によって阻《はば》まれる。外そうと指をかければ寝ているはずなのにぎゅうと力が強まった。しばらくもがきやっと緩《ゆる》まったところを抜け出す。

「はぁー暑いなあ」

差し込む日差しからは夏の匂《にお》いがした。

手近な机を探るとおれの本の隣に髪紐《かみひも》が揃《そろ》えて置いてある。手入れの都合上、旅の間は伸ばしっぱなしにしている髪はうなじを覆《おお》っていた。手早く結わえ、濡らした布で体を拭《ふ》く。

昨夜も肌を重ねた後ヒュドルが綺麗《きれい》にしてくれたようだったが、抱きしめられていたせいで背中側が汗ばんでいた。体が硬《かた》いせいで上手く拭けないでいると、衣擦《きぬず》れの音と共に布を取られる。

「エンケ…まだ朝早いだろう」

「悪い、起こしたかヒュドル」

「構わないが…近くに人里などあったか？」

背中を拭いてくれるヒュドルの声はまだ少し眠たそうだった。二十六歳を迎えた青年の、低く精悍《せいかん》な声が少し掠《かす》れている。

「最近できたのかもな。おれ達が見た地図は一昨年《おととし》に作られたやつだし」

「そうか」

「あっこら抱《かか》えるな。おれはもう起きるよ、目も冴《さ》えたし」

拭き終わったおれを布団に連れ戻そうとするヒュドルに手を突っぱねた。目的などあって無いようなのんびりした二人旅だ。まじないで快適に保たれる天幕での二度寝も悪くはなかったが、この歳になると一度目が冴えてしまえば中々次の眠気は来ない。

「…そうか」

「ヒュドルは寝てろよ」

おれを連れ戻すことを諦《あきら》めたヒュドルは眠気を払うように首を振った。一糸まとわぬ姿で陽光に照らされる褐色《かっしょく》の肌と銀髪はそれだけで滴《したた》るほどの色気を放っている。朝から目と心臓に悪い。

成長と共に精悍さを増すヒュドルの魅力は留まるところを知らなかった。長い付き合いのおれですらふとした瞬間にドキリとすることがある。

「いや…貴様は一人で出て行きかねない」

「信用無いな」

「前科がある」

「まあ…あるけどさあ」

以前、あまりにも早く目が覚めたため軽く散歩でもしようと眠るヒュドルを置いて天幕を出たことがあった。それから一年以上経っているんだがまだ根に持っているらしい。

「あの時は悪かったって。身代わり宝珠もあるしちょっとくらいなら大丈夫だと思ったんだよ」

言いながら足首に巻かれた身代わり宝珠《ほうじゅ》を指す。

身代わり宝珠は持ち主に危害が加えられた時、代わりに壊れてくれる奇跡の品。非常に貴重で高価だが、勇者一行での旅の途中から今まで切らしたことはほとんど無い。ヒュドルは立ち寄った街で見つければ必ず買うし、オリヴィエとエリーからも定期的に送られてくる。

「結局怪我もトラブルも無かったし、天幕の周り散歩したらすぐに戻っただろ」

「起きたら貴様の姿が見えないのは御免だ」

「…っ、悪かったよ。でも、お前よくおれに飽きないよなあ」

「飽きることなど無い」

「素直だしさあ…」

出会った時から数えるとすでに十五年くらいは一緒にいるというのに、ヒュドルの束縛は緩《ゆる》まるどころか日に日に増すばかりだ。でもそれが嫌ではないのだから困った。

年下の伴侶は今日もおれのことが好きすぎる。今が最盛期なのだろうと浮かれすぎないよう気を引き締めようとするのだが、ヒュドルは飽きずにおれを求めるしおれも毎日惚れ直してしまっていた。

今も、まだ眠そうなのにおれに付き合って服を着始める姿にぐっときている。着終えたらすぐさま抱きしめて頬《ほお》に口づけてくるものだから頬が緩んだ。

「朝の涼しいうちに少し歩きたいんだけど、先に朝飯にするか？」

「軟弱者に合わせよう」

昔より少し角が取れて丸くなった表情でふわりと笑うヒュドルだが、腹はグルルと唸《うな》り声を上げている。素直な音に苦笑した。

「パンに昨夜の残りでも挟んで持っていこうか。外で食べるのもいいよな」

「待てエンケ。…外が妙だ。音が近づいてきている」

言われて耳を澄ませると、遠かったはずの祭りのような音が確かに近づいてきている。

「うわ、本当だ。気づかれたのかな。認識阻害のまじないはいつも通りなんだろ？」

「ああ。…全部で二十二人。固まって行動している。子どもも複数いるようだ」

「じゃあ子どもが見つけたのかな。聡《さと》いもんなあ」

おれ達が使っている天幕はギュルセ族のまじないが掛けられていて、よほど近づかない限りは風景に溶け込み見えにくいようになっている。しかしよく目を凝《こ》らしたり触れば見つかってしまうし、子どもなどはなぜかぱっと見つけてしまうこともあった。

「出るか。ヒュドル、友好的にな」

「武器はどうする」

「ローブに隠せるくらいのやつにしといて」

これまでの経験では、下手に隠れたり誤魔化したりするよりは先に顔を見せて挨拶《あいさつ》する方がトラブルになりにくかった。

おれとヒュドルは認識阻害のローブを羽織る。おれが白いローブでヒュドルが黒いローブ。着れば目立たず、人の記憶に残りにくくなる。おれがあまり目立ちたくない、表舞台からは姿を消したいと望んだことを知った教え子達が贈ってくれた高級品だ。

丈夫で汚れにくく水も弾くため普段はもっぱら雨合羽《あまがっぱ》として使っているが、人前に出る時ももちろん役に立つ。なにせおれはともかくヒュドルは世界を救った英雄の一人として有名で、絵姿も各地にあるから人に見つかると大騒ぎになるのだ。

「やっぱり祭りみたいだな」

「危険度は」

「まだ不明」

情報が無い相手は警戒するに限る。大半は杞憂《きゆう》に終わるが、危険な旅を長く続けてきたおれ達はすっかり用心する癖《くせ》がついてしまった。

ヒュドルと目配《めくば》せし合い、ともに天幕を出る。五十歩ほど離れた場所に色とりどりの衣装で着飾った行列がある。やはり祭りのパレードのようだ。老若男女入り乱れていて、様々な楽器を演奏している。手を振られたので振り返すと、先頭で笛を吹いていた壮年の男に手招きをされた。

二人でパレードへと向かう。手招きしていた褐色の肌に金髪の上品そうな男は優雅に腕を広げた。

「おはようございます！　旅の方ですか？」

「おはようございます。のんびり観光の旅をしています。そちらはお祭りですか？」

「ええ、運命の神へ一年の感謝を捧《ささ》げています。朝から晩まで食べて飲んで歌って踊るんですよ！」

「夏に一年の感謝の祭りというと…スーメ地方の方かな」

「おお、よくご存知ですね。スーメ地方から移住してきたばかりです。村を作り、今は二百人ほどで暮らしています」

スーメ地方というのは今いる辺りから歩いて五十日ほどの場所だ。魔王が討伐されて以降は魔物の数もぐっと減り、旅をしたり移住する者は増えた。

「あなた方はどちらから？　変わった天幕ですね」

壮年の男はニコニコと裏の無さそうな笑顔で尋ねてくる。

「元が根無し草の商人でね、この天幕も元は売り物として仕入れたんです。気に入ったから引退してから使っていますが」

「元商人ですか、地方に詳しいわけだ。今はあなた方お二人だけで？」

「まさか。供の者は近くの街に食料を調達しに行っているんです。ああ、おれはエル、こちらは護衛のヒュイ」

　こういう場合に備えておれ達はあらかじめ嘘《うそ》の経歴と名前を用意してあった。親子と思われるのはさすがに複雑で、おれは引退した元商人でヒュドルはその護衛ということにしている。

　他にも供がいると嘘をついたのは仲間がいるぞという牽制《けんせい》と、天幕について探られないためだ。ギュルセ族の天幕は禁忌である世界魔法によって小さくして持ち運んでいるが、普通なら人手が必要な大きさである。ある程度の人数で行動しているということにしておきたい。

「これは失礼を。スーメ村の村長、リンハです。エルさん、ヒュイさん、供の方が戻られるまでうちの村に来ませんか？　旅人さんが祭りに参加して下されば村の者も喜びます」

　強引になりすぎない仕草でおれの手を取り握手しようとしたリンハの腕をヒュドルが摑んだ。

「結構だ。私達は――」

「いいじゃないかヒュイ、せっかくの誘いだ、少しお邪魔しよう。この所歩き通しで足も疲れてるし、人里で休みたかったところだ」

　足をちょっと上げて見せるとヒュドルは片眉を上げる。

「わかった」

「じゃあ、ちょっと忘れ物を取ってくるよ。道を教わっておいてくれ」

おれは天幕に戻り手早く本を布で包んだ。世界魔法をかけた本は一定距離離れるとおれの手に戻るが、その様子を人に見られると厄介だから持ち歩く方が良い。

「お待たせ」

「この山の麓《ふもと》だそうだ。パレードの足跡を遡《さかのぼ》れば着ける」

天幕を出ると行列はヒュドルが示す方と逆に進んでいる。先頭のリンハが笛を吹きながら器用に片目を瞑《つむ》って見せたから軽く手を振っておいた。

「あれは山をぐるりと回ってから戻ると言っていた」

「スーメの祭りは夜明けに占った方向に進んで、昼に折り返すからな。祭り、ごちそうあるといいな」

「ああ。…腹が減った」

＊＊＊

「おお…！　これはすごいな、氷まである！」

祭りのごちそうは想像を上回っていた。村の広場に広げられた数々の敷物の上に山のように並べられているのは豚の丸焼きに牛のもも肉。色鮮《あざ》やかな野菜も様々な料理になっていて目に楽しいし、極めつけは削った氷だ。シロップをかけて飲むが、この規模の村では初めて見た。

「腕のいい魔法使いがいるのかな…って、ヒュイ…」

「……」

「わあ、ヒュイ様と仰るんですね」

「素敵な銀の髪に美しい蜂蜜色の肌…どうか、お顔も見せていただけませんか…?」

ごちそうにはしゃぐおれの後ろでヒュイことヒュドルは、認識阻害のローブ越しでもわかるほどしかめ面をしていた。周囲に群がる若い男女は気づいていないようだが。

ヒュドルはモテていた。モテにモテていた。十代後半から二十代程度の男女は全員ヒュドルを狙っているんじゃないかと思うほどに、よりどりみどりだ。

年齢を重ねたヒュドルは女性のみならず男性までも魅了するようになっていた。溢れんばかりの色気は認識阻害のローブをもってしても防ぎきれないようで、少し覗き込まれればそれだけで相手を虜にしてしまう。

「…エル」

一瞬見て見ぬ振りをしようかと思ったが、察したヒュドルに睨まれてしまった。

「あー、悪い、そいつはおれの護衛なんだ。今は遠慮してもらえるか」

「ではいつならよろしいですか!? 夜!?」

「グイグイくるな…」

ヒュドルを囲む人の輪に恐る恐る近づくと三十人ほどの視線が一気にこちらを向く。怖い。

萎縮していると輪をかき分けておれの隣に立ったヒュドルが肩を抱いてきた。

「貴様らに興味は無い。私はとっくにこれのものだ」

低い声と共に放たれたのは殺気に近い威嚇。龍の末裔の本気の片鱗を浴びては人間などはひとたまりもない。

腰を抜かした人々を置き去りに、ヒュドルはおれを抱えて村の奥へと進んだ。

「エンケ、貴様……！」

「ち、違うって。落ち着くまで遠巻きに見ていようと思っただけだよ、離れる気は無かった」

路地の突き当りで壁に押し付けられて詰問される。おれの身長をとっくに越したヒュドルは壁に手をついてすっぽりと覆うように見下ろしていた。

「そこではない」

「え？」

「傷ついた顔をしていた。私が男女に囲まれている姿を見て」

「……そうなの？」

「ああ」

思わず自分の顔を触った。しばらく呆然としていたが、話を飲み込むにつれ羞恥心が襲ってくる。嫉妬《しっと》して、あまつさえそれをヒュドルに見られたのか。今更、年若く魅力的な伴侶がモテたくらいで顔に出るほど動揺するとは。

「わ……」

「わ？」

「忘れてくれ」

「忘れないが…」

ヒュドルは何を言っているんだと言いたげな顔で見下ろしてくる。きょとんとするな。しかし長い付き合いでこう言い出したヒュドルは何を言っても譲らないことをよく知っていた。

「なあ。おれ、今までも嫉妬していた…のか？」

人目を避けた旅とはいえ、この道中でヒュドルがモテるのは初めてではない。しかしさすがにおれも落ち着き、付き合いたての頃ほど動揺はしなくなったと思っていた。

だがヒュドルは無情にもコクリと頷く。

「していた」

「していたか～！」

顔から火が出そうだった。うつむき崩れ落ちそうになるが、気づかない内に足の間に差し込まれていたヒュドルの膝がそれを許さない。

おれのつむじにヒュドルが口づけを落とす。

「これまでの貴様は嫉妬を上手く隠していた。心配しなくても私でなければわからないだろう。隠したいならそれでいいが、今回は——貴様が勝手に傷ついていたことが許せない。いつに無く大人数だったからな、大方よりどりみどりだのくだらないことを考えたのだろう」

「見てきたみたいに言うな」

「外れているか、我が伴侶」

「……当たってるよ、伴侶どの」

ここまで長く連れ添うと完全に見透かされている。誤魔化しは無理だと諦めて、背伸びをして唇を奪った。

それだけで、自分でも気づいていなかったほど小さな心のささくれが癒《い》えていくのがわかる。感謝の気持ちを籠めてヒュドルの利き腕にも口づけると褐色の肩がぴくりと跳《は》ねた。

「おれの伴侶はおモテになるようで羨ましいよ」

「ギュルセの利き腕に触れながらそんな口が叩けるのは貴様くらいだろうな」

無防備に命をさらけ出せるほどの愛が無ければ不可能だという利き腕への口づけを受け、ヒュドルの目にこれまでと違う色が浮かぶ。

真正面から視線を受けただけで背筋がぞくぞくと震えた。ヒュドルの独占欲と執着と束縛とおれを取り巻く全てへの嫉妬――引っくるめて愛と呼ぶそれを、魂の奥まで叩きつけられる。全身が鎖で縛られているような心地なのに、同時に感じるおれに自由を許す葛藤《かっとう》と誠意がたまらなく愛おしかった。

「ヒュドル――」

おれ達は自然ともう一度唇を触れ合わせようとする。しかし、直後に響いた声によって止められた。

「旅人さんだー！」

「っ！　村の子か」

「旅人さん達どこから来たの？　スーメ？」

「スーメ地方の反対側かな。大きな国がある方だよ」

足元にちょろちょろと寄ってきた三人の子ども達にしゃがんで視線を合わせる。

「おじさん黒い髪だー」

「ああ、スーメでは黒髪は珍しいかもな」

よじよじと登って顔を覗き込んでくる赤毛の子どもが落ちないように腕で支えてやる。フードを脱がされそうになるが認識阻害のローブは多少のことでは動かない。

フードを諦めた手が中に入ってきて、おれの髪の毛をぐいぐい引っ張った。やんわり止めさせようとしていたら背中にも金髪の子が登ってしまい身動きが取れなくなってしまう。

「ヒュイ、ちょっと助けてくれ…どうした？」

「…いや」

何かを思案するヒュドルと視線が合う。ヒュドルはすでに片手で三人目の茶髪の子どもを摑《つか》んでいたが、もう片方の手で金髪の子も剝《は》がしてくれた。

「旅人さん達、お祭り行かないの？」

「今から行こうとしていたんだ。一緒に行くかい？」

「行く！」

髪を摑む子は解放してくれそうに無かったから抱いたまま立ち上がった。飽きれば離すだろう。

甘い香りの子どもをぽんぽんと撫でて、足元をちょろちょろする他の二人とヒュドルと共に広場に向かう。先程ヒュドルを囲んでいた男女はあちこちに散り、おそろしいものを見るような目で遠巻きにこちらを見つめていた。

「おじさん、これ美味しいんだよ！」

「ボクこれが好きー」

「わたし、これ。沢山食べてね、旅人さん達」

広場につくなり子ども達はごちそうへと突進し、両手に好きな物を持ってはとんぼ返りしてくる。

おれとヒュドルは楽器が置かれた敷物に腰を落ち着けたが、子ども達が自分の分とは別におれ達の分も取ってきてくれるおかげで、食べ物用に備えられた布はすぐに満載になった。

「スーメの祭りは一日中やっているから、いつ参加していつ抜けてもいいらしい。おれ達のように外から招かれた客人は楽器が置かれた敷物に座ってごちそうを食べ、感謝があれば楽器を奏でる」

ヒュドルが厚く切った豚肉を揚げたものを齧《かじ》っている横で、おれは楽器を手にとった。押すだけでいくつかの音が出る簡単な楽器だ。何度か押すとそれだけでメロディのように聞こえてくる。

子ども達はしばらく音に合わせて踊っていたが、飽きたようでどこかへ行ってしまった。

「スーメは広く歴史がある土地だから食べ物も色々ある。さっき食べた豚肉は香辛料が効いていただろ？　でも別の場所だと甘口で——ああ、この鶏肉なんてまさにそうだな。甘く煮てあるらしい」

ヒュドルは黙々と口に肉を運んでいるが、おれが喋るのをちゃんと聞いていると知っている。昔から、止めると視線で続きを促してきたものだ。おれも時折布から食べ物をつまみながら、かつて本で読んだことをぽつりぽつりと話した。

「ん、これ美味いな。揚げ砂糖と焼きスモモが交互に串に刺さってる。スーメでも西の方のデザートだな」

「ひとつ寄越《よこ》せ」

「いいよ。ほら」

食べかけの串を差し出せば、ヒュドルは器用にひとつ横から齧り取っていった。甘いな、と一言告げると手に持った肉に戻る。肉以外をあまり好まないヒュドルだが、おれが食べる物は時折こうしてねだることがあった。獣が心を許しているようで悪い気はしない。

そうしてしばらくのんびり過ごしていると、遠くから笛の音が聞こえてきた。

「パレードが帰ってきたみたいだな」

「ああ。——腹は一杯になったか、ヒュドル？」

「十分だ。今ならこの村ひとつ余裕で滅ぼせるが」

「そこまで危険ではないよ」

どんどん近づいてくる笛の音によってヒュドルの声が聞き取りにくくなり、互いに唇を読んで会話する。手元の楽器を押してみるがパレードの音に埋もれてしまっていた。

「ヒュドル、待ってるからな」

顔を上げると、すとんと表情を落とした村人達がおれとヒュドルを見ていた。感情も人間味も全て失った人々は、一斉に口を開く。

「なんだ、気づいていたんですね」

音の洪水のようなパレードの喧騒の中、その言葉だけはしっかりとおれの耳に届いた。

＊

「――いつから気づいていました？」

「ほぼ最初から。でも半信半疑だったから、祭りは普通に楽しんでたよ」

気がつけばおれの周囲には真っ暗な空間が広がっていた。おれは豪奢《ごうしゃ》な椅子《いす》に座らされており、拘束などはされていない。向かいに置かれた同じ椅子には褐色の肌で金髪の上品そうな壮年の男――リンハさんが座っていた。他には誰の姿も無い。ヒュドルも、いなかった。

しかし周囲に広がる暗闇の奥からは時折クスクスと笑い声がする。おそらく、周囲に景色はあるし沢山の生き物がいるのだ。ただ――おれが知覚できないだけで。

「ここが〝隣〟か。初めて来たよ。妖精リンハ」

「どうやら全てお見通しのようだ」

「確信したのは祭りのごちそうかな。いくらなんでも地域も時代もバラバラすぎる。辛い豚揚げに使われている香辛料が絶滅したのは五十年ほど前だからギリギリあり得るけど、甘く煮た鶏肉なんて四百年前の料理だよ」

告げれば、おれをこの〝隣〟と呼ばれる妖精の世界へと招いた妖精リンハは頬をかいて苦笑した。

「お恥ずかしい。そちらの文化の流れは早すぎますね」

「文献でしか見たことがない料理は楽しく、美味しかった。ありがとう」

「お礼を言われるとは思いませんでした。リンハのことをご存知なのでしょう？」

妖精リンハ――その名は人間の世界では『邪悪な』の枕詞がついて伝えられている。

人間のような名前を持つ強い妖精は人間が大好きで――大好きすぎて惑《まど》わせる。遭遇してしまえば何かを奪《うば》われ、取り返そうとする内に名を忘れ姿を忘れ、リンハの一部にされてしまうと。

「まあな。さて、おれはどうすれば伴侶の元へ帰して貰《もら》えるのかな？」

「おお、条件のことまでご存知でしたか」

「教え子に妖精の取り替え子がいて、ちょっとね」

条件とは、妖精との取引のことだ。惑わされても妖精の望みを叶えれば何も奪われずに戻ることができる。条件は妖精によって様々だという。

「リンハの条件は簡単ですよ。『奪われた三つの物を奪われた順に当てる』。それだけです」

「奪われた物か…」

おれは椅子の背もたれに身を預け、自分の足首に目をやった。そこに本来あるはずの身代わり宝珠は存在しない。最初に気づいた異変――天幕から出た時点で身代わり宝珠は消えていた。

「間違えてもペナルティはありません。ただ、正解するまであなたはリンハのもの」

「答えられない間に心も体も〝隣〟に馴染んだらあんたの村人になるわけか」

「その通りでございます」

妖精の世界の空気は人間の世界と何かが決定的に違っていた。ここにいるだけで自分という存在が揺らいでいく。おれは指が何本あったっけ、耳はいくつ生えていた？　――そんな考えが侵食し、やがて姿も心も別物と化すのだろう。

長居はできないな、とリンハに出会ってからのことを慎重に思い出す。

「身代わり宝珠、髪の毛、ヒュドル？」

「惜しい、違います」

「結構難しいな。身代わり宝珠、お金、髪の毛…？」

「違いますね」

しばらく色々と入れ替えたりしながら試してみるがどれも不正解。

「…腕に鱗《うろこ》が生えてる」

気づけば、左手に黒い鱗が生えていた。爪も鋭くなっている。

「おや、あなたは始めからそのような姿では？」

「嬉しそうだなあリンハ。――でもごめんな、そろそろ迎えが来たみたいだ」

「迎え…？　なっ⁉」

おれが告げた直後、真っ暗に見えた周囲の空間に白い線が出現した。線は布を裂くように広がり、向こう側に見慣れた風景と――短剣を構えたヒュドルが現れる。

「無事か、軟弱者」

「腕がちょっと龍っぽくなった」

鱗と鋭い爪が生えた左手を見せて笑えばヒュドルは苦笑する。そんなおれ達をリンハは驚愕の表情で見ていた。

「そんな、ここへの道がわかったというのですか…!?」

「妖精は偽物の中に大事なものを隠す――そこの賢者の教えだ。空に浮かんだ月を斬《き》れば、道は開かれた」

「なるほど、今日は新月だったな」

妖精の罠に嵌《は》められたことに気がついたおれ達は自然と役割分担をしていた。おれは囮《おとり》でヒュドルは助ける役。妖精は気まぐれだが執念深く、仲間思いだ。下手に実力行使で罠から逃れるよりは一度大人しく惑わされる方が禍根《かこん》が残りにくいと判断した。負けたと認めれば妖精は素直に解放する。

「遊びには付き合ったんだからもういいだろう？　奪ったものを返してくれ」

「ずるいなあ…人間に負けるのは久しぶりですよ！」

手を差し出したおれの前に三つの物が現れた。身代わり宝珠、黒い表紙の本、切り取られた髪。

「悪いな、リンハ」

返された物を両手で抱えると、ヒュドルの腕が胴体にまわった。

「おれ達、妖精に惑わされるような生半可な旅はしてこなかったんだ」

トンと空を蹴り、ヒュドルがおれを人の世界へ引き戻す。〝隣〟との境目を抜ける直前、おれ達が何者だったか気づいたらしいリンハが悔しそうに笑っているのが見えた。

＊

「うぅ…ヒュドル、くすぐったい…って……」

おれを救出したヒュドルはすぐさま天幕に戻り、タライとお湯を出してきた。おれをひん剝いてタライに座らせ、じゃぶじゃぶとお湯をかけてくる。それだけならまだいいが、荒々しいのに繊細な手付きで首をゴシゴシと洗ってくるものだから困っていた。

「妖精臭い」

「そうかなあ。いい匂いじゃないか？　わぶっ」

妖精が皮膚《ひふ》に纏《まと》う鱗粉《りんぷん》は甘い香りがする。子ども達に懐《なつ》かれた時あちこちについたのだろうそれは、お湯でも中々流れず焚《た》き火《び》の灯りでキラキラと輝いていた。ヒュドルが布で擦って落としていく。

「ん…ふっ…」

「洗っているだけだが」

「うるせ…、お前のせいだろうが…」

「そうだな」

おれの体が敏感なのは明らかに目の前のギュルセ族のせいだ。睨んでやれば満足そうに笑うヒュドルを小突く。突き出した左腕は、残念ながら鱗も爪も消え元の枯れた細腕に戻っていた。

「貴様を変えていいのは私だけだ。妖精の痕跡など残すな」

「龍には、なってみたかったんだけどな」

「エンケ…」

遠い目をするおれをヒュドルが見つめる。リンハのような邪悪と呼ばれる妖精が討伐されないのには理由があった。彼らは人が好きで、願いを叶える存在でもあるのだ。傷ついた者、持たざる者に寄り添う善き隣《よ》人でもある彼らを害することは、様々な国が禁止している。

「貴様のことだ、龍になりたいというのは好奇心だな？」

「ああ。昔読んだ本に龍の爪は岩も容易《たやす》く貫《つらぬ》くって書いてあったけど本当か試したかったなあ」

「貴様は変わらないな…」

名残惜しげに左手を眺《なが》めるおれにヒュドルは呆れた顔でお湯をかけ、鱗粉がすっかり落ちるまで布で擦り上げようとする。

「うわっ、前は自分で洗うって…というかさすがにそこに鱗粉は無いだろ！」

「ついている」

「本当だ、いつの間に…わっ、やめ…力ずくは、卑怯だ、ろ…っ！」

太ももの内側にまでついていた鱗粉を拭こうとするヒュドルに抗《あらが》おうとするが、無理やり脚を広げさせられて体勢を崩し、タライの中で仰向《あおむ》けになってしまった。溺《おぼ》れはしないが脚がタライの外に出て、空を蹴りろくな抵抗ができない。

「暴れるな、軟弱者」

「っ、ぅ…楽しそうな、顔、しやがって…！　んっ…は、…う……」

布を放ったヒュドルがおれの内股《うちまた》をするりと撫《な》でる。おれが身じろぎする度にタライのお湯が揺らぎ耳元でぱちゃぱちゃ音を立てた。とっくに鱗粉など落ちただろうに、ヒュドルの手はしつこく内ももを弄《いじ》ってくる。

おれの抵抗も弱々しくなった頃、湯冷めするからとようやく引き上げられた。体は拭かれたが服を着せられることはなく、天幕に連れ込まれる。

「そういえばエンケ。貴様、自力でも逃げられただろう」

互いに奪い合うように口づけしている時、ヒュドルがふとそんなことを言う。

「貴様が奪われた本は世界魔法がかけられていて、離れれば手元に戻る。つまり奪われることはない。妖精は矛盾に弱いと貴様から聞いたが」

「ああ…確かにあの本は一応の備えではあったけど。…だけどさ」

正直、言葉を続けるかどうかは悩んだ。今ならいくらでも誤魔化すことはできるだろう。

でも――いい加減長い付き合いだ。おれも少しは素直になってもいいかもしれないと思った。

そっと、若い頃では到底出せなかった独占欲を唇に乗せる。

「お前に助けてほしかったんだよ。ヒュドル、おれだけの英雄」

おれの言葉にヒュドルは目を見開くと、噛み付くようなキスをくれた。

あとがき

『元勇者一行の会計士』をお手に取ってくださりありがとうございます。こちらは元々ＷＥＢで発表していたお話で、本編と番外編に無理言って書き下ろしまで加えさせてもらい、厚い本にしていただきました。

「伴侶をせっせと閉じ込める部族を書こう」という思いから始まり、おっさん受け……年の差……旅……龍……本……文様……と好きな物が好きなだけ詰め込まれたエンケとヒュドルの物語。連載中に応援してくださった方々や新しい読者様の手に、本という形になって届くと思うと感無量です。

　この本が皆様のお手元に届くまでにご尽力くださった全ての方に厚く御礼申し上げます。そして担当様、素晴らしい絵でエンケ達と世界を彩って下さったｙｏ《よ》ｓｈｉ《し》彦《ひこ》様、ＷＥＢで応援して下さった皆様に心から感謝を。

楽しんでいただけましたら、何にも勝る喜びです。

梅《うめ》したら

【初出】

元勇者一行の会計士
（小説投稿サイト「ムーンライトノベルズ」にて発表）

元勇者一行の会計士 番外編
（小説投稿サイト「ムーンライトノベルズ」にて発表）

元勇者一行の会計士 書き下ろし
（書き下ろし）

クマ×リス獣人、癒し系ケモミミ冬眠BL

『春になるまで待っててね』

伊達きよ　Illust.犬居葉菜

定価：1430円（本体1300円＋税10%）

元勇者一行の会計士

2021年8月31日 第1刷発行

著者 梅《うめ》したら
イラスト yoshi《よし》彦《ひこ》

発行人 石原正康
発行元 株式会社 幻冬舎コミックス
〒151-0051 東京都渋谷区千駄ヶ谷4-9-7
電話03(5411)6431(編集)
発売元 株式会社 幻冬舎
〒151-0051 東京都渋谷区千駄ヶ谷4-9-7
電話03(5411)6222(営業)
振替 00120-8-767643
デザイン 小菅ひとみ(CoCo.Design)
印刷・製本所 株式会社光邦

検印廃止

 ／ISBN978-4-344-84917-4 C0093 ／Printed in Japan
幻冬舎コミックスホームページ https://www.gentosha-comics.net